Fay Weldon

# Beste Feindinnen

Roman

Aus dem Englischen von
Sigrid Ruschmeier

Hoffmann und Campe

Die Originalausgabe erschien 1996 unter dem Titel
»Worst Fears« bei Flamingo, London

Die Deutsche Bibliothek – CIP-Einheitsaufnahme
Weldon, Fay: Beste Feindinnen:
Roman/Fay Weldon
Aus dem Engl. von Sigrid Ruschmeier
– 1. Aufl. – Hamburg: Hoffmann und Campe, 2000
Einheitssacht.: Worst Fears <dt.>
ISBN 3-455-08134-7


Schutzumschlag: Büro Hamburg/Jeanette Renard
Foto: photonica: Valerie Gates
Satz: Fotosatz Amann, Aichstetten
Druck und Bindung: GGP Media GmbH
Printed in Germany

Fay Weldon · Beste Feindinnen

# 1

»Ich habe noch nie eine Leiche gesehen«, sagte Vilna. »Kann ich mitkommen?«

»Ich wüßte nicht, was dagegen spricht«, sagte Abbie, und gemeinsam brachen sie zur Leichenhalle auf.

Als sie in Abbies kleines Auto stiegen, sprang Diamond, der Labrador, an Vilna hoch. Nun war ihre weiße Rüschenbluse über und über beschmutzt. Vilna schob das Tier mit dem Fuß beiseite und versuchte, es mit dem spitzen Absatz ihrer kniehohen Stiefel zwischen den Beinen zu erwischen. Sie trat daneben. Diamond rannte ums Auto zur Fahrertür und sprang an Abbie hoch. Abbie trug einen alten grauen Pullover, deshalb störte es sie nicht. Bei Vilna würde Diamond es nicht noch einmal probieren; er war Tierfreunde gewöhnt. Vilnas Zurückweisung machte großen Eindruck auf ihn.

»Der arme Hund«, sagte Abbie. »Der arme Hund. Er hat sein Herrchen verloren. Klar, daß er durcheinander ist.«

Doch Vilna antwortete nicht. Sie war zu sehr damit beschäftigt, ihr verrenktes Knie zu reiben. Bei jeder Bewegung verursachte sie ein Klimpern. Ein mit Goldklunkern beladenes Amulettarmband hing von ihrem Handgelenk. Edelsteinstrotzende Ketten fielen zwischen hochgeschobene, nicht mehr junge Brüste. Vilna hatte eine Hakennase, engstehende, tiefliegende

Augen, wohlfrisiertes platinblondes Haar und eine unerschöpfliche Energie, mit der sie besser in die Großstadt gepaßt hätte. Abbie fühlte sich vollkommmen heimisch zwischen Dreck und grünen Weiden. Sie trug Turnschuhe, Jeans und den alten grauen Pullover, auf dem man Hundehaare kaum sah. Die Sachen hatte sie auch angehabt, als der Anruf aus dem Cottage gekommen war. Seitdem war sie nicht mehr zu Hause, im Elder House, gewesen. Keine der beiden Frauen war angeschnallt. Aus irgendeinem Grunde verbot sich das bei einem Besuch in der Leichenhalle. Als wollten sie aus Solidarität den Tod herausfordern.

Das Cottage sah aus, als hätte ein Kind sein Zuhause gemalt. Ein Pfad in der Mitte, ein quadratischer Garten, Einfahrt zur Rechten, Baum zur Linken, die Tür ordentlich zwischen zwei Fenstern, drei weitere symmetrisch darüber, pfannengedecktes Dach und zwei Schornsteine, an jeder Seite einer. Das ganze aus dem lokalen grauen Kalkstein erbaut, von Kletterpflanzen überrankt und von Wiesen umgeben. In seinem gegenwärtigen Zustand stand es als Residenz des niederen Landadels seit einhundertundfünfzig Jahren dort. Davor war es ein Bauernhaus gewesen, davor ein Landarbeiterhaus und davor eine Kate, allerdings eine, die im Domesday Book, circa 1070 A. D., erwähnt war.

Alexandra, die Witwe, saß oben im Eheschlafzimmer auf der Kante des Messingbetts, rührte sich nicht und starrte ins Leere. Und zwar seit zwei Stunden. Die Leere, in die sie starrte, war von zarten Ranken wilden Weins umrahmt, die zwischen Fenster und Rahmen hereintrieben und von den Längs- und Querstangen in den Scheiben fein säuberlich geviertteilt waren. Das alte Glas war in allen vier Bereichen noch vollständig erhalten. Es war dünn, wertvoll, glitzerig, uneben und vermutlich zweite Hälfte neunzehntes Jahrhundert. Alexandra konnte den Ententeich sehen sowie Diamond, der bis zum Anfang der Einfahrt hinter Abbies Auto herrannte, dorthin, wo sie auf die Straße nach Eddon Gurney traf. Ob Diamond weiter auf die Straße laufen und überfahren würde oder nicht, schien belanglos. Doch Diamond blieb stehen und am Leben.

Alexandra befand sich in einem Schwebezustand. Sie fühlte sich wie ein Teilchen, das in einem Reagenzglas mit einer zähen Flüssigkeit schwebt und, von den Gesetzen der Natur daran gehindert aufzusteigen oder zu sinken, gezwungen ist, genau dort zu verharren, wo es sich befindet. Es fiel ihr leichter, sich als etwas Anorganisches denn als etwas Organisches zu sehen. Es war Dienstag nachmittag. Ned war Samstag nacht gestorben. Bei seinem Tod war Alexandra nicht dagewesen. Sie hatte sich knapp zweihundert Kilometer weiter, in London, von einem Abend als Nora auf der Bühne in Ibsens gleichnamigem Theaterstück erholt. Seitdem war sie immer wieder in diesen Schwebezustand gedriftet. Schock, vermutete sie.

Von dieser jähen Selbsterkenntnis erschöpft, blieb sie nun nicht länger auf dem Bett sitzen, sondern legte sich darauf.

Zwölf Jahre war sie es gewöhnt gewesen, hier nackt neben Ned zu liegen, er warm an ihr. Wenn sie ins Bett gingen, war sie immer kalt und er heiß. Wenn sie am nächsten Morgen erwachten, hatten sich ihre Temperaturen angeglichen, so daß Alexandra ihren Körper von Neds weder unterscheiden konnte noch wollte.

Sie blieb nicht lange liegen. Sie lag mit den Schultern auf einer unbequemen Stelle. Vielleicht war eine Feder gesprungen. Alexandra stand auf und ging ins Badezimmer. Sie fühlte sich besser, das schon, aber der Heilungsprozeß schmerzte, so wie es schmerzt, wenn das Blut in zuvor abgeschnürte Glieder zurückfließt.

Ihr Gesicht im Spiegel sah nicht allzu schlimm aus, nur ein wenig schief wie das ihrer Mutter. Aber Alexandra wußte, daß der Spiegel übermäßig schmeichelte. Das Glas war mit Quecksilber verspiegelt und stammte vermutlich aus dem Jahre 1790. Es war angenehm fleckig und rissig und belohnte jeden, der hineinschaute, mit einem freundlichen Bild.

Früher hatten Ned und sie immer zusammen hineingeschaut, und er hatte seinen Arm um sie gelegt und gesagt: »Was für ein himmlisches Paar.« Damit war nun Schluß. So jemanden wie ihn würde sie nie wieder finden. Alexandra versuchte nicht zuviel zu weinen, weil sie heute in einer Woche zurück auf der Bühne sein mußte. Torvald würde sie seine »kleine Lerche« nennen und sie unerachtet ihrer privaten Lebensumstände den überzeugenden Auftritt einer lerchenhaften Nora abliefern müssen. Das gebot schon allein die Professionalität. *Nora* erfreute sich eines unerwarteten Erfolgs und einer ebenso unerwarteten Laufzeit: bisher acht Monate.

Diamond kam nach oben gepoltert, wo er nicht hindurfte und auch selten hinkam. Er sprang auf das Messingbett und rollte sich mißmutig zusammen. Alexandra ging hin und zog ihn herunter. Er machte sich schlapp und schwer wie ein Demonstrant, den die Polizei gewaltsam entfernen will. Alexandra ließ nicht locker und hatte Erfolg. Diamond schlich nach unten. Im Abgang knurrte er Alexandra an, was ungewöhnlich war.

Für Alexandras Geschmack war das Bett nie breit genug gewesen. Sie mochte riesige Matratzen, auf denen man sich längs und quer ausstrecken konnte, aber Ned wollte sie immer dicht neben sich haben. Deshalb nahm sie die Enge in Kauf. Das Bett war ein feines Stück, vermutlich zwanziger Jahre des letzten Jahrhunderts, Messingkopf- und -fußteil fein gehämmert und geschnörkelt. Der letzte Eigentümer von »The Cottage«, wie dieses große Haus in Erinnerung an seine vielhundertjährige Geschichte immer noch bei den Ortsansässigen hieß, hatte es versehentlich dagelassen.

Vielleicht war es aber auch weniger zurückgelassen als mit Absicht nie abgeholt worden. Das Paar, das zuletzt darin geschlafen hatte, war binnen einer Woche im Krankenhaus verstorben. Er siebenundneunzig, sie vierundneunzig. Ihre Erben hatten alles Alte verabscheut. Zumindest waren die hochbetagten Leutchen nicht in dem Bett selbst verschieden. Doch was hätte es schon ausgemacht? In einem alten Haus war vermutlich in jedem Zimmer, in dem man wohnte, schon jemand gestorben, so wie jeder alte Stuhl, den man in einem Antiquitätenladen erstand, Zeuge eines gräßlichen Ereignisses gewesen war. Am Ende verflüchtigt sich das Leben aus allem.

Trotzdem hatten Alexandra und Ned sich eine neue Matratze angeschafft. Das hohe hölzerne Bettgestell hatten sie behalten und lagen nachts unmodisch, aber behaglich eng. Schade, wenn nun eine Sprungfeder in der Matratze kaputt wäre.

Abbie hatte die Bettwäsche gewechselt, bevor Alexandra aus ihrem Londoner Apartment, in dem sie während der Arbeitsphasen wohnte, eingetroffen war. Abbie hatte die schmutzige Bettwäsche sogar schon gewaschen. Als Alexandra am Sonntagmittag angekommen war, hing sie auf der Leine im Garten hinter dem Haus. Alexandra hatte gesehen, wie sie zwischen den hohen Artischockenpflanzen grünlich im Wind flatterte.

Bei Alexandras Ankunft war der Leichnam schon fort gewesen. Einerseits bedauerte sie es, andererseits war sie froh darüber. Er war zur Obduktion gebracht worden. Das war Vorschrift, da Ned in den letzten drei Monaten vor seinem Tod nicht bei seinem Arzt gewesen war. Wenn der Krankenwagen die Leiche nicht sofort mitgenommen hätte, hätte er sie erst vierundzwanzig Stunden später abholen können. Dr. Moebius, den Abbie gerufen hatte, hatte angeordnet, daß der Tote nicht herumliegen und auf Alexandras Rückkehr warten, sondern wegbefördert werden sollte, als es möglich war. Alexandra hatte den Abtransport um ungefähr fünf Minuten verpaßt.

Später am Sonntag hatte Abbie die grüne Bettwäsche von der Leine genommen, gefaltet und in den Wäscheschrank gelegt. Das Ehebett hatte sie schon blau-weiß schmalgestreift bezogen. Abbie war sehr häuslich und ließ sich von plötzlichen tragischen Ereignissen anscheinend nicht erschüttern. Alexandra wäre lieber gewesen, sie hätte die Bettwäsche draufgelassen. Sie hätte nach Ned gerochen, nicht nach Weichspülmittel wie die gestreifte. Aber wenn Leute in fremden Wäscheschränken wühlen, treffen sie selten die richtigen Entscheidungen.

Alexandra ging hinunter in die Küche, froh, daß das Haus leer war. Zwischen Sonntag und Dienstag hatte Abbie es von oben bis unten blitzsauber geputzt. Während andere trauerten und sich das Haar rauften, putzte Abbie. Auf dem blank geschrubbten Tisch – einem massiven Brett aus gebleichter Ulme, circa 1880, grobbehauen, ursprünglich als Wäschereitisch benutzt, mit einer Platte als Unterteil – lag ein Zettel. Darauf stand: »Mr. Lightfoot vom Beerdigungsinstitut hat angerufen. Neds Leiche ist gerade zurückgekommen, deshalb fahren wir hin und werfen einen Blick darauf. Wollten dich nicht wecken. Versuch was zu essen. Abbie.«

»Wir?« Abbie und Vilna? Doch sicher nicht. Alexandra hatte nichts dagegen, wenn Abbie den toten Ned vor ihr anschaute. Abbie war eine gute, wenn auch etwas dominante Freundin. Sie hatte in den frühen Stunden des Sonntagmorgen den Arzt und den Krankenwagen gerufen. Alle hatten gedacht, daß Ned noch lebte, aber er war schon tot. Und nun wollte Abbie auch gewiß nur deshalb ins Beerdigungsinstitut, weil sie Sorge tragen wollte, daß alles ordnungsgemäß arrangiert war: daß nichts Alexandra unnötig aufregte. Ob sie vielleicht überprüfen wollte, ob der Aufbahrungstisch, auf dem Ned lag, richtig sauber war? Einerlei, Abbie hatte die Leiche ohnehin schon im Eßzimmer gesehen, wo Ned offenbar die Herzattacke erlitten hatte und im Todeskampf hingefallen war. Abbie war die allererste gewesen, die ihn gesehen hatte. Warum sollte Abbie nicht auch weiterhin mit dem Toten kommunizieren, wenn es ihr half?

Aber Vilna? Der Gedanke, daß Vilna Neds Leiche in Augenschein nahm, bevor sie, die Ehefrau, sie gesehen hatte, behagte Alexandra nicht. Ja, sie wollte überhaupt nicht, daß Vilna den toten Ned sah. Ned hatte Vilna kaum gekannt, und was er von ihr gekannt hatte, nicht gemocht. »Ach, Vilna ist schon in Ordnung, nur hypernervös und unenglisch«, hatte Alexandra immer gesagt, und dann hatte er gesagt: »Sie ist gefräßig. Ein Monster.« Nun begriff Alexandra, daß Ned recht gehabt hatte. Wie ein Geier hatte Vilna um The Cottage herumgelauert, seit die Neuigkeit durchgesickert war. Wahrhaftig, dachte Alexandra nun, Vilna sah aus wie eine Kreuzung zwischen einem Geier und Ivana Trump. Wenn Ned auf seinem Tisch plötzlich die Augen öffnen und Vilna erblicken würde, statt Alexandra, die wie eine Kreuzung zwischen einem Flamingo und Marilyn Monroe aussah, würde ihm das sehr mißfallen.

# 2

In der Leichenhalle starrten Abbie und Vilna auf den toten Ned hinab.

»I went down to St. James' Infirmary«,

sang Vilna mit ihrer krächzigen Stimme,

»For to see my true love there,
All laid out on a white table
So cold, so white, so bare.«

Sie standen ein wenig von der Leiche entfernt. Draußen strahlte die Sonne, aber die Leichenhalle, ein schlichtes Betongebäude, hatte keine Fenster, sondern wurde künstlich beleuchtet.

»Ned hat mich immer gern singen hören«, bemerkte Vilna. »Ich habe eine sehr schöne Stimme, findest du nicht?«
»Ja, sehr schön«, sagte Abbie.

»Jetzt, da er tot ist, sieht er jünger aus«, sagte Vilna.
»Meinst du?« fragte Abbie höflich.
»Definitiv«, sagte Vilna. Sie hatte einen osteuropäischen Akzent. Sie zog die Vokale in die Länge und sprach die Konsonanten voller aus, so als stiege ihre erdige Sexualität direkt von der

Möse auf und quölle ihr aus dem Mund. »Er ist ein sehr schöner Mann. Findest du nicht?« sagte Vilna und streckte die Hand aus, um den nackten, starken, muskulösen Unterarm, der nun kalt und marmorn war, anzufassen. »Besonders jetzt, da um die Kinnpartie alles straffer ist.«
»War«, sagte Abbie. »Nicht ist. Und ich finde, du solltest ihn nicht anfassen.«
»Ihr Engländer«, sagte Vilna, »seid immer so verklemmt. So abgeschnitten von echten Gefühlen.«

Vilna trat dicht an die Leiche und zog das Tuch, das bis zur Mitte der Brust reichte, zurück. Ned trug ein weißes T-Shirt und ein Paar dünne weiße Baumwollhosen, die mit einem Stoffband zugebunden waren. Vilna löste die Schleife, lockerte das Band, ignorierte den Hosenschlitz und schlug das feine Tuch einfach um. Nun konnten die beiden Frauen die grob vernähte Obduktionsnarbe sehen, die fast bis zum Schritt reichte. Der schlafende, feste, dicke Penis lag wie in Stein gemeißelt da, alles andere auch.

»Er ist erst neunundvierzig«, sagte Vilna. »Und so gut darin. Was für eine Verschwendung!«
»War«, sagte Abbie.
Sie überwand ihre natürliche Abscheu davor, etwas Totes zu berühren, und band die Hose wieder zu. Sie zog das Tuch hoch bis zu Neds Brust. Jemand mußte es ja tun. Man durfte doch nicht zulassen, daß Vilna sich hier vergaß.

Ned war der einzige Bewohner der Leichenhalle. Das Gebäude stand im Hof des Beerdigungsunternehmers, wo die feierlichen Leichenwagen abgestellt waren. Die Ladenfassade lag direkt in der Kurve der High Street von Eddon Gurney, wo der Bürgersteig sich fast bis zur Nichtexistenz verengte. Im Fenster stand eine Urne mit Trockenblumen, und zwischen den doppelten Scheiben waren ein paar tote Fliegen gefangen. Der Haupteingang hatte einen hübschen kleinen georgianischen Portikus, der zwar schwer zu öffnen war, Besuchern der Stadt aber gern und oft gezeigt wurde. Die meisten Kunden benutzten ohnehin eine Seitentür. Wer wollte schon dabei gesehen werden, wie er hier ein und aus ging, um seine betrüblichen Geschäfte zu erledigen? Das Fahrzeug, das man zum Befördern der Leichen benutzte – »Private Krankentransporte – Lightfoot und Söhne« –, parkte draußen vor dem Portal auf der Straße und bildete in der uneinsehbaren Kurve ein Verkehrshindernis. Nur wenige Leute wußten, warum es dort stand oder wozu es benutzt wurde.

»Sie interessieren sich doch für den römischen Friedhof«, sagte Mr. Lightfoot, als Abbie wieder in der Sonne auftauchte, um auf Vilna zu warten. Die Kälte war ihr in die Knochen gefahren. »Erzählen Sie Ihren Freunden im Künstlerviertel, daß ich heute eine Tüte voll Knochen von der Universität erhalten habe. Die von der Ausgrabung des römischen Friedhofs. Der Bischof kommt, um die Überreste mit der ihnen gebührenden Ehre zu bestatten.«

Mr. Lightfoot war hager, dünn und bleich, als ginge er aus Mitgefühl mit seinen Klienten selbst oft unter die Erde. Die Leute bezahlten ihn im voraus, aus Angst, daß ihre Familien bei ihrer Beerdigung später knausern würden, um selbst mehr abzukriegen.

»Das höre ich gern«, sagte Abbie. »Schön, daß er endlich über die Tatsache hinwegsehen kann, daß es sich um heidnische und nicht um christliche Knochen handelt.«

»Dann will ich aber auch hoffen, daß die Herrschaften zu der Feier kommen«, sagte Mr. Lightfoot. »Ihr Umweltschützer! Was habt ihr für ein Theater gemacht. Diese Stadt braucht Entwicklung, keine alten Friedhöfe.«

»Natürlich kommen wir«, sagte Abbie. »Jedenfalls die, die noch

nicht auf dem Friedhof liegen.« Ned war die treibende Kraft der Kampagne »Rettet den römischen Friedhof« gewesen.
»Mich interessiert es nicht«, sagte Mr. Lightfoot, »ob jemand heute oder vor zweitausend Jahren gestorben ist. Ich bin derselben Meinung wie Sie: Für unsere Leichen nur das Beste! Obwohl ich nicht unbedingt behaupten möchte, daß die Universität mir die Knochen zurückgeschickt hat, die sie mitgenommen hat. Alte Knochen, egal, aus welcher Zeit, vom hintersten Regal eines x-beliebigen Kurators sehen für mich alle gleich aus, aber auf jeden Fall menschlich, ganz entschieden menschlich. Und es ist die Geste, die zählt.«

Unwillig, über ein solches Thema zu einer solchen Zeit zu plaudern, stiegen Abbie und Vilna ins Auto.
»Kommt Mrs. Ludd wohl auch noch, um den Toten anzuschauen?« fragte Mr. Lightfoot.
»Alles zu seiner Zeit«, sagte Abbie. »Ist die Temperatur da drinnen niedrig genug?«
»Das kann ich wohl am besten beurteilen«, erwiderte Mr. Lightfoot. »Es ist üblich, daß als erstes die Witwe und, falls vorhanden, die Kinder, den Toten anschauen. Ich war überrascht, als ich Sie beide hab kommen sehen. Aber im Künstlerviertel handhaben Sie die Dinge wohl anders, vermute ich. Sie betrachten die Leiche ja unter ästhetischen Gesichtspunkten.«
»Wir bemühen uns«, sagte Abbie, »mit der Trauer umzugehen, so gut wir können; wie alle anderen auch.«
»Liebes, laß uns von diesem unheilvollen Ort verschwinden«, sagte Vilna so laut, daß Mr. Lightfoot es hörte. »Hier haben doch alle einen Knall.«

Abbie steuerte den Wagen rückwärts vom Hof, Vilna trieb sie an. Da der private Krankentransporter ihr den Blick auf die Straße versperrte, wäre sie beinahe mit einem kleinen Kombi zusammengestoßen, der gerade in die Hofeinfahrt bog. Auf dem Beifahrersitz saß eine pummelige, zerzauste Frau mittleren Alters mit tränenverschmiertem, entsetztem Gesicht, am Steuer ein weißhaariger Mann, den weder Vilna noch Abbie kannten. Seine Miene war starr und verbissen.

Abbie bekam ihr Auto wieder unter Kontrolle.
»Jetzt habe ich mir auch noch den Hals verrenkt, Liebes«, sagte Vilna. »Du solltest vorsichtiger fahren.«
»Aber hast du gesehen, wer das war?« fragte Abbie.
»Jenny«, sagte Vilna. »Wer sonst?«

# 3

Als Abbie und Vilna zum Cottage zurückkamen, fanden sie Alexandra im Garten hinter dem Haus, wo sie in den Stiefmütterchen Unkraut jätete, als sei nichts geschehen. Diamond saß aufrecht auf der niedrigen Steinmauer, die das wild wuchernde Gestrüpp davon abhielt, ins Haus hineinzufallen, und die Gästen, Milchmann oder Wahlkämpfern den Zugang zur Hintertür freihielt. Die Haustür vorn war groß und schwer beweglich, der Pfad dahin in keinem guten Zustand, also wurde sie selten benutzt. Die Hintertür tat's auch.

»Ging's Ned gut?« fragte Alexandra Abbie. Sie schaute durch Vilna hindurch und über sie hinweg.
»Wunderbar«, erwiderte Abbie.
Vilna schnaubte verächtlich und sagte, sie müsse los. Sie habe sich verkühlt. Sie hätte wissen müssen, daß man in einer Leichenhalle eine Jacke brauche. Ob Abbie sie nach Hause bringen könne?

Abbie erwiderte, sie werde noch eine Nacht hier schlafen, wenn Alexandra es wünsche. Alexandra meinte, nein, sie sei nun wieder ganz beieinander. Sie könne allein bleiben. Früher oder später müsse man mit den Geistern fertigwerden. Am nächsten Tag komme auch Neds Bruder. Abbie werde gewiß von ihrer eigenen Familie gebraucht.

Abbie fragte Alexandra, ob sie Wert auf Begleitung lege, wenn sie die Leiche besuchen ginge, und Alexandra antwortete, sie werde zu gegebener Zeit allein dorthin gehen. Selbst eine Leiche brauche sicher eine Pause, um sich von dauernder Beobachtung zu erholen.
Als sie mit dem Auto losfuhren, sagte Vilna empört: »Sie hat ohne Handschuhe im Garten gearbeitet. Unglaublich! Eine unserer führenden Schauspielerinnen! Sie ruiniert sich die Hände.«
»Ja, ja, Schauspielerinnen«, sagte Abbie.

Abbie hatte den Anrufbeantworter angelassen. Das hieß, fiel Alexandra auf, daß jeder Anrufer Neds Stimme auf dem Band hören würde. Sie ging in Neds Arbeitszimmer, wählte vom Bürotelefon aus ihre Privatnummer und lauschte Neds Stimme. Als Antwort sagte sie: »Hallo, Ned, ich bin's«, und legte auf. Sie suchte das Heft mit der Betriebsanleitung, der sie entnehmen konnte, wie man die Kassette wechselte, fand es aber nicht. Sie löste das Problem, indem sie den Telefonstecker aus der Wand zog. Sie wollte die Kassette nicht löschen, weil der nun vierjährige Sascha, wenn er groß war, vielleicht wissen wollte, wie die Stimme seines Vaters geklungen hatte. Aber womöglich wollte er es gar nicht. Es ist immer enttäuschend, wenn Götter sich in Normalsterbliche verwandeln. Wer hört schon gern Einsteins Stimme auf CD-Rom und stellt fest, daß er auch nur ein alter Mann ist.

Alexandra entfernte die verstörenderen Erinnerungen an Ned aus dem Wohnzimmer: ein Paar Schuhe, die Korrekturfahnen seines Ibsen-Essays, die er am Wochenende hatte fertigmachen wollen. Sie überflog ein, zwei Spalten. Offenbar fand er *Nora* das am schlechtesten konstruierte und sentimentalste Werk des Autors. Schuhe und Papiere wanderten in einen Schrank, wo sie warten sollten, bis Alexandra soweit war, die Zeugnisse von Neds Existenz in angemessener Weise aus dem Weg zu räumen. Sie nahm die Kassette aus dem Videorecorder. Offenbar hatte Ned auf »Stop« gedrückt, als er ungefähr zehn Minuten *Casablanca* geschaut hatte. Warum *Casablanca*? Sie, Alexandra, hatte Bogart immer so bewundert. Ned tat ihn immer eher als Selbstdarsteller denn als Schauspieler ab. Was hatte Ned dazu bewogen, in einer Samstagnacht Bogart anzuschauen? Er konnte es ihr nicht mehr sagen. Sie würde es nie erfahren.

Alexandra setzte sich auf die Sofalehne und starrte auf nichts Bestimmtes. Sie vermutete, dieser nun vertraute Zustand des Schwebens hatte die Funktion eines Puffers zum Dämpfen von Gefühlen, er war ein Wachschlaf, der kam und ging. Nicht angenehm: im Gegenteil. Aber wenigstens bewegten sich die unangenehmen Gedanken immer im Kreis herum, und sie wurde ihnen gegenüber immun. Sie schweiften nicht zu etwas anderem oder gar Schlimmerem ab. Alexandra stellte sich vor, daß sich ein Tier in einer üblen Situation, wenn es allein und hungrig in einer Falle oder in einem Labor für Lebendversuche saß, vermutlich auch nicht ärger fühlen würde. So würde es einem gehen, wenn man ein schlechtes Gedächtnis fast kein Zeitgefühl und nur ein begrenztes Verständnis von Ursache und Wirkung hätte; und wenn man der Sprache nicht mächtig wär. Durch solche Beschränkungen abgepuffert, litt man wahrscheinlich nicht zu sehr.

Alexandras Hand war eingeschlafen. Sie hatte drauf gesessen. Sie stand auf und schüttelte den Arm, bis das Blut zurückfloß. Draußen war es nun dunkel. Das Haus schien zu leben; es war voller unnatürlicher Geräusche. Von oben kam ein Rumpeln und Knarren. Vielleicht war Diamond ja wieder dort. Sie lief hoch. Auf der Treppe hatte sie das Gefühl, daß etwas Unsichtbares, Unerfreuliches sie streifte und nun vor ihr herlief. Sie bekam einen Schrecken, ging aber weiter. Oben blieb sie stehen und lauschte. Nichts. Wenn überhaupt, dann war alles plötzlich stiller, als es sein sollte, als ob jemand sagte: Wenn dir die Geräusche nicht passen, versuch's mit Stille, mal sehen, wie dir das gefällt. Es gefiel ihr nicht, doch letztendlich war es ihr lieber als das Poltern und Knarren, das Wispern und Huschen unsichtbarer Wesen. Von Diamond keine Spur. Aber so war das in alten Häusern. Sie sollte unerklärliche Töne nicht übernatürlichen Ursachen zuschreiben. Außerdem waren ihre Sinne überreizt.

Die Leitungsrohre tragen Schall durch das Gebälk eines alten Hauses, wie in einem Körper Schmerz weitergeleitet wird. Eingeschränkte Leberfunktionen treten zum Beispiel als Schmerz in der rechten Schulter auf. Es war ein warmer Tag gewesen; nun war es kalt. Bei plötzlichen Temperaturwechseln zog sich mal diese Verbindung, mal jenes Material zusammen, anderes dehnte sich aus. Lärm konnte von überallher kommen, ebenso wie Schmerzen und Wehwehchen.

Trotzdem knipste Alexandra alle verfügbaren Lampen an. Sie stieß sogar die Tür zum Schlafzimmer auf, das einstmals ihres und Neds gewesen war, und obwohl sie es wegen der dräuenden Geister darin nicht betrat, tastete sie doch nach dem Schalter, machte das Licht an und ging wieder hinunter. Jetzt würde das Haus allen, die über die obere Straße nach Eddon Gurney fuhren, wie ein Fanal leuchten: Wir lassen uns nicht unterkriegen! Heutzutage war die Straße nicht sehr befahren – eine neue Umgehungsstraße leitete den Hauptteil des Verkehrs am Ort vorbei, was gut für die Haus- und Grundstückspreise war, aber denen, die in The Cottage wohnten, schon zu normalen Zeiten ein Gefühl von übermäßiger Isoliertheit vermittelte. Und jetzt herrschten keine normalen Zeiten: Es war, als habe sich das Hier und Jetzt im Gefolge des plötzlichen Todes in etwas Wackeliges, Zusammenhangloses verwandelt.

Grundstückspreise, Geld, Testamente, Versicherungsansprüche, Dokumente, Zertifikate – über all das würde sie später in der Woche nachdenken. Es eilte nicht. Hamish, Neds Bruder, würde ihr dabei helfen. Solange *Nora* weiterlief, hatte sie zumindest ein Einkommen. Alexandra machte auch alle Lampen unten an. Sie ging in die Küche. Diamond lag unter dem Tisch und nicht in seinem Korb. Sie beschloß, in diesem Raum zu bleiben; hier schien es weniger zu spuken als überall sonst im Haus. Sie stellte sich einen Stuhl hin und setzte sich so darauf, daß ihr Bein in Kontakt mit Diamonds verläßlicher Wärme kam. Aber kaum saß sie, schlich Diamond weg. Na ja, es war sein gutes Recht. Er war stundenlang allein mit der Leiche gewesen, ohne jede menschliche Hilfe. Natürlich war er der Meinung, daß sie ihn mit Absicht vernachlässigt hatte. Was wußte er schon von der Notwendigkeit, sich seinen Lebensunterhalt zu verdienen? Sein Futter kam aus der Dose.

Abbie hatte ein Marmeladenglas mit Sommerblumen aus dem Garten auf den Tisch gestellt. Sie wurden schon welk und braun und sahen aus, als bräuchten sie Wasser. Doch als Alexandra mit dem Finger den Wasserstand prüfte, war reichlich darin. Vielleicht welkten Blumen vor der Zeit, wenn im Haus jemand gestorben war?

Den Kopf auf die Arme gelegt, saß Alexandra am Küchentisch. Sie schloß die Augen. Sie befand sich mit Ned auf einem Rennboot: auf einem großen, weiten See; schaumiges weißes Kielwasser breitete sich hinter ihnen auf dem tiefen, stillen Gewässer aus. Auf Reisen waren sie stets gute, enge Gefährten gewesen. Der Tag strahlte und glitzerte vor Helligkeit. Das Boot fuhr auf eine Küste zu, einen Strand, einen Wald; im Hintergrund erhob sich ein grünlichblauer Berg. Plötzlich kamen sie an eine Schattenwand: Nebel. Das Licht vor ihnen über dem Wasser, dem Strand, dem Wald und dem Berg wurde von plötzlicher Dunkelheit verdrängt. Das Boot stoppte haarscharf vor dem Nebel. Alexandra blieb drin und war weiter im Hellen. Sie verharrte in einem Schwebezustand. Aber Ned bewegte sich. Er trudelte auf einmal in den Nebel hinein. Stand dann mit dem Rücken zu ihr am Ufer. Er wirkte verwirrt, einsam und verlassen. Sie sah zu, wie er den Strand verließ und in den dichten, dunklen Wald stapfte. Sie rief hinter ihm her, doch er hörte sie nicht und schaute auch nicht zurück. Sie konnte ihm nicht helfen. Sie wußte, für ihn kam jede Hilfe zu spät. Sie hatte auch kein Mitgefühl mit ihm. Er war allein. Das Bild verlosch wie im Film. Alexandra erwachte, hatte aber doch gar nicht geschlafen. Das Schlußbild blieb ihr unauslöschlich im Kopf: sie auf dem See im Sonnenlicht – Ned, der in den Wald ging, müde, so müde, ohne ihren Segen. Die Vision war wie ein Gemälde eingerahmt vom Glanz ihres eigenen Lebens .

Alexandra versuchte, die Vision – denn als solche betrachtete sie sie – als Produkt eines Kuddelmuddels in ihrem eigenen Kopf abzutun. Eine fatale Szene. Die Gefilde, aus denen kein Reisender je zurückkehrt? Was auch immer die Gefilde waren. Eine Illustration aus einem Buch von Walter de la Mare, »Der Wanderer«, das sie als Kind besessen hatte? Der müde Mann, der abgewiesen wird und, auf seinen Stock gestützt, in die Düsternis des Waldes humpelt? Alexandra konnte sich nicht einreden, daß das, was sie gesehen hatte, nur der Abklatsch alter Erinnerungen war. Nein, dazu war es zu frisch, zu lebendig. Eindeutig neu und in ihrem Kopf entstanden. Außerdem war der Traum beruhigend. Das heißt: die Vision. Alexandra kannte den Unterschied, weil sie so deutlich den Eindruck gehabt hatte, daß sie nicht aus dem Schlaf erwacht, sondern einfach nur in einem überwachen und wahrnehmungsfähigeren Zustand gewesen war. Jedenfalls wußte sie nun in groben Zügen, was geschehen war, und konnte sich darauf beziehen: Alexandra blieb stehen – Ned ging weiter. Warum sie sich einen so schauderhaften Aufenthaltsort für ihn ausgedacht hatte, wußte sie nicht. Auch nicht, warum sie Ned ihren Segen verweigert hatte. Aber sie hatte nun eine konkrete Vorstellung von dem Ort, wo Ned sein konnte. Sie hatte ihn gesehen und war getröstet.

Zwischen Ned und ihr war eine Nabelschnur: An der waren sie beide befestigt und sie würde ihn mit der Zeit zurückziehen. Oder würde sie ihm folgen? Vielleicht hatte sie ja bald noch eine Vision: Ned würde wieder an dem Strand auftauchen und auf sie warten; die Wolke würde verschwinden; sie würde sich an der Küste im Sonnenlicht zu ihm gesellen. Gemeinsam würden sie in eine andere Lebensform übergehen. So lief das doch. Die Endgültigkeit des Todes konnte sie nicht akzeptieren. In dem einen Moment da, im nächsten nicht mehr da. Unmöglich. Die Scheidelinie zwischen den beiden Zuständen war zu scharf und klar, als daß man sie akzeptieren konnte. Sonst trieb doch immer alles von einem Stadium ins andere, wuchs, entwickelte sich, zerrann, löste sich auf. Warum sollte es nun nicht so sein? Sie wurde beinahe fröhlich.

# 4

Alexandra mußte mit jemandem reden und steckte den Telefonstecker wieder ein. Es klingelte prompt. Im Laufe des Abends kamen siebzehn Anrufe.

Drei legten auf, sobald sie sich gemeldet hatte.

Einer fragte nach Jenny und hängte ein, als Alexandra »falsch verbunden« sagte. Einen Moment lang hatte sie ein schlechtes Gewissen, denn es hätte ja für Jenny Linden sein können, deren Name in so manchem Adreßverzeichnis gleich neben ihrem stand: Linden, Jenny; Ludd, Ned und Alexandra. Nur die Lo-s konnten sich dazwischenschieben, und von denen gab es nicht allzu viele. Obwohl sie mal einen Loseley gekannt hatte. Egal, jetzt war es sowieso zu spät: Die unbekannten Anrufer hatten sich verflüchtigt. Ein Anruf kam vom Theater. Es war Sam, der Hausinspektor, um ihr zu berichten, daß die zweite Besetzung für Nora, Daisy Longriff, grauenhaft sei und der Kartenverkauf garantiert unter Alexandras Abwesenheit leiden werde. Aber es gebe keinen Grund, zu fürchten, daß man Daisy bitten werde, die Rolle auf Dauer zu übernehmen. Sie solle sich nur ausruhen und nicht zu früh wieder anfangen.
»Wir wollen massenhaft zur Beerdigung kommen, Liebes«, sagte er. »Vorausgesetzt, sie ist morgens und nicht an einem Matineetag.«
Alexandra erwiderte taktvoll, ihrer Meinung nach solle sich

keiner zur Teilnahme verpflichtet fühlen, den Ned zu Lebzeiten verrissen habe. Was nicht wenige waren: Das Schicksal von Kritikern war es, sich Feinde zu machen.
Sam sagte: »Ned war ein integrer Mann. Für ihn zählte nur das Schauspiel selbst. Er hat immer gesagt, was er dachte. Wir werden ihn schmerzlich vermissen.«
»Soll das heißen, daß alle zu seiner Beerdigung kommen wollen?« fragte Alexandra und lachte zum erstenmal seit Sonntag. Dann erzählte sie Sam, daß ihr Schwager Hamish am nächsten Tag aus Edinburgh eintreffen und alles, einschließlich des Bestattungstermins, organisieren werde; sie werde tun, was sie könne; ansonsten werde es sicher später einen Gedenkgottesdienst in London geben.
»Ich sehe, du bist in deiner kompetenten Stimmung«, sagte Sam. »Das ist doch schon besser als die Rolle des armen kleinen Dings. Sieh es positiv: Wenigstens ist dir erspart geblieben, daß er dir tot vor die Füße gefallen ist.«
»Aber der Gedanke, daß er hier allein gestorben ist, gefällt mir auch nicht«, sagte Alexandra.
Da fragte Sam: »Warum war er nicht überhaupt in eurer Londoner Wohnung und hat dir eine warme Milch ans Bett gebracht?«
»Er hatte zuviel zu tun«, sagte Alexandra und fing an zu weinen. Woraufhin Sam das Gespräch beendete.

Der nächste Anruf kam von Irene, Alexandras Mutter. Mit ihrem vierten Gatten wohnte sie neben einem Golfplatz in Surrey. Sie hatte Romanowsches Blut, von einem weit entfernten Vorfahren. »Wie geht es dir, Liebling?« fragte sie. »Ist Ned schon zurückgekommen, um dir Lebewohl zu sagen?« Und sie erklärte wie so oft, daß die Toten den Hinterbliebenen, je nachdem, wie nahe sie ihnen gestanden hatten, in Träumen erschienen und sich verabschiedeten. Ned, vermutete sie, trödelte, im Tode wie im Leben.
»Ja, Mutter«, sagte Alexandra, so diplomatisch bei Neds Tod

wie zu seinen Lebzeiten. »Wahrscheinlich wollte er sich erst mal eingewöhnen und hat bis nach der Obduktion gewartet.«

»Darüber möchte ich lieber nicht nachdenken«, sagte Irene. »Sascha geht's übrigens prächtig. Mach dir keine Sorgen um ihn. Ich behalte ihn hier, bis du ihn wieder zu dir nehmen kannst.«

Am Samstagnachmittag war Alexandra zu ihrer Mutter gefahren, um Sascha zu besuchen. Sie hatte erwartet, daß Ned wie üblich am Freitag nach dem Kindergarten mit Sascha nach London kommen würde. Dann hätten sie, bis auf den Samstagabend, das Wochenende als Familie zusammen verbringen können. Statt dessen hatte Ned Sascha am Donnerstag zu Irene verfrachtet, ihn mit der Behauptung, er stehe unter Arbeitsdruck, dort gelassen, war wieder nach Hause gefahren und zwei Tage später gestorben. Um Mitternacht, nachdem er zehn Minuten von *Casablanca* gesehen hatte.

»Aber ich will Sascha hier bei mir haben«, sagte Alexandra. »Ich brauche ihn. Er ist mein Kind.«

»Daß du ihn brauchst, glaube ich gern«, sagte Irene. »Aber was braucht der kleine Sascha? Er braucht eine fröhliche Mutter, ein organisiertes Zuhause und vernünftige Betreuung, wenn du bei der Arbeit bist. Falls du also nichts dagegen hast, behalte ich ihn hier, bis du alles im Griff hast. Zu seinem Wohl, nicht deinem.«

»Aber ich muß ihm sagen, daß sein Vater tot ist«, entgegnete die Tochter.

»Wozu die Eile?« fragte die Mutter.

»Sollte man es einem Kind nicht sofort erzählen?« fragte Alexandra. »Findet er es nicht heraus?«

»Nicht, solange er keine Zeitungen lesen kann«, blaffte ihre Mutter. »Denn von mir wird er es mit Sicherheit nicht erfahren!«

Alexandra dachte daran, wie ihr die Nachricht vom Tode ihres

Vaters eine Woche oder noch länger vorenthalten worden war. Bis Irene sich stark genug gefühlt hatte, um es ihr mitzuteilen. Alexandra hatte ihr das immer übelgenommen. Nun erwartete Sascha ein ähnliches Schicksal.

»Gut«, sagte Alexandra. Sie war erschöpft. Wenn sie morgen mit Hamish gesprochen hatte, würde sie vielleicht doch einfach den weiten Weg bis nach Surrey fahren und Sascha abholen. Das Kindermädchen Theresa hatte zwar noch Urlaub, aber das war nun auch einerlei.

Alexandra bezweifelte, daß sie am nächsten Dienstag wieder arbeiten würde. Unter Umständen würde sie sogar ganz aus der Inszenierung aussteigen. Man würde kaum auf Erfüllung des Vertrages pochen. Eventuell bekam Daisy Longriff die Rolle der Nora ja doch noch für den Rest der Spielzeit. Alexandra fiel auf, daß Longriff in einem Adreßbuch zwischen Linden und Ludd stehen würde.

»Alexandra«, sagte Irene. »Ich will dich ja nicht aufregen. Du bist schon aufgeregt genug. Aber irgendwas geht hier nicht mit rechten Dingen zu.«

»Was?« fragte Alexandra. Inzwischen war sie müde und schlechtgelaunt. Wie viele Mütter, deren eigenes Leben nicht über jeden Verdacht erhaben ist, war Irene überzeugt, daß Ned ihre Tochter betrogen hatte. Da mochte Alexandra ihr noch so oft erklären, daß heutzutage Männer mit Frauen und Frauen mit Männern ohne sexuelle Implikationen befreundet sein konnten. Irene wollte nichts davon wissen.

»Wann hat Abbie dich angerufen?«

»Um sechs Uhr morgens«, sagte Alexandra. »Vom Haus aus. Ich habe zwei Stunden gebraucht, um den Schock zu überwinden, und bin dann allein hierhergefahren, was ich nicht hätte tun sollen. Dann ist mir das Benzin ausgegangen, und ich war erst um zwölf hier, da hatte der Krankenwagen die Leiche gerade mitgenommen. Es war schrecklich.«

»Arme Alexi«, sagte Irene in dem mütterlich besänftigenden Ton, bei dem Alexandra schon normalerweise am liebsten gleich losweinte. »Du willst es immer noch nicht wahrhaben. Was hatte Abbie um sechs Uhr früh im Cottage zu suchen? Das heißt, gegen halb sechs, denn offenbar hat sie ja vor dir erst den Arzt angerufen.«

»Herr im Himmel!« sagte Alexandra. »Ich weiß es nicht. Pilze gesammelt; Ned ein paar eßbare vor die Tür gelegt. Vielleicht hat sie ja auch ihre Schüler mit nach draußen genommen, um ihnen eine englische Morgendämmerung zu zeigen, und brauchte plötzlich ein Telefon. Mit ihren Schülern ist immer irgend etwas los. – Was auch immer.«

»Liebling«, sagte Irene. »Du willst es nicht wahrhaben.«

Alexandra knallte den Hörer auf. Es klingelte erneut.

Dr. Moebius sagte: »Ich versuche seit Stunden, Sie zu erreichen, Mrs. Ludd. Entweder geht keiner ran, oder es ist besetzt. Nun ist es schon spät.«

»Morgen ist auch noch ein Tag«, sagte Alexandra mit einer Wut, die sie sich besser für ihre Mutter hätte aufsparen sollen. »Wozu die Hetze? Tot sind die Menschen lange.«

»Ich war eher um Sie besorgt«, sagte Dr. Moebius ein wenig barsch. »Seit dem Tod Ihres Mannes sind Sie nicht mehr bei mir gewesen.« Dr. Moebius war Chef des örtlichen Ärztezentrums. Er war als netter, argloser Mensch und schlechter Diagnostiker bekannt und handelte oft auf gut Glück. Man mußte stets darauf gefaßt sein, daß er einem Akupunktur ebenso wie einen chirurgischen Eingriff, Meditation wie Medikamente empfahl. Bei den unheilbar Kranken war er sehr beliebt; sie freuten sich, wenn er an ihrem Sterbelager weilte. Er betete nämlich und glaubte an den Himmel.

»Ich könnte ein paar Schlaftabletten gebrauchen«, sagte Alexandra. Sie hatte in der Schachtel im Badezimmerschränkchen gesucht, aber keine mehr gefunden. Soweit sie sich entsann,

waren noch mindestens acht Tabletten drin gewesen. Wahrscheinlich hatte Ned sie verbraucht, als sie nicht da war.
»Keine gute Idee«, entgegnete Dr. Moebius. »Lindenblütentee ist genauso wirkungsvoll und viel besser für die Leber. Ich wollte Ihnen sagen, daß der Obduktionsbericht da ist. Ein ausgedehnter Herzinfarkt; laienhaft ausgedrückt: ein Herzschlag. Was wir alle schon vermutet haben. Leider haben die Pathologen nur die Hälfte von dem erledigt, was ich angeordnet hatte, und die Leiche mußte nochmal zurück. Genau genommen, hätte ich erst Ihre Erlaubnis einholen müssen, aber da Mr. Lightfoots Leichenwagen leer zum Labor zurückfuhr –«
»Wollten Sie die Gelegenheit nicht ungenutzt verstreichen lassen. Verstehe«, sagte Alexandra. »Aber was müssen Sie denn noch wissen, wenn mein Mann an einem Herzschlag gestorben ist?«
»Darum geht es nicht«, sagte Dr. Moebius. »Sondern daß die Labors sich nicht an die Anordnungen halten. Weil ja durchaus die Möglichkeit einer Hirnblutung bestand, hatte ich um eine Gehirnsektion gebeten. Darüber hatte nicht das Labor zu befinden. Aber dort wird an allen Ecken und Enden gespart. Sie haben den Toten ja ohnehin schon angeschaut.«
»Habe ich nicht«, erwiderte Alexandra.
»Oh«, sagte Dr. Moebius. »Mr. Lightfoot meinte, doch.«
Alexandra hielt es für absolut wahrscheinlich, daß Mr. Lightfoot recht hatte. Was wußte sie denn schon? Sie war schließlich nur die Ehefrau.

Kaum hatte Alexandra das Gespräch beendet, war ihre Mutter wieder am Apparat.
»Keine Bange«, sagte Irene. »Ich bin nicht beleidigt. Ich weiß, wie durcheinander du bist, und wie schwierig alles für dich ist. Aber warum hast du Abbie nicht gefragt, was sie morgens um fünf im Cottage zu suchen hatte?«
»Um sechs.«

»Halb sechs«, räumte Irene ein. »Und? Liegt die Frage nicht auf der Hand? Wie kannst du leugnen, daß du vor den Tatsachen die Augen verschließt?«

»Das ist doch wohl normal, oder?« gab Alexandra zurück. Die Linie, die die Welt, in der Ned noch lebte, von der Welt, in der er nicht mehr lebte, trennte, war so scharf, daß es ihr geradezu ungehörig erschien, die beiden miteinander in Verbindung zu bringen. Der Satz »Und dann ist Ned gestorben« fühlte sich an wie eine Flutwelle, die ins Eßzimmer schwappte, und alles vor sich herwälzte: vertraute Gegenstände wie Spielzeug in alle Richtungen schleuderte, zermalmte und zerstörte. Der Versuch, in all dem Chaos einem winzigen Detail nachzujagen und es an seinen Platz zu rücken, mutete Alexandra beinahe unhöflich an. Hatte Ned Angst gehabt? Oder war alles zu überraschend gekommen? Hatte er nach Luft geschnappt, sich hilfesuchend umgesehen, und sie, Alexandra, war nicht da gewesen? Zehn Minuten, nachdem *Casablanca* angelaufen war? Was konnte ihn an dem Film so in Aufregung versetzt haben? Mußte man sich aufregen, um einen Herzinfarkt zu erleiden? Oder passierte er einfach? Ned hatte das Video abgestellt. Hatte er sich unwohl gefühlt und war, auf der Suche nach frischer Luft, durchs Haus gestolpert?

»Liebling«, sagte Irene, »alles in Ordung?«

»Mir ist nur grad schlagartig alles so bewußt geworden«, sagte Alexandra. »Entschuldige.«

»Menschen sind wie Quarks, Liebling«, sagte Irene in ihrem Haus am Rande des Golfplatzes. »Sie blitzen in einem Teil dieses Universums auf und sind gleichzeitig schon wieder in einem anderen.«

»Du bist optimistisch. Ned schleppt sich irgendwo einen Hügel hinauf«, sagte Alexandra matt, »durch einen gräßlichen, bedrohlichen Nebel, und ich kann ihm nicht helfen.«

Aber sie versprach ihrer Mutter, sich bei Abbie nach weiteren Einzelheiten zu erkundigen, und ihre Mutter legte auf.

Der nächste Anrufer war David, ein Kollege von Ned. Er weinte und war kaum zu verstehen. Er hatte es eben erst erfahren. Alexandra tröstete ihn voller Mitgefühl, hielt sich aber den Hörer weit weg vom Ohr.

Nachdem David sich verabschiedet hatte, rief Alexandra Abbie an.

»Abbie«, sagte sie, »meine Mutter möchte wissen, was du morgens um halb sechs in meinem Haus gemacht hast.«

»Ich hatte mich mit Arthur gestritten«, sagte Abbie, als habe sie auf die Frage gewartet. »Und bin mit dem Auto los, um mich zu beruhigen. Als ich oben über die Landstraße fuhr, merkte ich, daß im Cottage alle Lichter brannten. Ich dachte ja, Ned wäre in London. Am Wochenende ist er doch meistens dort. Deshalb bin ich hingefahren: um nachzusehen, was los war. Es hätten ja Einbrecher sein können. Als ich durchs Eßzimmerfenster geschaut habe, hab ich Ned auf dem Boden liegen sehen und bin reingegangen. Die Tür war nicht verschlossen. Ihr schließt ja nie ab. Ihr seid zu vertrauensselig. Alles klar? Ich hatte eigentlich schon damit gerechnet, daß du fragen würdest.«

»Meine Mutter wollte es ja bloß wissen«, wiederholte Alexandra.

»Das sieht ihr ähnlich«, sagte Abbie. »Der entgeht auch nichts.«

»Warum, meinst du, hat Ned alle Lampen angeknipst?« fragte Alexandra.

»Keine Ahnung«, sagte Abbie. »Wieso versuchst du nicht zu schlafen, Alexandra? Ich komm rüber, wenn du willst.«

»Nein, nein, es geht schon«, sagte Alexandra. Abbie war die Antwort ziemlich glatt über die Lippen gekommen, fand sie. Sie klang einstudiert. Aber das war auch kein Wunder. Wie kamen Pathologen in einen Schädel, um das Gehirn zu untersuchen? Nur nicht dran denken.

# 5

Abbie sagte zu Arthur: »Sie hat mir bestimmt nicht geglaubt.«

Arthur sagte zu Abbie: »Macht nichts. Früher oder später findet sie es sowieso heraus. Sie muß es erfahren. Wie wär's, wenn du Alexandra jetzt mal vergißt und zur Abwechslung mich zur Kenntnis nimmst?«

Abbie sagte zu Arthur: »Warum muß sie es erfahren? Wozu sind Freundinnen da? Doch wohl nicht, um die Wahrheit zu sagen.«

Arthur verschloß ihr den Mund mit der Hand. Ehelichen Wonnen frönend, wälzten sie sich auf dem massiven alten Bett. Die Bettwäsche war weiß, gestärkt und gebügelt. Abbie und Arthur wohnten ein paar Kilometer vom Cottage entfernt im Elder House, einem alten Pfarrgebäude neben einer nicht mehr benutzten Kirche.

Die Glocke hing noch im Kirchturm und fing, je nachdem, woher der Wind wehte, in stürmischen Nächten plötzlich an zu läuten. Schüler aus aller Herren Länder rannten dann über die Korridore von Elder House, weil sie Angst vor Geistern und Gespenstern hatten, und Arthur und Abbie beruhigten sie. Am nächsten Morgen las Abbie ihnen am Frühstückstisch die Szene aus *Jane Eyre* vor, in der Miss Ingram und ihre Freunde, vom Kreischen der wahnsinnigen Gattin aufgeweckt, durch die Flure laufen und Jane im weißen Nachthemd begegnen. Beim

Zuhören verspeisten die Schüler ihr traditionelles englisches Frühstück – Würstchen, Speck, Eier, Champignons. Beeindruckt von ihren eigenen Reaktionen meldeten sie sich für einen weiteren Kurs an. Von diesen Erfahrungen würden sie ihr ganzes Leben zehren. Arthur und Abbie nahmen nur etwas Obst, einen kleinen Joghurt und ein wenig schwarzen Kaffee zu sich. Sie hätten die Glocke ganz leicht entfernen oder »ent-läuten« lassen können, genauso wie man einen Hund »ent-bellen« lassen kann, hatten aber ihre Gründe, davon abzusehen.
Abbie und Arthur betrieben eine Sprachenschule mit Unterkunft für zukünftige Englischlehrer und -innen aus fremden Ländern. Obwohl das Unterrichten sie langweilte, gaben sie es nicht auf. Sie hatten keine andere Wahl. Sie konnten Elder House nicht verkaufen – weil es keiner wollte –, also machten sie das beste aus dem, was sie hatten. Das konnten sie gut. Sie waren ein stoisches Paar.

Nun schliefen sie. Unten machte sich die Haushaltshilfe zu schaffen, räumte die Überreste des spätabendlichen Kaffeetrinkens mit Keksen weg und deckte den Frühstückstisch. Sie konnte sich glücklich schätzen, den Job zu haben. Auf dem Land ist es hübsch, sagte Arthur immer, weil so wenige Menschen da leben. Und warum leben so wenige Menschen da? Weil es so wenige Jobs gibt.

Abbie ging in eine Höhle und sah Ned hinter einer Glasscheibe. Er lächelte sie an. Wie ein Nöck saß er auf einem Felsen. Seine Beine waren zu einer Schwanzflosse verschmolzen. Wellen plätscherten gegen die Scheibe. Abbie winkte ihm. Er winkte zurück. Sie ging weiter, als sei sie in einem Aquarium und vorn gebe es etwas Interessanteres zu sehen. Es war eine beiläufige Begegnung, wie ein One-Night-Stand.

Abbie weckte Arthur und erzählte ihm, was sie gesehen hatte.

»Das gefällt Ned bestimmt nicht, daß er einen Fischschwanz hat«, sagte Arthur. »Dann rutscht er ja immer ab.« Er schlief wieder ein.

»Es war kein Traum«, sagte Abbie. »Es war eine Vision. Ich war ja wach, bevor ich sie hatte.«

Sie weckte Arthur wieder.

»Das ganze Kreischen und Heulen Samstagnacht, der Tumult«, mäkelte sie. »Daß Ned tot war, war noch das geringste. Selbst den Krankenwagen habe ich nur gerufen, damit Jenny sich beruhigte. Und die Leiche wollte ich sehen, um mich davon zu überzeugen, daß er tot ist.«

»Und hast du dich überzeugt?«

»Nein«, sagte Abbie. »Da nicht. Jetzt, wo ich ihn im Aquarium gesehen habe, glaube ich es. Er ist an einem anderen Ort als wir.«

Sie begann zu weinen. Arthur wachte soweit auf, daß er sie trösten konnte.

»Du bist vielleicht eine«, sagte er. »Werd entweder richtig wach, oder schlaf ein.«

Sie wurde richtig wach. »Und was hat Vilna gemeint, als sie sagte, Ned sei so gut darin gewesen? Was weiß denn Vilna?« ereiferte sie sich. »Sie ist ein Ungeheuer. Sie wetteifert um den Status der am meisten von dem Verlust Betroffenen. Sie gehört zu dieser Sorte Frau, die immer da auftaucht, wo jemand gestorben ist, und sich dann mit den anderen darum zankt, wer ihm am nächsten gestanden hat und am meisten leidet. Ekelhaft. Eine Leichenfledderin.«

»Wenn sie ein Ungeheuer und eine Leichenfledderin ist«, sagte Arthur, »warum bist du dann mit ihr befreundet?«

»Weil es hier so wenige Leute gibt, mit denen ich reden kann«, jammerte Abbie und schlief ein. Arthur natürlich nicht.

# 6

Morgens, ohne Ned, konnte Alexandra sich quer im Bett ausstrecken. Damit tröstete sie sich, so gut sie konnte. Und es gab auch keinen Sascha, der mit aufrechtem Gang, den blonden Locken und den kritischen blauen Augen ins Schlafzimmer stolziert kam, um den Tag früher zu beginnen, als sie und Ned es wollten. Sie mußte lernen, Ned aus dieser Art gedanklicher Gleichung zu eliminieren. Also *Erratum:* früher, als *sie* wollte, deleatur Ned. Vom Rande des Betts kroch Kälte herein. Was war jetzt mit Sex? Wie war es gewesen, bevor sie geheiratet hatte? Sie konnte sich kaum erinnern. Sex, schien ihr, war genauso belanglos wie ein Abendessen im Restaurant. Beiseite zu legen wie eine Diskette. An Beziehungen erinnerte man sich, die waren auf der Festplatte. Alexandra hatte das Gefühl, als liege Ned auf ihr und wolle ihr solche Gedanken verbieten, eine schwere, ungreifbare Last: ein Trost. Sie waren zwölf Jahre verheiratet gewesen: zweiundfünfzig Wochen im Jahr mit durchschnittlich, rechnete sie, dreimal die Woche Sex. Zuletzt eher weniger, da *Nora* ihre Gewohnheiten jäh unterbrochen, aber die Miesen auf dem Konto getilgt hatte; zu Beginn der Beziehung hatten sie häufiger miteinander geschlafen, so daß das ausgeglichen wurde. Also, fünfmal die Woche in den ersten beiden Jahren vor der Hochzeit; viermal die Woche nach der Hochzeit – die Ehe schien eine dämpfende Wirkung auszuüben; fünf- bis sechsmal während der letzten Schwangerschaftswochen – die Schwangerschaft hatte bei ihr den umgekehrten Effekt. Zweimal oder sogar nur einmal die Woche in den Monaten nach Saschas Geburt. Dreimal wöchentlich im Durchschnitt schien eine solide, wenn auch vorsichtige Schätzung. Zwölf mal drei mal zweiundfünfzig Ficks. Eintausendachthundertzweiundsiebzig. Himmel! Kein Wunder, daß sie sich nun auf der elementarsten Ebene beraubt fühlte. Und nicht einmal mit Kondom. Wie viel von Ned hatte sie sich buchstäblich einverleibt? Plötzlich spürte sie wieder die gesprungene Feder zwischen den Schulterblättern.

Draußen ertönte eine Art Klagegesang. Das Bett verlockte sie nicht mehr. Sie ging ans Fenster und schaute hinaus auf den Garten, die Hecke, die Wiese dahinter, den Ententeich. Das Frühmorgenlicht ließ alles erglitzern, beinahe zu hell, als daß man etwas erkennen konnte. Unten begann Diamond zu bellen. Hinter der Hecke lungerte eine Gestalt. Jemand schlich dort herum und wimmerte. Wie so oft in diesen Tagen sah sie etwas, nahm es aber nicht auf. Das wirkliche Leben spielte sich vor ihr ab wie ein Fernsehfilm, den sie, je nach Laune, anschaute oder nicht.

Trauern war wie Bonding, dachte sie. Man trauerte um die Toten, wie man ein neugeborenes Kind liebgewann. Viel ändern konnte man an beidem nicht. Die Reaktion war einem angeboren; sie war genetisch bestimmt, physiologisch, außerhalb der eigenen Kontrolle. Wenn der Ehemann oder die Ehefrau starben oder ein Elternteil, ein Kind, ein Bruder oder eine Schwester, trauerte man eben. Weniger intensiv bei einem Freund oder einem Kollegen, heftiger wiederum beim Tod eines Königs, eines Präsidenten, eines Popstars oder eines religiösen Führers. Man konnte nicht anders. Es tat weh. Und geradeso, als hätte man einen physischen Schmerz oder Fieber, hielt man inne und wartete, daß es verging. Die Tränen flossen. Man konnte nicht einmal genug sehen, um zu handeln. Kein Zweifel, mit Trauer versuchte die Natur, das Kollektiv vor unnötigem Sterben zu bewahren. *Dieser Mensch* hat es getan: Dieser Mensch ist gestorben. Tu du's nicht auch. Laß das so schnell nicht wieder passieren! Trauer um die Alten ist gelassen, gütig; Trauer um die Jungen schmerzhaft, überlebensfreundlich für den Stamm. Wie auch der Gefährte der Trauer, Rachsucht. Hängt die Mörder! Zerbombt die Bomber! Zerrt die Ärzte vor Gericht! Erklärungen überflüssig! Stoßt über den Berg, plündert, brandschatzt, vergewaltigt! Raubt die Sabinerinnen, füllt den Stamm auf! Rache schluckt die Trauer, begräbt sie. Die Natur wird besänftigt. Seit jeher fordern die Götter das Menschenopfer; der gräßliche göttliche Schlund verschlingt die Lebenden, schlägt die Zähne in das warme Fleisch, tötet, vernichtet. Dann sperrt die heilende Natur den Rachen auf, und neues Leben quillt nackt und zuckend daraus hervor, ein endloser, stetig wachsender Strom. Eines Tages erstickt die Natur noch am schieren Umfang ihrer Produktion: unweigerlich.

Von draußen wieder Wimmern. Ein eigentümliches Klagen; ein archaischer monotoner Gesang. Alexandra ignorierte ihn.

Man mußte die Trauer vom Tod trennen. Dieser Schmerz war nicht an Ned gebunden. Hätte sie einen anderen Mann geheiratet und ein Kind mit ihm gehabt und wäre er letzte Samstagnacht gestorben, würde es ihr nun genauso gehen. Andere würden sagen – um die Irrationalität dieses Gefühls zu erklären –: »Eigentlich betrauert man den eigenen Tod. Der Tod eines anderen erinnert einen an die eigene Sterblichkeit. Je näher einem das andere Leben war, desto schlimmer ist es.« Nicht unbedingt. Die Angst vor dem Tod war berechtigt, auch das Grauen vor dem Unbekannten, dem trostlosen Wald des Nichtseins. Aber Trauer um einen selbst? Nein. Trauer im voraus um die anderen, die einen dann betrauern – sollte es sie geben –, wäre angemessener. Für jeden ist es schrecklich, ohne

Vorwarnung oder Zustimmung in Trauer gestürzt zu werden, doch was sollte man um die Toten selbst klagen? Der Tod kam zu allen. Kam er plötzlich, um so besser. Glück gehabt, Ned. Pech, Alexandra.

Oder die Leute sagten: »Der arme Ned. Nun kann er sein Kind nicht aufwachsen sehen.« Aber das traf es auch nicht. Kinder wachsen auf, um zu *ent*wachsen. Je jünger das Kind, desto reiner, desto vollkommener das elterliche Gefühl. Sein Kind nicht aufwachsen zu sehen wäre demnach ein Segen, kein Fluch. Es war sinnlos, nach Gründen zu suchen: Trauer begleitet den Verlust – sie ist die Peitsche der Natur –, so wie Freude die Geburt begleitet – das Zuckerbrot der Natur.

Trauer war Luxus, wie Porridge an einem kalten Morgen oder eine kühle Dusche an einem heißen Tag oder Wasser, wenn man Durst hat, oder ein langer Kuß zweier Liebender; wie alles, was einen an dem lustvollen Punkt festhält, an dem die Befriedigung der Sinne und die Notwendigkeit des Überlebens zusammentreffen. Alexandra würde sich auf die Trauer einlassen, nicht dagegen ankämpfen. Irgendwann würde sie abebben, wie ja auch ein gebrochenes Bein von selbst wieder heil wird. Die Freundinnen würden ihr beistehen.

Das Heulen und Wehklagen unten wurde nun noch lauter, desgleichen Diamonds Bellen. Wenn Alexandra den Hals reckte, konnte sie gleich hinter der Hecke sehen, wie sich ein brauner, gebückter Rücken vor- und zurückbewegte. Als wenn ein Tier elend und rastlos innerhalb eines begrenzten Raums hin- und herliefe. Aber hier war die Begrenzung Absicht, es sei denn, die Kreatur befand sich an einer Kette. Doch das war unmöglich. Unten warf sich Diamond, in der morgendlichen Küche gefangen, gegen die Hintertür. Er wollte hinaus.

Alexandra, froh, daß sie nun etwas zu tun hatte, zog sich rasch an. Turnschuhe, Jeans, ein Hemd von Ned: aus Jeansstoff, festem, grobem Material. Es gab ihr etwas von dem Gefühl zurück, daß sie und er eins waren. Dann ging sie hinunter in die Küche, nahm Diamond an die Leine und lief durch die Hintertür hinaus. Der Hund zog und zerrte sie um das Haus herum nach vorn zu der Ligusterhecke, die den Garten von der Wiese trennte. Auf der anderen Seite kam ein menschlicher Kopf zum Vorschein. Jenny Linden war das Klageweib: rot geflecktes Gesicht, verquollene Augen.

»Was machst du denn hier?« fragte Alexandra.
Jenny Linden hörte auf zu heulen.
»Ich wollte nur den Hund mit auf einen Spaziergang nehmen«, sagte sie. Sie hatte eine sanfte Stimme und sprach in dem singenden Tonfall des West Country. Sie erinnerte Alexandra an Gollum aus dem *Kleinen Hobbit*; ein bleiches, weißes unterirdisches Geschöpf; kompakt, aber geschmeidig. Diamond riß sich mitsamt Leine von der überraschten Alexandra los und sprang auf Jenny Linden zu. Er sprang an ihr hoch, weil er sie freundlich begrüßen wollte, nicht feindlich, und Jenny kraulte ihn hinter den Ohren, wie Ned es immer tat. Alexandra nie. Sie mochte den Hundegrind unter den Nägeln nicht.

Alexandra sah zu, wie Jenny auf die Knie fiel und Diamond umarmte.
»Oh, du armer Hund«, weinte sie, »du armer Hund. Wir Armen!« Diamond leckte Jenny begeistert übers Gesicht, und Jenny ließ ihn. Bis sie merkte, daß Alexandra sie anstarrte.
»Habe ich dich etwa geweckt? Leah sagt, ich muß meine Trauer rauslassen.«
»Leah?«
»Meine Therapeutin. Sie hat mir beigebracht, wie man klagt. Hat Ned dir das nicht erzählt?«

»Mir was erzählt?«
»Das mit Leah. Na, wahrscheinlich nicht. Du hättest gelacht. Was soll ich tun? Ich will sterben.«
Ihr aufgedunsenes Gesicht verzerrte sich. Sie war Mitte vierzig, älter als Alexandra. Ihr kurzes Haar war zerzaust und mußte gewaschen werden. Sie trug kein Make-up. Sie legte ihre kleine weiße, weiche Hand auf Alexandras mageren Arm. Alexandra empfand die Berührung wie einen elektrischen Schock und zuckte zurück.
»Ich bin nur hergekommen, um zu sehen, ob ich mit Diamond rausgehen kann«, sagte Jenny Linden. »Er geht so gern frühmorgens raus. Aber sowas weißt du nicht. Du mußt ja morgens lange schlafen wegen des Theaters.«
Sie hob ihr Doppelkinn gen Himmel und jaulte wieder los: den säumigen bleichen Mond dort oben an. Es war ein wirklich wunderschöner Morgen, merkte Alexandra. Auf den Rosen lag Tau, ein Spinnennetz glitzerte im allerersten Sonnenlicht. Wo war Ned? Deshalb trauerte man um die Toten, weil sie nicht mehr an diesem Jubel der Erneuerung teilnehmen konnten!
»›Froh bin ich, daß ich leb / Froh übers Himmelsblau‹«, sang sie die andere Frau an, bis diese mit ihrem füchterlichen, von Leah empfohlenen Lamentieren aufhörte und sie erstaunt anglotzte. Krach schlagen konnte Alexandra auch, und ihrer war zumindest disziplinierter und hatte einen gewissen Sinn. In der Schauspielschule hatte sie Wehklageübungen gehaßt, obwohl sie einen ebenso guten klassischen Heuler raushauen konnte wie ihre Mitstudenten. Sie fand Klagegesänge hirnrissig und mochte sie nicht. Kirchenlieder waren schöner, sie schmetterte weiter:

»Froh übers helle Land,
Froh übern fall'nden Tau.

Auf Regen folgt Sonne,
Auf den Tag die Nacht.
So sei unser Leben,
Bis das Werk vollbracht.«

»Sei mir nicht böse«, sagte Jenny Linden, obwohl Alexandra gar nicht fand, daß sie in irgendeiner Weise Unmut geäußert hatte. »Ich sollte dir eigentlich leid tun.«

»Warum denn das?« fragte Alexandra.

»Ich habe Ned geliebt«, sagte Jenny, »und er ist gestorben. Du hast ihn nicht geliebt. So! Jetzt ist es raus.«

»Du brauchst professionelle Hilfe«, sagte Alexandra. Nun war sie böse. »Aber im Augenblick hab ich selbst den Kopf so voll, daß ich nicht auch noch über Spinnerinnen wie dich nachdenken kann. Du mußt dich selbst um dich kümmern.«

»Ich begreife deine Wut«, sagte Jenny scheinheilig. Dann funkelten ihre kleinen Augen vor Bosheit. »Ned hat immer gesagt, du würdest böse und destruktiv, wenn du es herausfinden würdest. Du platzt ja vor Neid!« kreischte sie plötzlich, drehte sich um und flitzte auf stämmigen Stummelbeinchen, eins-zwei, eins-zwei, die kleinen Füße nach außen gestellt, der dicke Hintern wackelte, in die Nebelschwaden, die immer noch um die Wurzeln der Pappeln waberten, wo der Boden abfiel. Die Pappeln hatten Ned und Alexandra gleich nach ihrem Einzug ins Cottage zusammen gepflanzt. Zwölf in einer Reihe, im Abstand von zwei Metern fünfzig, eine ziemliche Schufterei, aber sehr befriedigend. Diamond rannte Jenny Linden schon bellend voraus. Und prompt flatterten Krähen hoch. Eine ärgerliche schwarze Schar stob über den Rotbuchen auf, die die Wiese und das Cottage zur Straße hin abschirmten. Unglücksvögel. Die gab's hier in der Gegend massenhaft.

Alexandra ging in die Küche und machte sich einen Kaffee. Das alte Päckchen war leer. Ned hatte es geöffnet. Sie warf es in den Abfalleimer. So, dachte sie, schwanden die Spuren der Toten nach und nach aus dem Alltagsleben. Alles, was übrigbleiben würde, waren Neds Werke auf dem Regal: Bücher über Ibsen. Und dann würde irgendwann seine Sicht Ibsens aus der Mode kommen. Die Texte würden in die Antiquariate und Bücherschränke ein paar schrulliger alter Käuze wandern und nur noch eine Handvoll Leute würde stutzen und sagen: »Ned Ludd – irgendwoher kenne ich den Namen.« Aber sie würden sich an Ned Ludd, den Dorftrottel aus Leicestershire erinnern, der 1782 eine Strumpfwirkmaschine zertrümmerte, weil sie ihn seiner Meinung nach um Lohn und Brot brachte, und nach dem die Ludditenaufstände benannt waren. Jedenfalls nicht an Ned Ludd, den Ibsenexperten. Auch nicht an Alexandra Ludd, Schauspielerin, deren Name und Foto einst so häufig in der Zeitung erschienen: die Nora in Ibsens Drama zu einer Zeit, als die Frauen in ihrer letzten Offensive, sich von der männlichen Tyrannei zu befreien, diese Figur zu ihrem Maskottchen erkoren hatten. Vielleicht würde es in der Theaterabteilung irgendeiner CD-Rom für Studierende einen Verweis auf die Ludds geben. In der Zukunft würde den Menschen so wenig zu tun bleiben, daß ihnen nichts Besseres einfiele, als sich die Vergangenheit auf den Bildschirm zu laden und drauf zu starren; zu lauschen, wie die Stimme »Ludd, Ned« sagte und den dazugehörigen Text vorlas. Keiner würde sich mehr die Mühe machen, selbst zu lesen. Viel zu anstrengend.

Jenny Linden. Warum war Diamond so bereitwillig mit ihr davongezogen? Das war ganz untypisch. Wenn Diamond Menschen nicht gut kannte, war er sehr mißtrauisch. Das Haus wirkte gespenstisch still. Nun, da der Hund nicht mehr atmete, hechelte oder schnaubte, fiel es Alexandra auf. Plötzlich vermißte sie Sascha: wie er jäh und entschlossen auf seinen kleinen Füßen lossauste. Sie vermißte die Energie in der Luft, die anzeigte, daß er irgendwo herumwuselte. Für einen Anruf bei Irene war es zu früh, wenn auch Sascha bestimmt schon auf war. Garantiert saß er vor dem Fernseher und guckte Teletext, den er zwar nicht lesen konnte, der aber, wie er beteuerte, seine Lieblingssendung war. Sascha mußte so schnell wie möglich nach Hause kommen. Sie wollte ihn in die Arme schließen.

Sie goß sich Kaffee ein, trank ihn jedoch nicht.

Jenny Linden. Sie wurde nie zu den Parties der Ludds gebeten. Warum eigentlich nicht? Andere, die sogar noch närrischer, noch unmöglicher waren, wurden eingeladen. Jenny verdiente sich ihren Lebensunterhalt mit ihrem Enthusiasmus und ihren kleinen Wurstefingern. Sie war das Theaterpendant zu einem Modellbauarchitekten. Sie nähte die Kostüme, die Kostümbildner entwarfen, in Miniaturformat, damit der Regisseur sie gut finden, ändern, loben oder bemängeln konnte. Es war eine durchaus achtbare Tätigkeit. Sie konnte jedenfalls davon leben. Sie wohnte in einem stilvollen kleinen Häuschen in Eddon Gurney gegenüber dem Gefängnis. Einmal hatte Ned sie, Alexandra, mit zu einem Besuch in Jennys Studio genommen, ihr vorderes Wohnzimmer, wie sich herausstellte. Er wollte, daß Alexandra die Kostüme sah, die Jenny für eine *Peer Gynt*-Produktion anfertigte – exakte Kopien der Kostüme für die Londoner Inszenierung von 1911. Das mußte vier Jahre her sein: Alexandra erinnerte sich, daß sie mit Sascha schwanger gewesen war. Ned hatte Jenny vorher angerufen und ihr gesagt, daß sie kämen. Es war eine vollkommen formale Angelegenheit gewesen. Jenny hatte eine Flasche Wein geöffnet, ihre Freude und Aufregung über den Besuch, der ihr offenbar viel bedeutete, nicht verhehlt und die kleinen Püppchen mit, wie Alexandra fand, lächerlichem Stolz hergezeigt. Ned hatte gefragt, ob er sie für sein Buch über *Peer Gynt* fotografieren dürfe, und Jenny hatte ja gesagt. Was danach passiert war und was Jenny zu der Aussage veranlaßt hatte, sie liebe Ned, war Alexandra schleierhaft.

Andererseits war Jenny natürlich jemand, der Dinge und Menschen auf derselben Ebene liebte. Sie »liebte« ihre Therapeutin, »liebte« ihre Freunde, »liebte« Ned, weil er ihr einmal ein wenig Beachtung geschenkt hatte. Warum glaubte Jenny, sie, Alexandra, liebe Ned nicht? *Erratum*: habe Ned nicht geliebt. Weil sie nicht da war, als Ned starb? Wahrscheinlich war es typisch für Jenny, daß sie sich wie eine Klette an jemanden hing nur für den Fall, daß er starb und keiner da war – und damit seinen Tod beschleunigte.

Alexandra erinnerte sich – wenn auch nicht, wo oder wann oder in welcher Gesellschaft es gewesen war –, daß Jenny einmal erklärt hatte: »Ich habe eine so wunderbare Therapeutin. Durch sie habe ich den Mut gefunden, meinen Mann zu verlassen.« Da hatte Alexandra noch gedacht: »Das sagen einsame Frauen immer.«

Irgendwo hatte es einen Gatten und einen Sohn gegeben, die aber beide im Interesse von Jennys künstlerischen Talenten abgestoßen worden waren. Der Gatte war Chefbeleuchter im West End. Genau: ein Techniker, kein Künstler. Nicht mal ein Kritiker. Jenny gehörte zu den Menschen, die sich geradezu aggressiv nach dem Frieden auf dem Lande und einem Leben inmitten der Natur sehnen, wo sie ihr wahres Ich entdecken können, die alte Leier. Ned war auf dem Land, weil es dort Parkplätze gab und er sich von der Theatermischpoke erholen konnte.

Warum dachte sie überhaupt zwei Minuten über Jenny Linden nach? Eine Wahnsinnige, die, vom Tod in Extase versetzt, am Rande des Reviers herumpirschte. Sie war es nicht wert. Alexandra hatte sich immer verpflichtet gefühlt, sie als Nachbarin in etwa derselben Berufssparte ab und an einzuladen, und dann hatte Ned immer gestöhnt: »Um Gottes willen nicht Jenny Linden! Sie ödet alle an und redet über die Rechte der Tiere.«

Alexandra fragte sich, wieso sie und Ned sich befugt gefühlt hatten, zu befinden, wer in der Nachbarschaft sozial anzuerkennen war und wer nicht. Wenn die Ludds gnädigerweise sagten, die Leute seien in Ordnung, dann waren sie es. Nun, da Ned gestorben, im Tode durch die Maschen eines Schutzzauns gestürzt war, den sie selbst errichtet hatten und der die Langweiler und Bemitleidenswerten fernhielt – nun, da Ned diesen Zaun zerrissen hatte; weiß der Himmel, wer da angerannt kam! Vielleicht geschah ihr das ja auch ganz recht.

Sie ging ins Wohnzimmer. Unter den Blicken der ihren Schwan umschlingenden Leda, der ihren Stier liebkosenden Europa (beide Göttinnen in Porzellan, circa 1760) und eines Fo-Hundes (glasiertes Steinzeug, circa 1730) griff sich Alexandra Neds Buch über *Peer Gynt*. Es schlug bei einer Fotografie von Jenny Lindens kleiner Bühne, den Figürchen und winzigen Kleidern auf. Die Bildunterschrift lautete: »Foto: Ned Ludd. Jenny Lindens hochgerühmte, feine Nachbildung der Inszenierung im Old Vic von 1922.«
Entweder war also Ned noch einmal zu Jenny zurückgegangen und hatte Fotos von Arbeiten zu der Inszenierung von 1922 gemacht, oder die Bildunterschrift war falsch, oder Ned hatte sich vorher geirrt. Oder sie, Alexandra, erinnerte sich fälschlicherweise an das Jahr 1911.

Alexandra hörte hinter sich eine Bewegung und fuhr herum. Jenny Linden gaffte sie an. In ihrem Wohnzimmer!
»Ich habe Diamond zurückgebracht«, sagte Jenny Linden. »Ich bin einfach reingekommen. Es stört dich hoffentlich nicht.«

»Doch, es stört mich«, sagte Alexandra.
»Ich habe so gehofft, wir würden Freundinnen«, sagte Jenny. »Wir brauchen beide jemanden zum Reden.«
»So nach dem Motto: Geteiltes Leid ist halbes Leid?« erkundigte sich Alexandra.
»Mokier dich nicht«, sagte Jenny Linden. »Du bist sehr schlau und raffiniert, aber das nützt dir letztendlich auch nichts. Das Buch kenne ich auswendig. *Peer Gynt und die Imagination des Nordens.* Ned war ein solch wunderbarer, kluger Mann. Du hast es wahrscheinlich nie gelesen. Er hat gesagt, du hättest dich nie für seine Arbeit interessiert.«
»Raus hier! Verlaß mein Haus«, schrie Alexandra, doch Jenny blieb, wo sie war, mit einer derartig phlegmatischen, klopsigen Sturheit, als hätte sie gar nicht gehört, was Alexandra gesagt hatte. Aber vielleicht hatte Alexandra es ja auch nur gedacht und nicht ausgesprochen.
»Dir geht's nicht gut«, sagte Jenny. »Ich mache dir einen Tee.«

Alexandra folgte Jenny in die Küche. Ohne zu zögern, als sei sie hier zu Hause, nahm Jenny die Becher aus dem Schrank und die Teekanne vom Regal. Diamond lag unter dem Tisch, er war erschöpft und keuchte, schlug ab und zu mit dem Schwanz und schaute seltsam schuldbewußt drein.

Alexandra ging auf Jenny zu und verpaßte ihr eine schallende Ohrfeige.
Jenny ließ den Becher fallen und starrte sie verblüfft an.
»Du bist gewalttätig«, sagte sie. »Zu allem anderen auch das noch! Du brauchst wirklich professionelle Hilfe. Ned hatte recht.«

Doch sie ging immer noch nicht. Sie fuhr sich mit ihren Pfötchen an die rosa Wange. Ihr Gesicht war zusammengequetscht, als strebe das Kinn zu den Augenbrauen und als wollten die

Ohren unbedingt zur Nase. Sie hatte ballonartige kleine Brüste und eine umfängliche Taille. Ned hätte sie bestimmt keines Blickes gewürdigt. Diese Frau war in ihren eigenen Wahnvorstellungen befangen. In zwölf Jahren hatte Ned Alexandra nur einmal aus der Fassung gebracht, als er nämlich Glenn Close anschmachtete, die er nicht nur wegen ihrer Intelligenz und ihres Temperaments, sondern auch wegen ihres Aussehens bewunderte.

»Du bist nur zurückgekommen, um dir alles unter den Nagel zu reißen, was du kannst«, fauchte Jenny Linden. »Ned ist dir völlig gleichgültig. Es bricht mir das Herz.«

Alexandra trat Jenny Linden mit Wucht gegen das Schienbein. Jenny Linden hoppelte herum und rannte schließlich durch die Küchentür hinaus. Alexandra knallte sie hinter ihr zu und schloß ab. Dann ging sie zum Telefon und rief Abbie an.

»Jenny Linden war hier«, sagte Alexandra. »Ist sie wahnsinnig oder was?«

»O je«, sagte Abbie. »Ich komme besser rüber.«

»Erzähl es mir jetzt, am Telefon«, sagte Alexandra. Aber Abbie wiederholte nur, daß sie, so bald sie könne, kommen werde – mit Arthur.

Alexandra inspizierte ihr Haus nach Spuren von Jenny Linden und anderen. Sie schaute in den Badezimmerspiegel und dachte eine Sekunde lang, Jenny Linden blicke sie daraus an, aber es war nur das Licht, das ihr einen Streich spielte. Sie hatte das Gefühl, Ned gegenüber illoyal zu sein, weil sie ihn derart und dann noch nach seinem Tode kontrollierte.

»Du bist vielleicht einer, Ned«, sagte sie. »Was hast du dieser armen Irren eigentlich erzählt? Irgendwas muß gewesen sein.«

Doch von Ned kam keine Antwort. Worte erwartete sie ja auch gar nicht – wie auch? –, eher eine rasche Begegnung, eine flüchtige Begrüßung, daß sich sein und ihr Geist ganz kurz berührten. Daß sie miteinander lachen, den Zweifel verjagen,

Jenny Linden verjagen würden. »Die grauenhafte Jenny Linden, total von der Rolle.«

Alexandra durchstöberte Schränke und Kommoden, die Küchenregale und das Badezimmerschränkchen. Sie wußte nicht mehr, was sie suchte. Überall vertraute Gegenstände, manche wertlos, manche unbezahlbar, alle erinnerten sie an eine Gegenwart, die sich jäh in Vergangenheit verwandelt hatte. Überall Ned. Um sich die Gegenwart und erst recht die Zukunft zurückzuerobern, würde sie vieles fortschaffen müssen: Zeug zusammenpacken, manche Sachen verbrennen, andere weggeben.

Abbie hatte saubergemacht, bevor sie, Alexandra, aus London gekommen war. Sie hatte Aschenbecher geleert, die Spülmaschine einmal durchlaufen lassen, sogar die Bettwäsche gewechselt. Warum? Weil sie so nervös war, wahrscheinlich. Und wo war Neds Zahnbürste? Nicht da. Ihre war da und Saschas, aber Neds nicht. Der Zahnputzbecher mußte gespült werden. Das müssen Zahnputzbecher immer.

Sie ging ins Schlafzimmer, schaute in Neds Sockenschublade und weinte zum erstenmal, ohne sich um ihre Augen zu kümmern. Sie rieb sie sich sogar mit den Fäusten und heulte laut. Da fand sie einen roten Hüfthalter mit schwarzem Spitzenbesatz zwischen den Socken. Ihrer, nahm sie an. Aber sie konnte sich partout nicht daran erinnern, daß sie so ein Ding mal besessen hatte. Vielleicht vor ihrer Heirat? Sie probierte ihn über ihren Jeans an. Zu groß. Aber trotzdem konnte sie ihn hinten auf dem Rücken nicht schließen. Sie mußte den Verschluß nach vorn drehen, um ihn zuzuhaken. Ein Trickverschluß: Man schob ein Stückchen Plastik von oben in ein anderes, drückte es herunter, und das ganze schnappte zu. Doch sie schaffte es nicht, nicht mal mit Hingucken. Sie gab auf und ließ das Teil zu

Boden gleiten. Also man wußte doch, wie man seinen eigenen Hüfthalter zumachte! Offenbar nicht, wenn er Jahre alt, vorehelich, vormutterschaftlich, aus Straps-Partyzeiten war. Das konnte man schon vergessen. Nahm sie an.

Sie schaute unters Bett: nichts, picobello sauber. Die üblichen zwei Koffer lagen da. Sie waren abgestaubt. Theresa, die Haushaltshilfe, war für eine Woche in Spanien. Sie war siebzehn, wog über hundert Kilo und hatte Probleme, unter dem Bett zu saugen. Das Bücken fiel ihr schwer. Abbie mußte gesaugt haben. Zum Fenster hin war der Teppich ein wenig feucht. Hatte es geregnet? Alexandra wußte es nicht. Wenn der Regen fein und stark vom Westen kam, sickerte schon mal Wasser zwischen Fensterrahmen und Fenster durch, zusammen mit den zarten neuen Ranken des Wilden Weins drang es ein. Vielleicht kam die Feuchtigkeit daher. Aber als Alexandra die Stiefmütterchen gejätet hatte, war die Erde rappeltrocken gewesen.

Plötzlich hatte Alexandra den klaren Eindruck, daß Ned auf dem Bett und keineswegs unten gestorben war und man es ihr aus irgendeinem Grunde verschwieg. Doch das war absurd. Warum sollten sie lügen? Hatten sie vielleicht gemeint, daß sie, Alexandra, dann nicht mehr in ihrem eigenen Bett schlafen wollte? Da hatten sie sich getäuscht. Sie wollte dort sein, wo Ned seine letzten Atemzüge getan hatte. Vielleicht hingen sie noch in der Luft, und Alexandra konnte sie spüren. Sie legte sich auf den Bettüberwurf und schlief ein. Diamond kam die Treppe hochgeschlichen und ließ sich neben ihr nieder.

Das Telefon weckte Alexandra. Sie ging nach unten, um abzunehmen, im Schlafzimmer war kein Anschluß. Es war die *Daily Mail*; man wollte wissen, wie es ihr ging. Sie legte auf. Es klingelte wieder. Die Anruferin war die Assistentin des Theaterkritikers eines angesehenen Blatts und sagte, es tue ihr leid, daß sie Alexandra zu einer solchen Zeit stören müsse, aber könne die Zeitung vielleicht schon den Termin der Beerdigung haben? Man wolle einen Fotografen hinschicken. So ein herber Verlust. Alexandra legte auf.

Es läutete an der Tür. Ein Blitzlicht explodierte ihr vor der Nase. Sie knallte die Tür zu, ging in die Küche, schnappte sich ein Messer und kauerte sich hinter die Tür. Wieder klingelte es. Sofort öffnete sie und schwang das Messer. Aber es war nur ein in Zellophan gehüllter Blumenstrauß vom örtlichen Blumenladen. Von Jenny Linden.
»Vergeben und vergessen«, stand auf der Karte. »In zärtlicher Freundschaft, Jenny.«
Alexandra warf die Blumen hinter dem Boten her, und während sie kreuz und quer über den Pfad segelten, bemerkte sie einen Mann mit Kamera, der zwischen den hohen Artischockenpflanzen unter der Wäscheleine stand, wo erst kürzlich noch die grüne Bettwäsche vom Ehebett zum Trocknen gehangen hatte. »Bleiben Sie bloß eine Minute stehen!« schrie er, aber sie rannte schnell ins Haus und rief die Polizei an. Man sagte ihr, man werde so schnell wie möglich jemanden schicken.

Das Telefon klingelte. Es war Abbie. Sie sagte, sie könne nicht kommen, weil eine ihrer japanischen Kursteilnehmerinnen einen Pflaumenkern verschluckt und einen hysterischen Anfall bekommen habe. Nein, dem Mädchen gehe es körperlich gut, sie fühle sich nur gedemütigt. So seien die Japaner nun mal. Sie, Abbie, wolle nachmittags kommen. Sie habe gehofft, Jenny Linden werde sich weiterhin ruhig verhalten und Alexandra nicht behelligen, aber das sei offensichtlich nicht der Fall. Da helfe nur, sie unter körperlicher Gewaltanwendung rauszuschmeißen.
»Das habe ich ja schon«, sagte Alexandra.

»Sie ist seit Jahren in Ned vernarrt«, sagte Abbie. »Und am Rande der Psychose. Sie hat oft im Garten rumgelungert. Er mußte die Polizei rufen. Wie in *Eine verhängnisvolle Affäre*, nur ohne Sex. Ein totaler Fan. Es grenzte an Belästigung.«

»Warum hat Ned mir das nie erzählt?«

»Weil es ihm peinlich war, nehme ich an«, sagte Abbie.

»Und warum hast *du* es mir nie erzählt?« fragte Alexandra.

»Sie war so mitleiderregend. Das ganze war so lächerlich. Ich habe immer gedacht, sie ginge weg oder käme in die Klapse oder so was, und damit hätte sich's. Das würde ich dir aber lieber alles direkt erzählen. Am Telefon ist es so unpersönlich. Hat das nicht Zeit bis heute nachmittag?«

»Nein. Heute ist Mittwoch. Hamish kommt bald.«

»Gott sei Dank. Dann hast du wenigstens jemanden, der dir Gesellschaft leistet.«

»Du hast mich am Sonntagmorgen um halb sechs angerufen«, sagte Alexandra. »Ich war Sonntagmittag hier. In der Zeit hast du die Polizei, den Arzt, mich, Vilna und den Krankenwagen gerufen, mein Haus von oben bis unten geputzt und meine Bettwäsche gewaschen.«

»Ich habe nicht geputzt«, sagte Abbie. »Ich habe nur die Bettwäsche gewechselt und die schmutzige schon mal gewaschen. Wenn man eine Sprachenschule mit Unterkunft betreibt, wird einem das zur zweiten Natur. In der Krise bezieht man am besten die Betten neu und tischt Essen auf. Capito?«

Alexandra lachte ein wenig.

»Na, das klingt ja schon besser«, sagte Abbie.

»Und wer hat geputzt?« fragte Alexandra. »Theresa ist noch weg. Sie kann es nicht gewesen sein.«

»Wahrscheinlich Ned. So hoffnungslos ist er nicht. Du bist doch seit letztem Dienstag nicht zu Hause gewesen.«

»Er staubsaugt nicht unter einem Bett, wenn er zwei Koffer wegbewegen muß. Entschuldigung, suche: ›staubsaugt nicht‹, ersetze: ›hat normalerweise nicht gestaubsaugt‹.«

»Vielleicht war es Vilna«, sagte Abbie und überhörte Alexandras Scherz. »Vielleicht ist Vilna morgens mit Staubsauger und Staubtuch durchs Haus gegangen. Wenn eine Leiche im Haus ist, machen die Leute die komischsten Sachen.«

»Abbie, es ist meine Leiche«, sagte Alexandra und begann zu würgen und dann zu weinen. »Und das hier ist mein Haus. Ich will nicht, daß Fremde wie Vilna und Jenny Linden hier schalten und walten, wie sie wollen.«
»O Gott«, sagte Abbie. »Ich sollte bei dir sein. Ich komme jetzt rüber. Die Japanerin muß ohne mich zurechtkommen.« Sie legte auf.

Alexandra ging zur Haustür und schaute sich um. Der Fotograf war verschwunden; von Jenny Linden keine Spur. In der Sonne schlummerten die Blumen. Eine ganz sanfte Brise wehte. An den hohen Stangenpyramiden hingen Wollbohnen, die gepflückt werden mußten. Vielleicht schaffte sie es heute abend. Ned hatte immer Angst, daß die Schoten zu lange hängen blieben und hart wurden. Sie wohnte in einem wunderschönen Haus, in einer wunderschönen Gegend. Sie war Witwe.

Sie rief bei der Polizeiwache in Eddon Gurney an und teilte mit, sie brauchten niemanden mehr zu schicken; jetzt sei alles ruhig. Die Polizisten waren erleichtert, weil es an Personal fehlte; sie würden den Anruf von der Liste streichen; sie sprachen Alexandra zum Tode ihres Gatten ihr herzliches Beileid aus. Ein solcher Verlust für die Gemeinde. Werde sie im Haus wohnen bleiben?
»Natürlich«, sagte sie.
Sie dachten, sie würde vielleicht verkaufen und ganz in die große Welt, nach London, ziehen. Keine Zeit mehr für die behäbigen Leutchen auf dem Lande und ihre ländlichen Gewohnheiten. Was sie jetzt noch hier halte?

Die Bemerkung, wenn *sie* weniger Zeit mit quatschen vertrödeln würden, hätten sie eher jemanden schicken können, der den Fotografen aus ihrem Garten hätte verjagen können, verkniff sich Alexandra, denn es ist immer unklug, die Polizei zu ärgern. Deshalb sagte sie wahrheitsgetreu, wie sehr sie die Gegend liebe, daß sie sich nach zwölf Jahren im Cottage wie zu Hause fühle und nun, da ihr Mann tot sei, die Unterstützung der Gemeinde mehr denn je brauche, und so weiter und so fort, und sie sagten ihrerseits, sie solle sie benachrichtigen, wenn es Probleme gebe, sie kämen sofort. Anruf genüge.

Abbie rief Alexandra an, um ihr zu sagen, sie könne nicht kommen. Ein junger Araber aus den Golfstaaten habe in eine Pflaume gebissen und sei von einer Wespe in die Zunge gestochen worden, und obwohl sie nicht anzuschwellen scheine, wolle sie doch lieber den Arzt rufen.

Alexandra schlug Abbie vor, den Pflaumenbaum zu fällen.

»Abbie«, hakte sie nach. »Ein paar Dinge hast du mir immer noch nicht erzählt. Jenny Linden war am Sonntagmorgen im Haus. Ist sie zufällig dort aufgekreuzt? Oder hast du sie auch angerufen?«

»Natürlich habe ich sie nicht angerufen. Sie stand vor dem Haus, als ich ankam«, sagte Abbie. »Hinter der Ligusterhecke. Als wenn sie da spionierte. Ned hat mir mal erzählt, daß sie das täte. Ganz früh morgens. Wenn er Diamond rausließ, war Jenny Linden manchmal da, und dann machte sie mit Diamond einen Spaziergang. Na, da brauchte er wenigstens nicht selbst mit dem Hund zu laufen, stimmt's?«

»Soll das heißen, Ned hat sie benutzt? Sie war von ihm besessen, und er hat sie benutzt? Damit sie Diamond Auslauf verschaffte?«

»Verglichen mit anderen männlichen Sünden ist das so schlimm nicht, Alexandra«, sagte Abbie beschwichtigend. »Er hatte Mitleid mit Jenny. Er hat immer gemeint, ihr Leben sei so leer.

Er hat alles mögliche versucht, damit sie ihn in Ruhe ließ. War fies zu ihr oder nett und hat an ihre Vernunft appelliert. Vielleicht hat er gedacht, wenn sie Diamond satt habe, würde sie aufgeben. Diamond wird ja jedem schnell leid.«

»Und wie lange ging das schon so?«

»Ein paar Jahre gewiß.«

»Jahre?« sagte Alexandra ungläubig. »Wer wußte noch davon?«

»Die meisten Leute, glaube ich.«

Das mußte Alexandra erst mal verdauen.

»Erstaunlich«, sagte sie.

»Eigentlich nicht«, sagte Abbie. »Wenn jemand eine Affäre hat, erfährt der Partner es immer zuletzt. Keiner will derjenige sein, der es ihm erzählt, und alle denken sowieso, es geht vorbei oder stimmt alles gar nicht. Natürlich war das keine Affäre. Nicht, daß du das glaubst. Jenny hat ihn nur genervt. Sie ist besessen.«

»Aber solche Menschen können gefährlich werden«, sagte Alexandra. »Manchmal bringen sie Leute um. Man hätte mich informieren müssen.«

»Du bist Künstlerin«, sagte Abbie mit nur einem zarten Hauch Bosheit. »Keiner will dich beunruhigen. Du mußt viel von zu Hause weg sein. Dann ist es nicht gerade lustig zu wissen, eine Wahnsinnige pirscht um deinen Mann herum.«

»Nein wahrhaftig, zum Lachen ist das nicht«, sagte Alexandra. »Aber was ist dann passiert?«

»Ich hab die Hintertür aufgemacht, Diamond kam rausgestürmt und lief mit Jenny los«, sagte Abbie. »Dann habe ich durchs Fenster geschaut und die Leiche gesehen; bin reingegangen und habe angefangen, rumzutelefonieren, und dann kam Jenny mit Diamond zurück, direkt ins Haus, sah die Leiche und flippte aus. Sie ist den ganzen Morgen wie eine Furie rumgerast und hat sich die Haare gerauft, als sei sie in einer griechischen Tragödie. Deshalb habe ich Vilna angerufen. Sie kann gut Leute rausschmeißen, und das hat sie dann auch getan. Sie hat Jenny Linden höflich an die Luft gesetzt. Vilna kann wunderbar sein.«

»Gut, aber ganz gleich, was Vilna da geschafft hat«, sagte Alexandra, »Jenny Linden ist zurückgekommen. Sie ist völlig gestört. In einem Moment will sie mit mir befreundet sein, im nächsten haßt sie mich.«

»Das hat Ned auch gesagt«, bemerkte Abbie. »Sie ist gestört. Und das war in Neds Augen immer unverzeihlich. Durchgeknallte Leute mochte er nicht. Manchmal glaube ich, der einzige Grund, warum er mich mochte, war, daß ich so offensichtlich alle fünf Sinne beieinander hatte. Alexandra, ich muß aufhören. Der Arzt kommt gerade die Einfahrt hoch.«

»Dr. Moebius?«

»Ja.«

»Ist er nicht in seiner Praxis?«

»Wespenstiche in die Zunge gelten als Notfall, besonders bei einem arabischen Scheichsöhnchen, das so viel Geld hat, daß es ganz Eddon Gurney aufkaufen könnte.«

Abbie ging dem Arzt die Tür öffnen. Der junge Mann mit dem Stich in der Zunge begegnete ihr im Flur und sagte kleinlaut: »Vielleicht habe ich es mir nur eingebildet, weil ich gesehen habe, wie die Wespe wegflog.« Er hatte die Verben richtig konjugiert, und Arthur, der auch die Tür öffnen wollte, freute sich; Abbie weniger. Die Schule war verpflichtet, für medizinische Notfälle zu bezahlen, Dr. Moebius war gerufen worden und würde eine Rechnung ausstellen. Er ging aber nicht, ohne dem Burschen sicherheitshalber eine Spritze zu verpassen. Antihistamin.

Alexandra verließ das Haus und fuhr die achthundert Meter zu Vilna. Vilna wohnte auf einem kleinen Herrensitz in einem idyllischen Dorf, wo die Grundstückspreise weit und breit am höchsten waren. Das Haus hieß Pineapple Lodge, denn zwei große, aus Stein gemeißelte Ananasfrüchte, circa 1750, verzierten die beiden Torpfosten, die die schmiedeeiserne Pforte (Coalbrookdale, 1830) zur Einfahrt flankierten. Das Tor, einst immer offen, war nun immer geschlossen und konnte nur noch mit Fernbedienung vom Hausinneren aus geöffnet werden. Überall befanden sich Alarmanlagen. Vilnas Ehemann saß im Gefängnis. Er war ein australischer Börsenhai, der vor drei Jahren mit dem Gesetz in Konflikt geraten war. Der größte Teil seines Grundbesitzes war verkauft worden. Nur Pineapple Lodge nicht, das er ursprünglich für Vilnas Mutter erstanden hatte, die gerade noch aus Jugoslawien herausgekommen war, bevor das Land in kleine mörderische Teile zerbrach und nun fünf Lieder statt einem zum Europäischen Songfestival schikken durfte. Die beiden Frauen, Mutter und Tochter, harrten in dem Hause aus, bis Clive auf Bewährung entlassen wurde. Dann wollten sie nach Südafrika ziehen. In der Zwischenzeit begnügten sie sich mit dem West Country. Clive hatte viele Feinde, und hier fühlten sie sich sicherer. Fremde Gesichter waren in einer entlegenen Gegend auf dem Land schneller zu erspähen und mußten sich ausweisen.

Ned und Alexandra hatten Vilna ein-, zweimal besucht, waren jedoch angesichts des Stils und der Farben von Vorhängen und Teppichen in einem Haus, das ursprünglich durch seine Schlichtheit und Strenge bestochen hatte, fassungslos gewesen.

»Eigentlich ist es doch völlig egal«, hatte Ned gesagt, »daß die Bude wie ein türkischer Harem aussieht. Aber trotzdem: Da fällt es einem schwer, Vilna ernst zu nehmen.«

Jeder wußte doch, daß man auf dem Land in England Dreck, Hunde und Fahrräder einplanen mußte. Möbel waren hier aus Eiche oder Kiefer und antik, und Reichtum wurde heruntergespielt. Ned sagte, das sei der traditionelle Schutz des

Engländers gegen den Pöbel. Nur die Reichen und Gebildeten konnten Wohlstand von Armut unterscheiden. Selbst Mrs. Edwards, die mit im Haus wohnende Haushälterin, beschwerte sich im Dorfladen, daß ihre Arbeitgeberinnen keine Manieren hätten. Sie waren pompös und paßten nicht hierher.

The Cottage war die meiste Zeit unverschlossen. Wer merkte schon, daß das Gekritzel an der ramponierten Wand ein Picasso, die alte Holzkiste eine jakobitische Truhe, die Kohlenschütte ein feines Arts-and-Craft-Stück in gehämmertem Kupfer und die verrußte Rückwand des Kamins, circa 1705, von unschätzbarem Wert waren? Vilnas und Marias Haus mit den prächtig gemusterten Tapeten, üppigen Vorhängen, plüschigen Polstersofas, seinen Mahagoni- und Walnußholzmöbeln und allgegenwärtigen Vergoldungen, Fernsehern und Videogeräten bot sich für einen Raubzug geradezu an. Aber auch nicht für den zufälligen Dorfeinbruch, sondern einen geplanten Coup. Das waren Ganoven einander schuldig. Clive Mansells Familiensitz.

Also wurde Vilna, die nicht hineinpaßte, am Rande des gesellschaftlichen Lebens gehalten, das sich um The Cottage konzentrierte und sehr wohl die meisten Exzentriker der Gegend einschloß. Sie war nicht richtig ausgeschlossen, aber auch nicht richtig einbezogen. Man lud sie zum Lunch ein, doch selten zum Dinner. Daß ihr Mann im Gefängnis saß, hielt man ihr nicht vor. Er war ein Finanzgenie, beileibe kein gewöhnlicher Krimineller und wahrscheinlich ohnehin in eine Falle getappt. Abbie, die Vilna mochte und gern die vulgären Cocktails trank, in denen das Eis klimperte und die in schicken Gläsern am Swimmingpool serviert wurden, erzählte das jedenfalls allen, und viele glaubten ihr.

Alexandra wußte ganz genau, daß auch sie von der Kritik der Ortsansässigen nicht ausgenommen war. Schön und gut, daß Ned Schriftsteller und Kritiker und zudem neu in der Gegend war. Der Beruf war bekannt. Schon immer waren Leute aus der Stadt zugezogen. Thomas Hardy war ein frühes Beispiel. Halb so wild auch, daß Alexandra Schauspielerin war, solange sie erfolglose Schauspielerin blieb, eine Frau, die versuchte, schwanger zu werden – denn als solche definierte man sie, nachdem die Sprechstundenhilfe in der Arztpraxis diese Information erst einmal verbreitet hatte. Alexandra war so lange akzeptabel, wie ihr Gatte es war und sie Pech hatte und bemitleidet werden konnte. Aber als sich ihr Glück wendete, als *Nora* angelaufen war, ihr Bild in der Zeitung erschien und sie zusammen mit Prinzessin Anne fotografiert wurde – als sie ein Kind hatte und nicht mehr bemitleidet werden konnte und schlimmer: das Kind mehr oder weniger der Obhut von Theresa, der Haushaltshilfe, anvertraute – da hielt man sie für blasiert. Die Grafschaft Sussex wäre das richtige für sie gewesen.

»Vilna«, sagte Alexandra, »was weißt du über Jenny Linden?«
»Ich versuche, nicht über sie nachzudenken«, antwortete Vilna. »Da wird man doch nur deprimiert. Sie ist komplett verrückt. Warum vergißt du sie nicht?«
»Weil sie es mir schwer macht«, sagte Alexandra. »Sie kommt immer wieder angelaufen. Und weil ich keine Ahnung habe, was ich vergessen soll. Alle reden um den heißen Brei herum. Wenn Jenny Linden sich immer beim Haus rumgetrieben und meinen Mann belästigt hat, warum hast du mir das nicht erzählt?«
»Liebling, ich kenne dich nicht so gut. Wir sind miteinander bekannt, keine Freundinnen. Was nicht an mir liegt. Die Leute hier sind hochnäsig. Das Wort hat mir Abbie beigebracht. Abbie ist deine Freundin. Sie hätte es dir erzählen sollen. Aber sie war zu englisch. Sie hat gedacht, wenn sie wegschaut, verschwindet es. Hat sie mir jedenfalls gesagt.«

»Tut mir leid, wenn ich hochnäsig gewirkt habe«, sagte Alexandra, und das tat es wirklich. Im harschen Licht des Todes lernt man jeden, der lebendig ist, zu schätzen. Obwohl das Licht schnell erlischt, und alles wieder normal wird. »Aber ich hatte in letzter Zeit einfach so viel um die Ohren. Hat Ned Jenny Linden irgendwie ermutigt?« fragte sie dann. »Hat er ihr irgendeinen Grund gegeben, sich so zu verhalten?« »Du kennst doch Ned, Liebes«, sagte Vilna. »Immer der Weiberheld.«
»Nein, so kenne ich ihn ganz und gar nicht«, erwiderte Alexandra steif und beschloß, daß sie Vilna doch lieber als Bekannte denn als Freundin haben wollte. »Ned war ganz Ehemann und Vater. Ein Familientyp.«
»Man kann sich ja bei Menschen so irren«, sagte Vilna. »Selbst wenn man mit ihnen verheiratet ist. Ich habe vier Jahre mit Clive zusammengelebt und nie gewußt, daß er ein schlimmer Finger war. Das Wort habe ich von seinen Freunden gelernt. Ein Krimineller.«

Vilna und Alexandra saßen an der Bar des Swimmingpools und tranken etwas. Pflaumenbäume beugten sich über das Glasdach, als wollten sie ins Wasser darunter. Der Swimmingpool, fiel Alexandra auf, befand sich dort, wo einstmals der ummauerte Kräutergarten gewesen war. Seine Wände enthielten immer noch Teile des originalen elisabethanischen Ziegelmauerwerks, überall sonst prangte gold-schwarzes Mosaik. »Ist der Pool nicht phantastisch? Wußtest du, daß Otto Cavalier der Innenarchitekt war, Liebes?«
Alexandra erwiderte, sie habe noch nie von Otto Cavalier gehört, was nicht so gut ankam. Sie kehrte zum Thema Clive zurück, da fühlte sie sich sicherer.
»Hier glaubt keiner, daß Clive kriminell ist«, sagte Alexandra höflich. »Nicht mal seine Kollegen in der City. Er ist hereingelegt worden; er war das Bauernopfer. Das wissen alle. Mach dir nichts draus.«

»Er ist kriminell«, entgegnete Vilna entschieden. »Das weiß ich ganz genau. Ein englischer Richter hat es gesagt, und um eure Justiz beneidet euch die ganze Welt. Das war ja auch einer der Gründe, warum meine Mutter und ich ursprünglich hierhergekommen sind. Dein Mann war kein Krimineller, aber ein Sexprotz. Bei einer Party ist er jeder hübschen Frau an den Rock gegangen; meiner Erfahrung nach jedenfalls. Anders wäre es dir auch gar nicht recht gewesen. Ist doch so, oder? Wer will einen Wallach, wenn er einen Deckhengst haben kann?«

Alexandra, die Vilna nie hübsch, sondern bestenfalls viel zu stark geschminkt gefunden hatte, kam zu dem Schluß, daß diese schlicht zu den Frauen gehörte, die hinsichtlich ihrer eigenen Reize so verblendet sind, daß sie meinen, alle Männer stellen ihnen nach. Alexandra fehlte die Energie, Neds Ruf zu verteidigen. Sie ignorierte Vilnas Darstellung. »Erzähl mir von Sonntagmorgen«, sagte sie.

»Abbie hat mich gegen zehn Uhr angerufen, und ich bin zum Cottage gegangen«, sagte Vilna, als habe sie es eingeübt. »Als ich ankam, fuhr der Krankenwagen gerade mit der Leiche weg. Ich war enttäuscht. Ich hatte noch nie einen Toten gesehen.«

»Tut mir schrecklich leid, daß du enttäuscht worden bist«, sagte Alexandra.

»Liebes, jetzt habe ich dich gekränkt!« rief Vilna. »Ich bin so taktlos. Cancel es, wie es heute heißt! Jenny Linden ist rumgerannt wie ein wildgewordener Handfeger und trug kaum was am Leibe. Ich könnte es mir leisten, so rumzulaufen; aber Jenny Linden nicht, das kannst du mir glauben. Flatsch, hops, schwabbel! Ich hätte mich ja so geschämt. Der Frau würde es nicht schaden, wenn sie mindestens fünfundzwanzig Pfund abnähme.«

»Sie hatte nichts an?«

»Doch, eins von deinen Nachthemden. Ich glaube, Abbie hat sie dazu gezwungen, damit sie sich nicht blamierte. Es war sehr dünn und nur aus Spitze. Dr. Moebius hat ihr Pillen gegeben, aber die haben überhaupt nicht gewirkt.«

»Dr. Moebius hat Jenny Linden Pillen gegeben?«

»Vielleicht auch eine Spritze, Liebes, ich weiß es nicht. Ich war nicht dabei. Vergiß es, Liebes. Dein Mann ist tot. Alle Männer sind Schweine. Such dir einen neuen, einen besseren.«

»Ich muß Klarheit haben«, sagte Alexandra. »Ich weiß, ihr wollt mich alle schützen, aber mir wäre lieber, ihr tätet es nicht. Und mein Mann war nicht wie alle Männer, er war kein Schwein. Ich liebe ihn.«

»Das war nur so eine Redensart«, sagte Vilna. »Wie man sie in diesem Lande gern benutzt.«

»Wie bist du Jenny Linden eigentlich losgeworden?« fragte Alexandra.

»Ich hab ihr eine runtergehauen«, sagte Vilna. »Schwamm drüber. Wir sind auf deiner Seite, Alexandra.«

»Es gibt keine Seite, auf die man sich stellen muß«, sagte Alexandra. »Jenny Linden ist einfach eine verdammte Nervensäge. Ich will nicht, daß sie den Scheißzeitungen was erzählt. Was hat Neds Tod mit ihr zu tun? Ich will nicht, daß dieses Aas zur Beerdigung kommt.«

»Kein Grund zu fluchen«, sagte das wilde Weib der Bergstämme pikiert.

»Und warum hast du dich verpflichtet gesehen, mein Haus zu staubsaugen?« fragte Alexandra.

»Weil ich auch hier immer saubermache, wenn ich in einer Krise stecke«, sagte Vilna. »Das machen viele Frauen, und weil ich es brauchte, und weil ich deine Freundin bin, und zu Hause erwartete dich ja schon mehr als genug.«

»Ja, das stimmt«, sagte Alexandra. »Wirklich wahr. Danke.«

Die beiden Frauen lächelten sich an. Alexandra trank ihren Cocktail mit einem in der Mitte zu knickenden Strohhalm, mit dem man sich um Ananasstückchen, kleine Fähnchen und Maraschinokirschen herummanövrierte. Es war absurd.

»Wo hat Abbie mein Spitzennachthemd gefunden?« fragte Alexandra.

»Liebes, du bist so mißtrauisch. Du darfst nicht paranoid werden. Keine Ahnung. In deinem Schrank, der Kommode?«

»Unter meinem Kopfkissen, würde ich eher meinen. Warum hat sie es ihr überhaupt gegeben? Es bringt Jenny Linden viel zu nahe an Ned. Mir wird übel.«

»Es war das einzig Weite, das greifbar war, das Abbie Jenny Linden überwerfen konnte. Wie ein Tuch über einen Vogelkäfig, damit der Insasse ruhig wird.«

»Ich bin hier, weil ich euch beiden für eure Hilfe danken wollte. Ich bin im Moment ziemlich durcheinander.«

»Nichts zu danken«, sagte Vilna.

»Als du Ned bei Mr. Lightfoot besichtigt hast«, sagte Alexandra, »wie sah er aus? Ich habe nämlich auch noch nie eine Leiche gesehen. Ist es zum Fürchten?«

»Für mich sah er nicht sehr tot aus. Sondern erstaunt. Der Tod strafft die Kinnpartie wie ein Gesichtslifting. Sehr schmeichelhaft. Als ich ihn da liegen sah, hat es mir leid getan, daß ich nie ja gesagt habe. Findest du nicht, daß es geradezu verbrecherisch ist, bei solchen Gelegenheiten nein zu sagen? Wir sind nur so kurz hier auf dieser Erde und so lange im Kalten und Dunklen.«

»Nein zu was gesagt? Ich weiß nicht, was du meinst.«

»Er hat immer gesagt, wenn du nicht da wärst, hielte er die Tür unverschlossen, damit ihn nachts schöne Frauen besuchen könnten. Es war eine Einladung.«

»Vilna, das war ein Scherz. So redet Ned.«

»Er war sowieso nicht mein Typ. Und er war mit dir verheiratet. Und du bist meine Freundin. Außerdem wäre der Hund draufgesprungen. Ihr Engländer und eure Hunde.«

»Auf dem platten Land erspart der einem Sicherheitstore«, sagte Alexandra.

»Dein Mann sieht im Tode sehr friedlich und jünger als im Leben aus. Jenny Linden hat gleich losgekreischt.«

»Jenny Linden hat sich auch die Leiche angeschaut? Woher weißt du denn das?«

»Als Abbie und ich von Lightfoot weggefahren sind, kam sie an. Wir sind fast mit ihr zusammengestoßen. Abbie ist eine grottenschlechte Fahrerin. Wir mußten anhalten. Das andere Auto fuhr weiter. Während Abbie den Schaden begutachtet hat, habe ich Jenny kreischen hören.«

»Alle haben sich die Leiche angeschaut, nur ich noch nicht? Sogar Jenny Linden?«

»Alexandra«, sagte Vilna, »du wolltest nicht mit uns kommen. Das fanden alle seltsam.«

»Ich war erschöpft«, sagte Alexandra. »Ich war in einem Schwebezustand. Ihr hättet warten sollen, bis ich dagewesen war. Jetzt sehe ich überhaupt keinen Sinn mehr darin, den Leichnam anzuschauen, wenn er schon so abgegafft ist. Ich erinnere mich lieber an den lebendigen Ned.«

»Der hat gesagt, du seist oft sehr müde gewesen. Typisch für Karrierefrauen. Das ist die Strafe, die Männer für die Gehälter ihrer Frauen zahlen. Ich habe in meinem ganzen Leben nicht gearbeitet. Ich würde nicht im Traum daran denken.«

Sie schnipste mit den Fingern, und aus dem Nichts erschien ihre Mutter mit frischen Cocktails. Sie trug pinkfarbene Gummisandalen und sehr dicke Strümpfe. Sie ging wieder weg. Vilna sprach nicht mit ihr.

»Wie kommt Jenny Linden zum Cottage? Fährt sie mit dem Auto, oder läuft sie?« fragte Alexandra, entschlossen, das Letztgesagte zu ignorieren. »Vielleicht kommt sie ja auch auf ihrem Besenstiel angeritten?«

»Am Sonntag hatte sie kein Auto. Nachdem ich ihr eine gescheuert und sie aufgehört hatte, rumzurennen und zu brüllen, mußte ich sie nach Hause bringen. Sie wäre ohnehin nicht in der Lage gewesen zu fahren. Sie hat sich am Türgriff festgeklammert und die ganze Zeit gerufen, das Haus gehöre rechtmäßig ihr. Ich mußte sie wegschleifen. Sie hat sich beschwert, daß niemand nett zu ihr ist. Ich habe ihr gesagt, du würdest gleich kommen und anstandshalber hätte sie sich fernzuhalten. Und ich habe ihr zweihundert Pfund angeboten, damit sie auch ganz bestimmt wegblieb. Ich dachte, das sei der angemessene Betrag. Nicht zu wenig, nicht zu viel. Ein Trinkgeld.«

»Du hast was?«

»Das Geld ist unwichtig«, sagte Vilna. »Ich hatte Mitleid mit dir. Frauen wie Jenny Linden können gefährlich werden. Bei mir zu Hause sind die Leute vernünftig. Da findet man solche Weiber tot in einem Graben: erstochen. Hier benutzt man keine Messer, sondern Geld. Meine Mutter und ich halten uns an die Gepflogenheiten des Landes. Das ist ratsam. Willst du mal meine neue Krone sehen?« fragte sie dann, öffnete den Mund, und Alexandra sah hinein.

»Sehr schön«, sagte sie und fuhr zu Jenny Linden.

# 7

Jenny Linden wohnte im alten Teil der Stadt: in einem kleinen Reihenhaus an einer breiten, aber abgeschiedenen Straße gegenüber der hohen Ziegelsteinmauer des Gefängnisses von Eddon Gurney, eines im Jahre 1718 erbauten und nun denkmalgeschützten Gebäudes von allerhöchstem architektonischem und historischem Interesse. Es wurde erst seit kurzem nicht mehr benutzt: Das Ausmaß an Fehlzeiten und Selbstmorden beim Personal hatte die Behörden endlich beeindruckt. Weder Neuorganisation noch Supervision hatten das Grauen und die Furcht lindern können, die aus dem alten Steingemäuer quollen. Nun hatte die Stadtverwaltung begonnen, die Anlage in einen Justizvollzugsanstalts-Themenpark zu verwandeln, den ersten seiner Art.

Nummer 42 schmiegte sich zwischen seine Nachbarn: lauter zweistöckige kleine Häuser mit dicken Wänden, die für die Gefängniswärter erbaut worden waren. Verputzte Front, überdachte Haustür, großes quadratisches Fenster zur Rechten: drei Zimmer und eine Küche, die nach hinten hinausgebaut war und über der sich das Bad befand. Durch die Hintertür kam man in einen rechteckigen kleinen Garten. Einstmals hätte ein solches Heim Ehemann und -frau, eine oder mehrere Tanten und ein paar Kinder beherbergt. Nun war es das perfekte Liebesnest für eine Person. Gemütlich.

Davor war ein freier Parkplatz, aber Alexandra stellte ihr Auto ein bißchen weiter unten ab. Sie schaute durch Jenny Lindens Fenster, sah jedoch drinnen niemanden. Neben einer gut gepflegten Topfpflanze auf der Fensterbank saß nur eine ziemlich hübsche orangefarbene Katze und starrte sie kalt an. An der Katze und der Topfpflanze vorbei sah Alexandra in ein künstlerisch angehauchtes Zimmer: orangefarbene Überwürfe über Dritte-Welt-Korbmöbeln, ein großer Tisch mit Arbeitsutensilien – Pappkartonstücken, Stoffetzen – sowie eine Staffelei; ein Teppich auf einem gebohnerten Boden; an der Wand Theaterplakate; überall Fotos, auf denen Alexandra allerdings keine Einzelheiten erkannte. Eine Sternzeichenlampe; eine breite Couch, auf der ein Paar kopulieren konnte. Naja, so gerade.

Alexandra klingelte. Nichts bewegte sich. Sie schaute die Straße hinauf und hinab. Keine Menschenseele. Die Kinder waren in der Schule, die Erwachsenen bei der Arbeit. In diesen kleinen Häusern war man strebsam; hier wohnten keine Wohlfahrtsempfänger. Alexandra schob eine Kreditkarte zwischen Rahmen und Falle und drückte. So öffnete sie nach der Vorstellung und dem spätabendlichen Essen die Tür ihrer Wohnung in London, wenn sie den Schlüssel vergessen hatte. Jenny Lindens Tür ging auf. Diese Methode hätte in Vilnas Residenz nie funktioniert. Alexandra trat ein. Es roch nach Lavendelwasser und Duftseife, Farbe und Kleber. Ein Hauch von Verzweiflung, von plötzlich zerstörter Heiterkeit schwebte in der Luft. Auf dem Boden lag ein Mantel, er hing nicht am Haken, sondern war einfach fallen gelassen worden. Auf dem Küchenfußboden stand eine Tasche mit nicht ausgepackten Einkäufen, Tiefkühlkost, die auftaute und matschig wurde. Bei einer Leiche war es umgekehrt, sie fing matschig an und wurde steif. Die Stille fühlte sich vorübergehend an, als sei sie noch vor kurzem von tränenreichem Heulen zerrissen worden, das jeden Moment wieder ertönen konnte.

Alexandra ging zum Vorderfenster, zog die Gardinen auf und machte Licht. Auf dem Tisch lag ein offener Terminkalender. Nur wenige Einträge: hier und dort Kreuze und Fragezeichen. Der Vermerk von heute lautete: »Bristol, 12 – 13, Leah.« Bristol war dreißig Kilometer entfernt. Nun war es fünf nach zwölf. Jenny Linden hatte alles stehen und liegen lassen, um zu ihrer Therapeutin zu fahren. Sie hatte auch ihr Adreßbuch nicht mitgenommen. Es lag aufgeschlagen neben dem Telefon. Alexandras Adreßbuch war chaotisch vollgekritzelt, Jennys ordentlich beschrieben, aber halbleer. Neds Name stand nicht drin, weder unter L, noch unter N. Alexandras sehr wohl, unter A. Mit ihrer Londoner Adresse und Telefonnummer. Wie war Jenny Linden daran gekommen?

Alexandra betrachtete die an die Wand gespießten Fotos. Überall Ned. Ned auf Parties im Cottage, Ned im Garten mit Diamond, Ned im Garten, wie er die Bohnenstangen zu einer Pyramide aufrichtet. Das machte er jedes Jahr. Wer hatte die Bilder aufgenommen? Jenny? Hatte sie hinter der Hecke gelauert und drauflosgeschossen? Sie gestohlen, von Ned selbst bekommen? Oder war sie ins Cottage eingedrungen, wenn Ned und Alexandra weg waren, und hatte in den Familienfotos herumgeschnüffelt? Der Gedanke war entsetzlich. Das Haus war nur abgeschlossen, wenn keiner da war, aber jeder, der das wußte, konnte leicht einbrechen. Und Jenny Linden schien das Cottage in- und auswendig zu kennen. Alexandra konnte nicht mehr mit Ned darüber reden. Nie wieder würde sie ihn fragen können. Die Fotos waren seltsam flach, wie immer bei Fotos, wenn sie Tote und keine Lebenden zeigen. »Tote« war eine seltsame Vorstellung: Man konnte sie nur negativ definieren. Jemand beziehungsweise etwas, das einmal gelebt hatte, lebte nun nicht mehr. Ein Stein war nicht »tot« – er hatte nie gelebt. Alexandra merkte, daß sie in Jenny Lindens Wohnzimmer stand und wieder einmal in einen Schwebezustand geriet, ihre

Gedanken drehten sich im Kreise. Was auch immer sie hier wollte, und sie war sich nicht sicher, was – sie durfte keine Zeit verschwenden. Sie wollte nicht von Jenny Linden entdeckt werden. Die orangefarbene Katze beäugte sie, erhob sich langsam auf ihre vier Pfoten, machte träge einen Buckel, stakste aus dem Zimmer und setzte sich vor die Haustür. Einen Moment lang befiel Alexandra die Angst, das Tier könnte sprechen, aber das war grotesk. Der Gedanke war ihr ja auch schon bei Diamond gekommen: Wenn er reden könnte, was würde er erzählen? Fast hatte sie den Eindruck, als schweige er mit Absicht, als sei er nicht auf ihrer Seite. Aber hier ging es nicht um »Seiten«. Warum fühlte sie sich angegriffen? Natürlich – wegen der irren Jenny Linden. Die würde jeden nervös machen und auf den Gedanken bringen, daß Katzen sprechen können.

Auf den Regalen Neds Bücher; auf dem Bord über dem Tisch ein Brief in Neds Handschrift. Von vor zwei Jahren. »Liebe Jenny – danke für die *Rosmersholm*-Bilder. Phantastisch wie immer. Bis bald. In Eile, Ned.« Und zwei Kreuze für Küsse unter dem vertrauten Namenszug. Gut, warum nicht? Ned machte bei Freunden immer zwei Kreuze. Oder eins? Sie selbst bekam drei. Herrje, stand sie hier in einem Wettbewerb?

Auf dem Tisch lag ein Scheck über zweihundert Pfund, von »Vilna Mansell« abgezeichnet. Er lag da, als sei er völlig achtlos dort hingeworfen worden. Datiert war er vom Sonntag. Na, wenigstens erzählte einer einem manchmal die Wahrheit. Auch Vilna war plemplem, aber sie hatte wenigstens die Entschuldigung, daß bei ihr zu Hause Krieg herrschte und sie sich als Alexandras Freundin betrachtete, für den Gegenwert von zweihundert Pfund. Sie hatte ihr Päckchen zu tragen.

Alexandra schaute sich die Fotos noch einmal an. Das, auf dem Ned die Bohnenstangen hochband, glaubte sie selbst aufgenommen zu haben. Und zwar im Mai. Vor drei Monaten. Sie hatte den Film zum Entwickeln zu Boots gebracht, in die große Drogerie. Das machten fast alle. Wenn Jenny dort mit jemandem was auskungelte, konnte sie jede Menge Aufnahmen von Ned für sich abzweigen. Sie brauchte ihren Verbindungsmenschen nur zu bitten, aufzupassen, wenn Negative kamen, und einen Extraabzug für sie zu machen. Alexandra stellte fest, daß Jenny die Hälfte eines Fotos von Ned und ihr an der Kimmeridge Bay, wo die Fossilien in den geschichteten Schieferklippen ruhten, weggebrannt hatte. Abbie hatte es geschossen. Vor drei Jahren waren sie alle zusammen im Auto dorthin gefahren. Hatten sie Jenny Linden und ihren Mann zufällig dort getroffen? Sogar mit den Lindens aus deren Thermoskanne Kaffee getrunken? Alexandra meinte, sich vage an etwas ähnliches zu erinnern. Dave Linden, so hieß er. War auch Sascha auf dem Foto gewesen? Alexandra glaubte, ja. Der verbrannte Rand lief genau an Neds Ärmel entlang.

Alles, was ich hier sehe, dachte Alexandra, sind Zeugnisse einer Frau, die von meinem Mann besessen ist. Eine reizlose, wahnsinnige, unglückliche Frau. Ich sollte Mitleid mit ihr haben.
Alexandra ging hinauf in Jenny Lindens kleines Schlafzimmer. Eine weiße Tagesdecke auf dem ungemachten Bett, Unmengen Kissen und Polster in der Gegend verstreut, schwarze, knallrot abgesetzte Spitzenschlüpfer auf dem Boden. Schwarz und knallrot – na, es hatte Zeiten gegeben, da hatte sie die Farben auch getragen. Ordinär, aber sexy. Nur seltsam für Jenny Linden. Vielleicht lebte sie ja immer in Hoffnung auf bessere Zeiten. Wie viele Frauen. Ein versteinerter Ammonit lag auf dem hölzernen Kaminsims. Man fand sie auch hier im Boden. In dem aufgewühlten Erdreich, wo ein Teil des Gefängnisgeländes ausgehoben wurde und der Justizvollzugsanstalts-Themenpark entstehen sollte, tauchte alles mögliche auf. Römische Keramik. Steinzeitaxtblätter. Fossilien. Das Land hier war einmal vom

Meer bedeckt gewesen, und Jenny Linden hielt vermutlich die Augen offen. Fossiliensuchen gehörte zu den Dingen, die Ned gut fand.

Die Luft vibrierte immer noch, als sei das Heulen eben erst verklungen. An der Wand ein Gemälde von Ned: nein, kein Gemälde. Eine Collage aus Stoffetzen, die ein Porträt ergaben, genau Jennys Stil. Ein Bühnenmodell auf dem Toilettentisch: bei genauerem Hinsehen ein Modell von Neds und Alexandras Schlafzimmer. Das war ein Schocker! Der Eichentisch aus Streichhölzern; das Messingbett aus Rosenholzkosmetikstäbchen und winzigen Stückchen verdrehten Goldpapiers, ein Puppenhausspiegel da, wo ihr, Alexandras, Spiegel stand. Woher wußte Jenny, wie ihr Schlafzimmer aussah? Weil sie in der Vergangenheit zu einer Party, dem ein oder anderen Anlaß im Cottage gewesen war, wenn Alexandra in London gearbeitet hatte? Hatte Ned sich manchmal Leute eingeladen? Wenn das Gästezimmer besetzt war, ließen die Besucher ihre Mäntel im Eheschlafzimmer. Oder weil Jenny hineinging und herumstrich und den Odem ihres Geliebten trank, wenn die Bewohner nicht da waren? Ein Fan, ein echter Fan, eine Fanatikerin, ein Groupie. Eine dumme, unattraktive, fette Frau mittleren Alters, weit jenseits des Verfallsdatums, eine Schnüfflerin, die sich in sympathetischen Zauberriten übte.

Alexandra ging ins Badezimmer und fand Neds Zahnbürste im Zahnputzbecher. Sie war nämlich gelb, und durch die Borsten lief eine blaue Linie. Wenn man die nicht mehr sehen konnte, war es Zeit, eine neue Zahnbürste zu kaufen. Und jetzt war sie kaum noch sichtbar. Vielleicht hatte Abbie sie am Sonntagmorgen weggeworfen. Und Jenny hatte sie dann gestohlen? Womöglich wollte sie diese schreckliche Intimität – wollte sich das, was in Neds Mund gewesen war, in ihren eigenen stecken.

Alexandra nahm die Zahnbürste. Sie nahm alle Fotos von Ned von der Wand. Sie nahm das Adreßbuch und den Terminkalender. Sie ließ die orangefarbene Katze hinaus, die in aller Ruhe über die Straße wegstolzierte. Dann fuhr Alexandra heim in die unerträgliche Leere des Cottage. Sie mußte sie nicht lang ertragen. Hamish würde gegen vier kommen.
Auf dem Anrufbeantworter waren acht Nachrichten. Darunter eine von der *Mail on Sunday*, eine von der *Times*, die um Hilfe wegen Neds Nachruf bat, eine von Dr. Moebius, der zurückgerufen werden wollte, eine von einer weinenden Frau, die so unverständlich sprach, daß man sie nicht identifizieren konnte, eine von dem Blumenhändler, der fragte, wo genau The Cottage sei, und ein anderer, den Ned unterbrochen hatte. Ned sagte: »Leah? Sind Sie noch dran? Warten Sie einen Moment, ich stell den verdammten Anrufbeantworter ab.« Wenigstens dachte Alexandra, er habe es gesagt. Sie ließ die Nachricht erneut abspielen. Es war ein alter Anruf. Das Band war abgelaufen. Als sie das Gespräch noch einmal suchte, löschte sie es aus Versehen. Aber sie bildete sich ein, er habe es gesagt. Oder hatte er »Wer? Sind Sie noch dran?« gesagt? Bald war sie genauso irre wie Jenny Linden.

Alexandra fühlte sich ausgeschlossen, abgeschnitten, weggebrannt. Anderen Menschen gehörten Neds Bild und Stimme: Sie sprach zu anderen, nicht zu ihr. Selbst seine Leiche, sein Schädel gehörten anderen. Sägten sie ihn in diesem Moment durch? Hinterließen Knochen Sägemehl? Spritzte Gehirn heraus wie in Horrorgeschichten? Diamond schnüffelte um ihre Knöchel. Sie machte ein Feuer im Kamin und verbrannte die Fotos, denn Neds Bild war von Jennys Blick besudelt. Sie verbrannte auch die Zahnbürste, weil sie vielleicht in Jennys Mund gewesen und ihr nun zuwider war. Sie legte sie auf einen Kohlenanzünder, hielt ein Streichholz daran und sah zu, wie sie aufloderte und sprutzelte. Sie sah zu, wie Ned grün, purpur und schwarz verschwand. Aber es fühlte sich immer noch nicht an, als sei er weg. Wenn sie sich umdrehte, würde er sie anlächeln. Wie die Katze in *Alice im Wunderland*, deren Lächeln noch lange in der Luft schwebte, nachdem ihr Körper fort war.

Wenn Jenny weniger schleimig, hübscher, jünger, klüger gewesen wäre, hätte sich Alexandra nicht so besudelt und abgegrabscht gefühlt. Jenny war wie ein Kleidungsstück auf einem Trödelmarkt: unendlich trübselig. Trauer sollte edel und rein sein.

Von oben kamen Geräusche. Diesmal war es wirklich Diamond, der wieder auf dem Messingbett lag. Alexandra ging hoch und hievte ihn herunter. Hatte in Jennys Schlafzimmermodell ein zusammengerollter, renitenter Hund gelegen? Es kam ihr so vor, aber inzwischen traute sie weder ihrem Gedächtnis noch ihren fünf Sinnen. Alles war virtuell. Diamond durfte sowieso nicht aufs Bett. Vielleicht sollte sie die Polizei von Jenny Lindens Obsession in Kenntnis setzen, überlegte sie. Jeder wußte, daß so etwas gefährlich sein konnte. Nun hatte sie allerdings selbst etwas aus Jennys Haus gestohlen. Nicht die Fotos, die Zahnbürste – die gehörten ihr, wenn überhaupt irgend jemandem –, aber den Terminkalender und das Adreßbuch. Warum hatte sie die überhaupt mitgenommen? Sie ließ sich in eine Situation hineinzerren, die sie besser ignorierte. Sie war wieder erschöpft. Sie legte sich auf das Messingbett und schlief ein. Das Telefon weckte sie.

# 8

»Mummy«, sagte Sascha mit seiner schrillen, eindringlichen Stimme, »die Katze hat Junge. Ich gehe wieder.« Weg war er. Irene kam dran. »Schatz«, sagte sie, »reg dich nicht auf. So sind die Männer. Ewige Kindsköpfe!«

»Warum sollte ich mich aufregen?« fragte Alexandra. »Ich meine, gibt es einen besonderen Grund? Außer, daß ich verwitwet bin und all das?«

»Hast du schon mal von dem philosophischen Gesetz gehört, daß man zur Erklärung eines Tatbestandes nicht mehr Umstände hinzuziehen soll, als unumgänglich notwendig sind?« fragte Irene.

»Nein«, sagte Alexandra. »Laß uns lieber davon reden, daß die Katze Junge hat. Wie viele?«

»Acht«, sagte Irene. »Aber was habe ich in deiner Erziehung falsch gemacht?«

»Du hast mich zur Schauspielschule geschickt«, sagte Alexandra.

»Dieses Gesetz ist eine Variante von Ockhams Prinzip«, sagte Irene, die im Cheltenham Ladies' College gewesen war, als es dort noch besonders streng zuging, und dann in Oxford. »Beide besagen, daß die einfachste Lösung wahrscheinlich die richtige ist; oder die sinnvollste. Wenn, wie du behauptest, eine Wahnsinnige am Rande von Neds Leben herumstreift –«

»Neds Tod –«, sagte Alexandra.

»– dann ist es wahrscheinlich, daß Ned sie in irgendeiner Weise dazu ermutigt hat. Denk an *Eine verhängnisvolle Affäre*.«

»Aber sie ist so fett und gräßlich«, sagte Alexandra.
»Du meinst, warum sollte Ned an ihr interessiert sein, wenn er dich hatte?«
»Genau«, sagte Alexandra. »Außerdem haben wir uns geliebt. So etwas hätte er nicht getan. Er war sehr aufrecht. Zu so etwas hätte er sich nie herabgelassen.«
»Das mag ja sein, aber du bist schrecklich oft weg gewesen«, sagte Irene. »Das mögen Männer nicht. Wenn die Ehefrau dem Bett fernbleibt, ist es der erste Impuls des Ehemanns, für Ersatz zu sorgen.«
»Ich habe gearbeitet«, sagte Alexandra. »Was hätte ich denn tun sollen? Es war doch nicht meine Schuld, daß ich Geld verdienen mußte. Ned hat mir die Rolle ja sogar besorgt. Meinst du, ich wär gern von zu Hause fortgewesen? Wir konnten nicht mal Saschas Geburtstag zum richtigen Termin feiern, weil ich eine Matineevorstellung hatte. Und der arme kleine Kerl haßte es, am Wochenende nach London zu fahren. Er hat die ganzen Feiern seiner Freunde verpaßt. Aber was sollten wir machen? Und dann ist Ned auf dem Eßzimmerfußboden gestorben, einfach umgefallen und gestorben, und ich war nicht mal da.«
Sie weinte.

»Hör auf zu flennen«, sagte Irene, die immer zur Bühne gewollt hatte, aber durch eine frühe Ehe und Alexandras Geburt daran gehindert worden war. Behauptete sie jedenfalls. »Das darfst du nicht. Das bist du deinem Publikum schuldig. Du verdirbst dir dein Aussehen und mich macht es traurig. Ich fühle mich hilflos. Es fällt mir schwer, dich allein zu lassen. Genausowenig aber ich möchte Sascha zurück zum Cottage bringen, in solch ein unfrohes Haus, wie es im Moment gewiß ist.«
»Aber ich vermisse ihn«, weinte Alexandra.
»Hör auf, immer nur an dich zu denken«, sagte Irene. »Ich behalte Sascha hier bei mir bis nach der Beerdigung, und damit basta. Das ist das Beste. Und wann ist überhaupt die Beerdi-

gung? Warum hört man nichts davon? Wird Ned eingeäschert? Das wär wirklich das Sinnvollste, obwohl immer das Problem mit der Asche bleibt.«

»Ich weiß nicht, ich weiß nicht«, jammerte Alexandra. »Ich kann es nicht ertragen, darüber nachzudenken. Hamish wird sich um all das kümmern.«

»Du bist die Witwe«, sagte Irene. »Ein wenig Verantwortung solltest du schon übernehmen.«

»Du hast natürlich Übung«, sagte Alexandra bitter. »Da kennst du dich aus.«

»In der Tat«, sagte Irene, die von vier Gatten zwei begraben hatte. Einer davon war Alexandras Vater gewesen.

»Als mein Vater gestorben ist, hat es da in unserem Haus geflüstert? Und geraschelt? Haben wir uns auch dauernd eingebildet, Dinge zu sehen, die nicht da waren? Hier ist es so gespenstisch geworden.«

»Alles war vollkommen ruhig und normal«, sagte Irene. »Ich habe ja dafür gesorgt, daß er in Amerika gestorben ist. Aber als unsere Katze Marmelade eingegangen ist, da war es genauso, wie du es beschreibst, bis sie sicher unter der Erde lag. Sascha hat im Garten einen kleinen Grabstein errichtet. Das hat er dir gewiß erzählt. Nein? Ich habe Marmelade immer auf der Treppe gesehen, aber wenn ich wieder hinguckte, war sie weg.

Ich stieg die Trepp hinauf und sah
ne Katz, die war nicht da.
Heute war sie's wieder nicht.
Herrgott, wenn sie doch ginge!

Die Augen spielen einem Streiche. Es sind übrigens Marmelades acht Enkel, die wir jetzt bekommen haben. Aber du willst wohl kein Kätzchen zum Trost? Nein? Wahrscheinlich vernünftig. Du bist nie lange genug an einem Ort. Je schneller Ned begraben wird, desto besser. Oder verbrannt. Was diese Jenny

Linden betrifft, sei vorsichtig. Solche Leute können gefährlich werden. Wenn Ned Gott war, was bist du dann?«

»Maria?«

»Nein, Liebling, der Teufel. Jedenfalls nach Ansicht dieser Jenny Linden. Paß auf! Ist in *Nora* nicht eine Jenny Linden?«

»Christine Linde«, sagte Alexandra. »Sie ist die trauernde Witwe, eine Frau, die sich ihren Lebensunterhalt selbst verdienen muß. Daisy Longriff hat sie gespielt. Sie ist auch meine zweite Besetzung. Jetzt spielt Daisy mich, und ein Mädchen vom Kostüm spielt Frau Linde. Ihre große Chance.«

»Das ist aber ein bißchen unheimlich«, sagte Irene. Dann mußte sie Schluß machen, weil ihr gegenwärtiger Gatte wollte, daß sie einen von seinen Golfschuhen suchte, den garantiert der kleine Hund verschleppt hatte. Außerdem hatte Sascha versucht, eines der Kätzchen in den Trockner zu bugsieren. Alexandra, die doch normalerweise so selbständig war, vermißte ihre Mutter und wimmerte.

Sie spielte *Mozart's Greatest Hits* auf dem CD-Spieler. Sehr laut. Sie zerstreuten die eine oder andere Angst, verstärkten aber ihre Melancholie. Sie steckte Jennys Terminkalender und Adreßbuch in eine Schublade zwischen Neds Papiere, nahm sie wieder heraus – das war doch auch wieder zu intim – und legte sie auf ein offenes Bücherregal, wo sie nichts Wichtiges berührten. Sie würde sich ihnen zuwenden, wenn sie sich danach fühlte. Sie speicherte es wie etwas Schönes, auf das sie sich noch freuen konnte. Mit den beiden Gegenständen in ihrem Besitz hatte sie die Situation besser unter Kontrolle. Sie fühlte sich mächtig wie eine Hexe, die gerade Zehennägelschnipsel von ihrer Feindin gestohlen hat.

Dr. Moebius rief an. Im Laufe des Nachmittags werde Neds Leiche bei Mr. Lightfoot eintreffen. Er hoffe, Alexandra empfinde sein Beharren auf einer vollständigen Obduktion nicht

als gefühllos. Es sei wichtig, daß die Laborleute nicht an den falschen Stellen knapsten.
»Nein, nur an den richtigen rumknipsen: Schädeln und Brustkörben«, sagte Alexandra.
Dr. Moebius lachte nicht. Er wiederholte, daß die Todesursache ein Herzinfarkt sei, und bestätigte, daß es keine Anzeichen für eine Hirnblutung gebe. Er erkundigte sich, ob Mrs. Ludd Schlaftabletten haben wolle. Er schien vergessen zu haben, daß er zuvor Kräutertee empfohlen hatte.
»Was hat den Herzanfall bei meinem Mann verursacht?« fragte Alexandra. »So plötzlich und ohne jede Vorwarnung.«
»Entweder ist es einfach passiert«, sagte Dr. Moebius. »Oder etwas hat ihn übermäßig aufgeregt.«
»Wie zum Beispiel, daß plötzlich jemand in der Tür steht, den man nicht sehen will?« gab Alexandra zu bedenken.
»Schon möglich«, sagte Dr. Moebius. Und erklärte ihr, daß beim Anblick eines Menschen, den man nicht sehen wolle, der Puls durchaus schneller schlagen und die schlichte Erhöhung der Herzfrequenz tatsächlich einen Infarkt auslösen könne. Sie solle an die vielen Männer mittleren Alters denken, die nach dem Essen aufstanden, um eine Rede zu halten, und tot umfielen oder mitten im Geschlechtsakt starben. Er fragte, wann die Beerdigung sei, und versprach zu kommen, wenn es ihm nur irgend möglich sei. Ned sei ein charmanter Mann und exzellenter Patient, ergo: selten in der Praxis gewesen. Vielleicht wäre er besser öfter gekommen. Vielleicht sei sein Blutdruck schon seit Jahren zu hoch gewesen, doch nun werde man es nie mehr erfahren.
Alexandra sagte, der Tag der Beerdigung stehe noch nicht fest.
»Warten Sie nicht zu lange«, sagte Dr. Moebius. »Eine Übernachtung in der Leichenhalle kann soviel kosten wie eine in einem Fünfsternehotel. Bin ich zu pragmatisch? Entschuldigung.«
»Schon gut«, sagte Alexandra.

Dr. Moebius fragte, wann Alexandra wieder arbeiten wolle. Sie sagte, in einer Woche. Er erschrak und sagte, sie brauche mehr Zeit – und müsse sie nicht auch an das Kind denken? Alexandra sagte, zuviel Nachdenken könne kontraproduktiv sein. Sie wisse noch nicht, wie ihre finanzielle Situation aussehe; unbezahlter Urlaub für Witwenschaft könne sich als unerschwinglicher Luxus herausstellen.

»Aber Sie könnten doch gewiß –« sagte Dr. Mobius.

»›Können‹ war einmal«, sagte Alexandra. »Heutzutage tun wir alle, was wir tun müssen, nicht das, was wir gern tun würden.« Sie fragte, ob Jenny Linden am Sonntagmorgen, als man ihn gerufen habe, im Haus gewesen sei, und Dr. Moebius erwiderte, ja; offenbar sei sie aufgekreuzt, um den Hund auszuführen, und habe Ned tot vorgefunden –

»Abbie hat ihn tot gefunden«, sagte Alexandra.

»O ja, natürlich«, sagte Dr. Moebius. »Die mit der Sprachenschule. Sie war auch dort. Sie ist sehr umsichtig, sehr verantwortungsbewußt. Aber Mrs. Linden war besonders erschüttert und ist allen ziemlich auf die Nerven gegangen.« Er habe ihr ein Beruhigungsmittel gegeben und dann sei sie gegangen. Falls Mrs. Ludd sie zufällig sehe, möge sie Mrs. Linden bitten, in der Praxis vorbeizuschauen. Es könne ja sein, daß sie an posttraumatischem Streßsyndrom leide.

»Warum denn das?« fragte Alexandra. »Sie gehört ja nun nicht gerade zur Familie. Sie ist nur eine Bekannte.«

»Sie ist sehr sensibel«, sagte Dr. Moebius. »Nicht alle sind wir aus Stein.«

Was bedeutet, daß ich es bin? überlegte Alexandra, weil sie Kritik aus seiner Stimme herausgehört hatte. Werd nicht paranoid, schalt sie sich. Da sagte Dr. Moebius, er sei soeben zu einem Notfall in der Sprachenschule gerufen worden, und beendete das Gespräch.

Alexandra rief Abbie an und erzählte ihr, sie habe bei Jenny eingebrochen und einen Altar für Ned dort gefunden und es sei sehr gespenstisch gewesen. Abbie meinte, Alexandra sei ja wohl wahnsinnig geworden, aber sie, Abbie, könne nun nicht kommen, weil der Arzt dem Schüler eine Spritze gegeben habe, auf die der Bursche nun viel schlimmer reagiere als auf den mutmaßlichen Wespenstich, den er sich sowieso nur eingebildet habe, und sie habe den Arzt erneut rufen lassen müssen. Ob sie Vilna bitten solle, zum Cottage zu kommen, wenn Alexandra so durcheinander sei?

»Nein«, sagte Alexandra. »Mir geht's ganz gut, danke.« Dann fragte sie Abbie, ob ihrer Meinung nach Ned und Jenny jemals eine Affäre gehabt hätten.

Da kreischte Abbie durch die Leitung: »Warum sollte Ned irgendeine andere anschauen, wo er dich doch hatte?«

»Vilna hat er angeschaut«, sagte Alexandra, »behauptet Vilna.«

»Ach, so ist Vilna«, sagte Abbie. »Hoffnungslos balkanisch. Sie hält jeden Mann für einen Sexvampir. Schenk dem keine Beachtung. Es ist doch eh jetzt unwichtig, Alexandra. Ned ist tot. Basta. Sieht man diese Dinge da nicht in einem anderen Blickwinkel?«

»Nein, ganz und gar nicht«, sagte Alexandra. »Und ich kann die Sache nicht mehr mit Ned diskutieren und werde nie eine Erklärung, geschweige denn, Entschuldigung bekommen oder das Versprechen, sich in Zukunft zu bessern, oder eine Rechtfertigung. Und weil nun auch die letzte Zeit die Vergangenheit nicht bedeutungslos machen kann, ist einfach kein Verzeihen möglich. Ich kann nicht beide Parteien in dieser Auseinandersetzung spielen und für ihn wie für mich sprechen. Das ist unmöglich.«

»Warum denn eigentlich nicht?« fragte Abbie. »Wenn Arthur dreidimensionales Schach mit sich selbst spielen kann, kannst du deinem Mann auch posthum eine belanglose und dumme Affäre verzeihen –«

»Du meinst, sie hatten eine?« fragte Alexandra sofort.

»Nichts dergleichen«, erwiderte Abbie. »Das schwöre ich dir hoch und heilig. Nach bestem Wissen und Gewissen sage ich dir, daß zwischen Ned und Jenny, dem kleinen Biest, nichts Ungebührliches vorgefallen ist.«

»Hoch und heilig?« fragte Alexandra. »Ich dachte, du wärst Buddhistin.« Aber sie lachte. Dann sagte sie: »Hat Ned dir gegenüber jemals erwähnt, daß er zu einer Therapeutin namens Leah ging?«

»Nein, natürlich nicht«, sagte Abbie. »Wenn er es dir nicht erzählt hat, warum sollte er es mir erzählen?«

»Du meinst aber, er war da?«

»Alexandra«, sagte Abbie. »Hör auf damit! Du grübelst zuviel und kriegst Wahnvorstellungen. Kannst du nicht einfach friedlich trauern und an den echten Ned denken; all das tun, was du sollst: dich um Versöhnung und Inkorporation und so weiter bemühen?«

»Ach, ich bin wahrscheinlich nur ein bißchen durchgedreht«, sagte Alexandra.

»Mit Sicherheit.«

»Tut mir leid.«

»Wozu sind Freundinnen da?« fragte Abbie. »Schon gut. Verlaß dich auf mich.«

# 9

Alexandra hatte kaum den Hörer aufgelegt, weil sie Hamishs Citroën die Einfahrt heraufkommen sah, da bekam Abbie einen Anruf von Jenny Linden. Jenny weinte und schluchzte durch die Leitung und sagte, sie sei von ihrer Therapeutin nach Hause gekommen und habe festgestellt, daß jemand bei ihr eingebrochen und die Fotos von Ned, ihr Adreßbuch und den Terminkalender gestohlen habe.

»Was noch?« fragte Abbie.

»Nichts«, sagte Jenny. »Ist das nicht genug? Mir in so einer Zeit das Liebste und Teuerste zu stehlen?«

»Gibt es Spuren von Gewaltanwendung?« fragte Abbie.

»Nein«, sagte Jenny. »Das ist ja so merkwürdig. Nur Marmelade hat sich ganz komisch verhalten, miaut und sich an mir gerieben. Sie will mir ganz bestimmt was erzählen. Weißt du, daß Ned mir Marmelade geschenkt hat? Sie ist das einzige, was ich jetzt noch von ihm habe. Nein, stimmt nicht. Sein Geist ist bei mir. Er ist in meinem Herzen, in meinem Sein. Leah hat gesagt, sie hätte seine Präsenz in mir sehr deutlich gespürt.«

»Wie schön«, sagte Abbie. »Bist du sicher, daß du die Bücher nicht verlegt hast? Das passiert einem schon mal. Und du warst so durcheinander. Am Ende hast du die Fotos sogar selbst abgenommen. Hast du überall nachgeschaut?«

»Die Bücher waren auf dem Tisch, als ich gegangen bin«, sagte Jenny. »Das schwöre ich. Aber natürlich kann ich mich irren.«

»Vielleicht hast du sie mit ins Auto genommen«, sagte Abbie. »Und wenn du sie auf dem Schoß hattest oder so, können sie rausgefallen sein, als du ausgestiegen bist. Das ist mir mal mit meinem Filofax passiert.«

»Ja, wahrscheinlich, das kann sein«, sagte Jenny. »Und es stimmt, ich tausche die Fotos immer wieder aus. Ich kann sie abgenommen und die anderen nicht wieder aufgehängt haben. Ich bin so konfus, daß ich nicht mehr weiß, was ich tue. Aber eins weiß ich genau: Die Luft in meinem hübschen, kleinen Haus hat vor Bosheit und Niedertracht gezittert. Glaubst du, Alexandra ist eingebrochen? Sie steckt so voller Haß. Warum darf sie leben und Ned mußte sterben? Das Leben ist so ungerecht.«

»Also, Jenny«, sagte Abbie, »du leidest an Verfolgungswahn. Da spricht das Schuldgefühl aus dir, weil du ab und zu im Cottage rumgeschnüffelt hast. Letztendlich gehörte Ned Alexandra. Nicht dir. Du darfst eigentlich nicht um ihn trauern. Sie war seine Frau.«

»Wie kannst du dich unterstehen, so was zu sagen!« schrie Jenny Linden. »Leah sagt, Ned und ich haben im Himmel geheiratet. Wir waren alte Seelen, die endlich im Leben wiedervereinigt worden sind. Das hat Leah in dem Moment begriffen, als sie Ned kennengelernt hat. Sie sagt, Alexandra war das Kreuz, das Ned tragen mußte. Dave war meins. Offenbar haben wir alle eins zu tragen. Warum sollte ich mich schuldig fühlen? Wegen nichts! Warum seid ihr alle so gemein zu mir? Früher warst du immer auf meiner Seite.«

»Jenny«, sagte Abbie. »Beruhige dich. Ich glaube fast, daß du dich nur an das erinnerst, was dir gefällt, und nicht an das, was wirklich geschehen ist. Du mußt aufpassen, was du sagst. Wir wollen doch nicht, daß eine gewisse Person jetzt noch mehr verstört wird, als sie es ohnehin schon ist.«

»Ach, nein?« kreischte Jenny Linden. »Na, vielleicht bin ich es ja leid, alles allein zu tragen. Vielleicht hab ich es satt, der einzige gute Mensch hier zu sein. Wenn ich mein Adreßbuch und meinen Terminkalender nicht zurückkriege, zieh ich Alexandra Ludd den Boden unter den Füßen weg. Die arrogante Kuh!«

# 10

Als Hamish in der Tür stand, dachte Alexandra einen Moment, es sei Ned. Derselbe Körperbau, dieselbe Gesichtsfarbe. Das aschblonde lockige Haar fiel genauso wie bei Ned nach hinten. Alexandra umarmte Hamish und fühlte seine Wärme; doch als sie den Kopf in seinem Jackett vergrub, roch er nicht nach Ned, und sein Körper verschmolz nicht mit ihrem. Sie merkte, wie erschüttert er war.

»Arme Alexandra«, sagte Hamish.

»Armer Hamish«, sagte Alexandra. »Du hast geweint. Du Ärmster, ich Ärmste.«

Sie führte Hamish ins Eßzimmer, zeigte auf die Stelle zwischen Fenster und langem Eßtisch (Eiche, sechziger Jahre 19. Jahrhundert, für achtzehn Personen), an dessen Kopfende Ned so oft gesessen hatte, und sagte: »Da ist er gestorben«, sagte sie. »Einfach umgefallen und gestorben. Er hat *Casablanca* geguckt, nach zehn Minuten ausgemacht, ist hier reingekommen, weil er Luft brauchte, nehme ich an, und dann hat er sich ans Herz gefaßt und ist gestorben. Wenigstens ging es schnell.«

»Hm«, sagte Hamish.

»Es muß schnell gegangen sein«, sagte Alexandra. »Ich kann den Gedanken nicht ertragen, daß es anders war. Niemand sagt was, und ich frage nicht. Ich habe die Leiche noch nicht gesehen, ich weiß im Grunde gar nichts. Ich habe in der Zeit geschlafen, Hamish. Wie kann man schlafen, wenn der eigene Mann stirbt?«

»Bemerkenswerter wäre es, wenn du aufgewacht wärst«, erwiderte Hamish. Er war Neds zwei Jahre jüngerer Bruder. Er wohnte in Edinburgh und trug einen Anzug. Vor drei Jahren hatte ihn seine Frau Sabrina verlassen. Er war höherer Beamter bei der Gesundheitsbehörde in Edinburgh. Ned tat ihn immer als drögen, alten Stiesel ab, aber manchmal trafen sie sich alle zum Essen in London. Dann redeten Ned und Hamish über ihre Kindheit, und Alexandra fühlte sich ganz ausgeschlossen. Gelegentlich schrieb Hamish, um Ned über Familienneuigkeiten auf dem laufenden zu halten – und jedes Jahr zu Weihnachten schickte er eine billige christliche Grußkarte und vergaß es nie.

Vielleicht ist er gar nicht dröge und stieselig, dachte Alexandra: vielleicht gehört das auch zu den Dingen, die Ned gesagt hat und die ich, ohne sie zu hinterfragen, akzeptiert habe. Nun, da er nicht mehr da ist, muß ich vielleicht zum Anfang zurückkehren, an dem Punkt beginnen, wo ich ihn kennengelernt habe. Vielleicht stammt alles mögliche, was ich denke, von Ned und gar nicht von mir. Urteile, die ich über Menschen und Dinge fälle, sind nicht meine, sondern Neds und meine zusammen. Eine Ehe ist ein schreckliches Ineinanderverwobensein, eine furchtbare Osmose; ich muß mich selbst erst wieder kennenlernen.

Sie gingen in Neds Arbeitszimmer.
»Ist hier eine Bombe reingefallen?« fragte Hamish.
Alexandra sagte nein, es sehe hier immer so aus. Andere mochten die Papierstapel für willkürlich halten, Ned habe sich aber gewiß darin ausgekannt. Auf Regalen stünden Kastenordner, aber Ned habe selten etwas hineingelegt. Auf der Suche nach einem verschwundenen Dokument habe er alles, was darin war, herausgenommen und sich nicht darum geschert, wohin er es zurücktat. Irgendwo seien sicher Lebensversicherungspolicen

und dergleichen, meinte Alexandra. Aber sie wisse absolut nicht, wo. Mit der laufenden Korrespondenz habe Ned mehr oder weniger Schritt gehalten; in einem fort habe er Briefe zur Post gebracht, aber alles Schwierige oder Komplizierte sei natürlich liegengeblieben. Seien nicht alle Menschen so?

»Nein«, antwortete Hamish. Er fragte Alexandra, ob sie bei den Einzelheiten zu Rate gezogen werden wolle oder ob er einfach anfangen und organisieren solle, was organisiert werden müsse? Er werde mit Banken, Anwälten und so weiter reden müssen, und falls Alexandra immer noch wolle, daß er die Beerdigung bestelle, wie sie am Telefon vorgeschlagen habe, müsse er unverzüglich zu Werke gehen.

Alexandra meinte, Hamish sei hier der Verwalter: er solle seines Amtes walten. Im Moment sei sie durch den Wind: sie bezweifle, ob sie noch ganz richtig im Kopf sei, vertraue aber darauf, daß Hamish die meisten Dinge besser beurteilen könne als sie. Er solle vorgehen, wie es ihn richtig dünke.

Hamish sagte, er sei erleichtert. Er habe eine Woche Urlaub wegen des Trauerfalls – der eigentlich Geschwistern nicht zugestanden werde, aber unter den Umständen gewährt worden sei. Er werde auch alle Zeit brauchen, um dieses Chaos in Ordnung zu bringen, und seiner Erfahrung nach verlängere Beratschlagung die Zeit, die man bräuchte, um überhaupt mit etwas zu Potte zu kommen, mindestens um das Fünffache.

»Ihr kreativen Menschen« sagte er zu ihrer Überraschung, »meßt den Emotionen zuviel Bedeutung bei. Mit Emotionen erreicht man nichts – und begräbt auch nicht die Toten. Liebe sollte man mit Taten zeigen, nicht mit Worten.« Er bebte beim Sprechen.

»Natürlich«, sagte Alexandra. »Und ich bin dir dankbar.«

Er setzte sich auf Neds Schreibtischstuhl; er hatte dieselbe Gestalt und Größe wie Ned.

»Ich bin kein besonders kreativer Mensch«, sagte Alexandra. »Ich steh nur auf der Bühne. Ich darf glänzen. Ned war der wirklich kreative. Das ist ja Teil der Tragödie. Sein Leben beendet, bevor er der Welt zeigen konnte, wer er wirklich war! Zu allem anderen hat er nämlich auch noch an einem Theaterstück geschrieben. Aber er war so ein Perfektionist, derart selbstkritisch, wenn es um schöpferische Arbeit ging, daß er sich unendlich quälte. Ich mußte nur meinen Text aufsagen und herumtänzeln –«

Aber Hamish hörte gar nicht hin. Den Rücken ihr zugewandt, wühlte er schon in den Papieren. Alexandra ging durch den Kopf, daß auch Hamish eine Meinung über Ned haben mochte, die, wie Neds Meinung über Hamish, nicht gerade schmeichelhaft war. Wenn Ned sagen konnte: »Mein Bruder? Ein dröger, alter Stiesel«, konnte Hamish sagen: »Mein Bruder? Ein mürrisches, altes Arschloch«, und beide Aussagen hätten in den jeweiligen Kreisen das gleiche Gewicht. Der Gedanke schockierte sie.

Hamish rief den Bestattungsunternehmer Mr. Lightfoot an und setzte die Beerdigung für den nächsten Montag fest. Sie sollte um elf Uhr morgens stattfinden und eine Stunde dauern. Mr. Lightfoot sollte sie in der Lokalzeitung und in der *Times* ankündigen. Hamish würde den Text formulieren. Er vereinbarte einen Termin, um die erforderliche Sorte Sarg und einen angemessenen Kostenrahmen zu besprechen.

Er telefonierte mit Dr. Moebius, fuhr nach Eddon Gurney, holte Neds Sterbeurkunde ab und meldete seinen Tod dem kleinen Standesamt, wobei er sich für die Verspätung entschuldigte. Er ließ die Sterbeurkunde im örtlichen Schreibwarengeschäft kopieren und die Kopien von Sheldon Smythe, Neds Anwalt, beglaubigen. Sobald er das erledigt hatte, erstattete er Alexandra Bericht.

»Ich wußte gar nicht, daß Ned hier einen Anwalt hatte«, sagte Alexandra, »ganz zu schweigen einen, der Sheldon Smythe heißt. Aber ich glaube dir.«
Hamish sagte, er sei in Neds Testament als Testamentsvollstrecker genannt und es befinde sich nun in Händen von Mr. Smythe, was die Angelegenheit vereinfache. Das überraschte Alexandra, die sich vage erinnerte, daß sie und Ned ein gegenseitiges Testament aufgesetzt hatten, wie das verheiratete Paare können, wenn der eine dem anderen alles hinterläßt. Wozu wurde dann ein Testamentsvollstrecker gebraucht?

Hamish sagte, Sheldon Smythe sei seit ein paar Jahren Neds Anwalt und werde zweifellos alle Besonderheiten bei dem Termin erklären, den er für Dienstag, den Tag nach der Beerdigung, anberaumt habe. Hoffentlich sei sie dann besser beieinander, ihre Anwesenheit sei erforderlich.

Er bat Alexandra, eine vollständige Liste all der Freunde und Kollegen zu erstellen, die damit rechneten, von Ort, Datum und Uhrzeit der Beerdigung in Kenntis gesetzt zu werden. Die Zeit sei knapp, sie solle auch das Telefon nehmen, und falls notwendig, Freunde um Hilfe bitten. Ned sei sehr beliebt gewesen. Im Vergleich dazu führe er natürlich ein sehr ruhiges Leben.

Alexandra meinte, sie habe ihre Freunde schon genug in Anspruch genommen, aber Hamish rief Abbie an, stellte sich vor und erklärte das Problem. Abbie sagte, sie werde ihr eigenes Leben hintanstellen und mit ein paar Schülern herüberkommen. Sie könnten anhand von Neds Adreßbuch arbeiten, wenn Alexandra zu konfus sei, um zu helfen.

»Dein Schwager ist kalt wie ein Fisch und autoritär«, sagte Abbie zu Alexandra, als sie kam. »Ned ohne Charme.«
Alexandra erwiderte, ihr sei es egal, welche Mängel Hamish

habe, er sei lebendig und ein Ludd und funktioniere; sie sei ihm dankbar.
»Laden wir Jenny Linden zur Beerdigung ein?« fragte Abbie.
»Nein, das tun wir nicht«, sagte Alexandra. »Bist du wahnsinnig?«
»*Sie* ist wahnsinnig«, sagte Abbie. »Und vielleicht ist es sicherer, sie einzuladen, als es nicht zu tun. Sie kommt sowieso. Wenn du sie einlädst: mit guter Laune. Wenn nicht: Weiß Gott, wie sie sich dann aufführt und was sie sagt. Und die Medien werden da sein.«
Alexandra meinte, Jenny Linden komme nur über ihre Leiche zu Neds Beerdigung. Abbie lachte und sagte, soweit komme es hoffentlich nicht.

Hamish Ludd verbrachte weitere vier Stunden im Arbeitszimmer seines Bruders. Er ging Neds Papiere durch und telefonierte mit Neds Geschäftspartnern und Kollegen. Er organisierte, daß am Samstag Oxfam kam und die Kleidungsstücke von Ned, die noch tragbar waren, abholte und die Müllabfuhr die, die es nicht mehr waren. Alexandra solle sie auseinandersortieren. Das trug er ihr auf, als sie ihm Kaffee brachte. Er saß an Neds Schreibtisch, und das Licht schimmerte auf seinem Haar wie früher auf Neds. Sie hatten beide schönes volles Haar wie ihr Vater und Großvater vor ihnen. Schottische Ingenieure, Erbauer von Werften zu Zeiten, als es noch Werften gab.
»Das kann ich nicht«, sagte Alexandra. »Diese Entscheidungen zu treffen schaffe ich nicht. Und Ned wäre so wütend. Er hat alles gesammelt. Er haßte es, Dinge wegzuwerfen.«
»Je eher du das erledigt hast, desto eher kannst du dein Leben wieder aufnehmen«, sagte Hamish. »Bring es hinter dich. Gehe ich recht in der Annahme, daß du weiterhin in diesem Hause wohnen willst?«
»Natürlich«, sagte Alexandra erstaunt. »Sascha und ich leben hier.«

»Du hast ein Apartment in London«, sagte Hamish. »In der Angliss Street. Das Ned mit Chrissie hatte. Von Chrissie weißt du?«
»Natürlich«, sagte Alexandra. »Neds erste Frau. Wir mußten warten, bis die Scheidung durch war, bevor wir heiraten konnten. Eine schreckliche Zicke. Wie kommst du darauf, daß ich nichts von ihr wüßte?«
»Du bist sehr reizbar«, erwiderte Hamish. »Ich weiß nicht, was du weißt und was nicht.«
»Also über Chrissie wußte ich nun allemal Bescheid«, sagte Alexandra. »Als ich bei Ned eingezogen bin, mußte ich ja mit ihrem ganzen Klimbim um mich herum leben. Das war sogar einer der Gründe, warum wir hierhergezogen sind. In der Angliss Street war ihr Geist allgegenwärtig und hat uns Übles gewünscht. Mit der Zeit wurde es besser. Jetzt macht es mir nicht mal mehr was aus, wenn ich allein dort bin. Ganz im Gegensatz zum Anfang.«
»Es war ursprünglich ihr Haus«, bemerkte Hamish. »Warum hätte sie still gehen sollen?«
»Ned hat sie ausbezahlt«, sagte Alexandra. »Er war mehr als fair. Sie haben einander nie geliebt. Sie hat ihn regelrecht geködert, weil sie behauptet hat, sie sei schwanger.«
»Ach ja, ja, ja«, sagte Hamish. »Das alles. Vielleicht hatte sie ja eine Fehlgeburt. Und dann habt ihr das Haus geteilt, die untere Hälfte mit einem riesigen Profit verkauft und die obere als Zweitwohnung behalten. Du weißt, daß Ned auch davor schon einmal verheiratet war?«
»Völlig absurd«, sagte Alexandra. »Ned hat mir vielleicht nichts von Sheldon Smythe erzählt, weil es zu uninteressant war, aber von einer Ehe hätte er mir gewiß erzählt. In allen Einzelheiten.«

Aber Hamish sagte, sie irre sich. Er besitze einen Brief von Ned vom August 1969, in dem dieser ihn, seinen Bruder, bat, ihren Eltern die Tatsache nahezubringen, daß er geheiratet habe.

»In dem Sommer war er in Spanien«, sagte Alexandra. »1968 ist er als Student nach Paris gegangen und von da aus durch Europa getrampt.«

»Während der langweilige, alte Hamish zu Hause hockte«, sagte Hamish, »und seinen Abschluß machte. Ned hat aus Barcelona geschrieben. Sie hieß Pilar.«

»Vielleicht sollte ich mir den Brief mal ansehen«, sagte Alexandra.

»Den habe ich zu Hause in Edinburgh«, sagte Hamish und fügte hinzu, Ned habe ihm oft geschrieben, wenn er in einer Lebenskrise steckte.

»Das kann ich mir vorstellen«, sagte Alexandra. »Er war ein Briefschreiber, ich bin eine, die telefoniert.«

»Als Ned Pilar geheiratet, Chrissie und dann später dich kennengelernt hat, sich von Chrissie hat scheiden lassen, als du deinen Jungen gekriegt hast – dazu habe ich lauter Briefe.«

»Dann hast du etwas ganz Besonderes, um dich an ihn zu erinnern«, sagte Alexandra höflich. Sie begriff, daß sie unter Beschuß stand. Vielleicht hatte Hamish Chrissie gemocht, die sie, Alexandra, ersetzt hatte. So was kam vor. Seine Augen waren rotgerändert. Er hatte geweint. Sie fühlte sich geneigt, ihm zu vergeben. Sie fragte, ob er diese Pilar je kennengelernt habe, und er verneinte. Ned habe sie nur das eine Mal, in eben dem Brief vom August 1969, erwähnt. Er sei im Sommer 1970 allein aus Spanien zurückgekommen.

»Dann hat sie bestimmt nur in seinem Kopf existiert«, sagte Alexandra, »oder vielleicht sogar auf dem Briefpapier, aber nicht im wirklichen Leben. Unter Umständen wollte er auch nur euren Eltern einen Schrecken einjagen.«

»Das habe ich mich auch immer gefragt«, sagte Hamish. »Nun werden wir es nie erfahren.«

Er bemerkte, daß er ohnehin keine Dokumente über eine solche Eheschließung oder Scheidung bei Neds Papieren gefunden habe, zumindest bisher nicht.

Alexandra meinte, das könne auch nur heißen, daß Ned sie an einem sicheren Ort verwahrt und dann wie üblich vergessen habe, wo. Doch jetzt sei es wohl kaum noch wichtig. Wenn es passiert sei, dann vor dreißig Jahren. Vermutlich sei Ned rechtmäßig mit Chrissie verheiratet gewesen, sonst hätte er sich doch nicht die Mühe gemacht, sich von ihr scheiden zu lassen, um sie, Alexandra, zu heiraten. Sie sei rechtmäßig verehelicht gewesen und nun rechtmäßig verwitwet. Sie könne sich kaum vorstellen, daß das Gesetz Eheschließungen behandele wie Antiquitäten. Da spiele es nämlich keine Rolle, wie oft ein Gegenstand weiterveräußert werde: Wenn er gestohlen worden sei, gehe er wieder in den Besitz des ursprünglichen Eigentümers über. Sie habe einen Schauspielerfreund, der in der Portobello Road ein Paar chinesische Vasen für fünftausend Pfund gekauft und als Requisiten für sein Porträtfoto in *Hello!* verwendet habe. Als sie als gestohlen erkannt worden seien, habe er sie zurückgeben müssen. Zum Schluß habe er ohne die beiden Vasen und um fünftausend Pfund ärmer dagestanden.

»Das ist die Strafe für Eitelkeit«, sagte Hamish streng. »Für den Hunger nach Aufsehen, dem alle Theaterleute erliegen. Dein Freund hätte vorsichtiger sein sollen. Außerdem glaube ich, daß dieses Prinzip sehr wohl auch im Eherecht gilt. Jegliche Übereinkunft nach einer illegalen ist ungültig.«

»In dem Fall«, sagte Alexandra, »sollten wir uns besser vorsehen und die sagenhafte Pilar in Anwaltskreisen nicht erwähnen, damit man nicht auf die Idee kommt, sich auf unsere Kosten zu bereichern.«

»Ich verstehe«, sagte Hamish, »daß dich eine Degradierung von zweiter zu dritter Ehefrau aus der Fassung bringt. Ein Bruder bleibt wenigstens ein Bruder, daran ist nicht zu rütteln.«

»O doch«, sagte Alexandra, »wenn dir deine Mutter plötzlich steckte, daß du außerhalb der Ehe empfangen worden bist. Dann wärst du über Nacht ein Halbbruder.«

Hamish entrang sich ein schwaches Lächeln und setzte sich wieder an die Papiere seines Bruders. Der Tod, dachte Alexandra, kehrt in allen Menschen die schlechtesten Seiten hervor. In mir auch.

# 11

Theresa kehrte vorzeitig aus dem Urlaub zurück. Sie hatte von Neds Tod erfahren. Als Geste des Beileids und der Solidarität brachte sie eine sehr feste Kartoffel-Hähnchen-Pastete vorbei und weinte ziemlich viel. Dicke Tränen rollten über ihr breites, straffes, junges Gesicht. Die Sonne Mallorcas hatte sie verbrannt, sie war jetzt leuchtendrosa. Der Kummer wirkte sich auch nicht gerade vorteilhaft auf ihren Teint aus. Sie war sehr korpulent, ihre Taille so breit wie Alexandras Hüften, aber sie hatte Scharen jugendlicher Verehrer, die sie wegscheuchte wie lästige Fliegen. Sie liebe nur Sascha, erklärte sie. Alexandra dankte Theresa für die Pastete und Hilfsangebote, sagte indes, sie komme erst einmal allein zurecht. Sascha werde bis nach der Beerdigung fortbleiben. In der Zwischenzeit werde sie Theresa natürlich ihren üblichen Lohn zahlen.

Während sie zu Abend aßen, sagte Hamish: »Tut mir leid, daß wir eben aneinandergeraten sind. Wir müssen beide Nachsicht üben – ich sehe ja, wie schlecht es dir geht. Ich habe dich nie so gut kennengelernt, wie ich gewollt hätte. Ned hat sich ja in ganz anderen Kreisen bewegt als ich. Man hat so seine Vorstellungen von Showbusinessleuten. Du bist sehr tapfer. Und so hübsch wie auf den Fotos. Nur bist du nicht sehr organisiert und brauchst Hilfe.« Er legte ihr die Hand auf den Arm. Einen Moment lang war sie überrascht, doch es war eine brüderliche, tröstliche Berührung, und sie wußte sie zu schätzen. Sie war dankbar, daß er den kurzen Anfall von Antipathie überwunden hatte, wenn sie auch nicht wußte, was ihn ausgelöst hatte. Sie war froh, daß er im Haus war. Da blieb es ruhig, und Diamond schlief friedlich ohne erschrecktes Schnaufen und Keuchen.

Hamish ging um zehn zu Bett. Er sei müde, sagte er, sowohl körperlich als auch seelisch. Ned sei sein einziger Bruder gewesen. Alexandra und Sascha seien nun seine Familie. Seine eigene sei zerbrochen. Er sei, sagte er, ein typisches Produkt der Zeit: alleinlebend, ein Schicksal, das er mit achtundzwanzig Prozent der Bevölkerung teile. Er mochte Statistiken.

Hamish brauchte eine Stunde, um zu Bett zu gehen. Um sich zu waschen, zu denken, zu baden, Seife zu suchen. Er borgte sich einen von den Schlafanzügen, die Ned nie getragen hatte. Das verstand sie. Sie trug ja schon den ganzen Tag eins von Neds Hemden. Damit mußte sie wahrscheinlich auch aufhören. Hamish bat um ein Glas Wasser. Sie holte es ihm. Er hatte sich eingemummelt wie ein kleiner Junge und schaute ihr kläglich nach, als wolle er eine Gute-Nacht-Geschichte.

Als er schließlich Ruhe gab – er war schlimmer als Sascha –, schaute Alexandra Jennys Adreßbuch durch. Sie fand die Anschrift einer »L. Peacock« in Clifton, Bristol. Sie suchte den Namen im Telefonbuch, fand »Peacock, Leah« und wählte die Nummer. Sie zählte die Klingelzeichen. Acht. Gut. Die Frau war im Bett.

»Ja, bitte«, sagte eine weiche, sympathische, wenn auch schläfrige Stimme.

»Hier ist Jenny«, sagte Alexandra und ahmte Jennys Stimme nach. »Mir geht's so schlecht.«

»Jenny«, sagte Leah. »Bitte ersparen Sie mir das! Ich kann einen Teil Ihres Unglücks tragen, aber nicht alles.«

»Ich habe ihn so sehr geliebt«, sagte Alexandra/Jenny. »Aber ich durfte es nicht.«

»Da flüstern nur wieder die Schuldgefühle, Jenny«, sagte Leah. »Hören Sie nicht darauf. Sie wollen Ihren Kopf vergiften. Wie oft haben wir darüber gesprochen? Ich will schlafen. Also, was ist unser Wort für Schlaf?«

Alexandra legte auf. Sie fand einen »Dave« in dem Adreßbuch, aber er stellte sich heraus, daß er Installateur war und böse, daß man ihn gestört hatte. Mit Jennys Stimme gab sie ihm Jennys Adresse und bat ihn, am nächsten Morgen zu kommen und eine undichte Stelle zu reparieren. So früh wie möglich. Dann rief sie Jenny an. Es dauerte eine Weile, bis sie dran ging. Auch das gut.

»Wer ist da?«

»Hier ist Ned«, flüsterte Alexandra. »Aus dem Jenseits.«

Sie rief den zweiten Dave im Adreßbuch an und geriet an einen Anrufbeantworter. Dave Linden, Lichttechnik, offenbar freiberuflich. Er nahm ab, während die Ansage lief.

»Hallo«, sagte Alexandra fröhlich. »Hier ist Alexandra Ludd. Ich glaube, wir haben uns hin und wieder bei einer Party getroffen. Sie sind ein-, zweimal im Cottage gewesen. Und einmal, glaube ich, sind wir uns in Lyme Regis begegnet.«

»Ja, richtig«, sagte er. »Es ist ziemlich spät. Müssen wir jetzt reden?«

»Ja«, sagte sie. »Müssen wir. Soweit ich weiß, leidet Ihre Frau an unerwiderter Liebe zu meinem Mann, der nun tot ist, und hat ihn ständig belästigt.«

»Ich weiß nicht, was Sie mit ›unerwidert‹ meinen«, sagte er. »Was war daran unerwidert? Was glauben Sie , warum Jenny und ich nicht mehr zusammen sind? Ich möchte nicht darüber sprechen. Sie tun mir leid, aber ich will auch nicht, daß Sie schlecht über Jenny reden. Sie hat zu diesem Arschloch, mit dem Sie verheiratet waren, aufgeschaut. Er konnte ihr alles einreden. Sie hat alles geglaubt, was er von sich gegeben hat.

Ich hätte ihn eigenhändig umbringen sollen; das wollte ich immer. Aber sie war dagegen. Wie konnte eine Frau wie Sie ihn nur aushalten?«

»Ich habe ihn geliebt«, sagte Alexandra.

»Und ich liebe Jenny«, sagte er.

Er weinte. Alexandra stand vor einem Rätsel. Wie konnte ein Mann ernsthaft in die pummelige, kleine Jenny Linden verliebt sein?

»Ich will nicht, daß Sie ihr was Gemeines antun«, sagte Dave. »Sie sind eine starke Frau. Sie können sie einfach so vernichten. Ich bedaure nicht, daß Ihr Mann tot ist. Ich bin froh. Er hat meine Ehe zerstört.«

»Sie glauben also nicht«, sagte Alexandra, »daß sich Ihre Frau das alles nur einbildet? Daß sie Wahnvorstellungen hat? Besessen ist? Daß das, was sie Ihnen erzählt, einfach nicht stimmt? Ich weiß nicht, was sie Ihnen erzählt, aber mein Eindruck ist, daß es alles Auswüchse ihrer Phantasie sind. Ich rufe an, weil ich Sie bitten wollte, ihr zu sagen, um Gottes willen Ruhe zu geben. Mein Mann ist gerade gestorben. Mit dem Wahnsinn Ihrer Frau werde ich nicht auch noch fertig. Ich möchte, daß Sie auf sie aufpassen und sie mir vom Hals schaffen. Am Ende glauben die Leute noch die schrecklichen Sachen, die sie erzählt. Daß Ned und sie eine Affäre hatten.«

»Warum tun Sie mir das an?« fragte Dave Linden. »Das ist wirklich pervers. Warum tun Sie so, als hätten Sie nicht gewußt, was da los war?«

»Nichts war los außer in den Hirngespinsten Ihrer Frau«, sagte Alexandra. »Sie müssen dafür sorgen, daß sie sich was verschreiben und mich in Ruhe läßt.«

»Aber sie haben sich vor Ihren Augen betatscht«, sagte Dave Linden. »Ich habe es gesehen. Sie sind doch auch nicht blind. Sie müssen es gewußt haben. Das hat die beiden doch gerade so angeturnt. Daß Sie und ich es mitansehen, daß wir uns vorstellen mußten, wie sie zusammen waren. Sie hat gesagt, auf diese

Weise würde sie darüber hinwegkommen, ich solle sie nicht davon abhalten. Dann würde es nur schlimmer. Aber warum haben *Sie* sich das gefallen lassen? Sind Sie krank im Kopf oder was?«

»Ich habe nie gesehen, wie sie sich betatscht haben«, erwiderte Alexandra. »Ned hat Frauen immer den Arm um die Schultern gelegt. Es war nur liebevoll gemeint.«

»Und wenn sie zusammen getanzt haben«, sagte Dave Linden, »haben sie uns beide aus den Augenwinkeln heraus beobachtet und gelacht und sich von oben bis unten befummelt. Dabei waren Sie diejenige, die uns immer die Einladungen geschickt hat. ›Liebe Dave und Jenny, bitte kommt. Ned und ich ...‹ Wenn sie durch den Briefschlitz auf die Fußmatte fielen, bedeutete das jedesmal noch mehr Folter. Jenny war ja auch der Meinung, daß es widerlich von Ihnen war. Und als ich mich geweigert habe hinzugehen, hat sie mich unter Druck gesetzt. ›Ach Dave, Dave, ich liebe ihn so, ich muß es ausleben. Dann kommen wir wieder zusammen.‹ Also sind wir gegangen, und ich habe selbst erlebt, wie Sie zugesehen haben –«

»Ned hat immer eng mit Frauen getanzt«, sagte Alexandra. »Das hat mich nie gestört. Ich entsinne mich nicht einmal, wie er mit Jenny getanzt hat. Sie haben gewiß recht, und er hat mit ihr getanzt, aber ich kann mich nicht daran erinnern. Sie bilden sich alles nur ein, Dave. Jenny hat Ihnen so viele Lügen aufgetischt.«

»Jenny lügt nicht«, sagte Dave. »Jenny lügt nie. Sie sind die Verrückte, nicht Jenny. Sie waren immer in London und wußten ganz genau, daß sie zusammen waren. In dem Moment, in dem Sie zur Tür raus waren, ging sie rein. Er ist gestorben, während er sie gefickt hat. Er ist gestorben, als er meine Frau gefickt hat. Das war zuviel der Aufregung. Jetzt lassen Sie mich in Ruhe.«

Er legte auf. Alexandra ging ins Bett. Sie schlief in Saschas Zimmer. Sie wollte den Duft seiner weichen Kinderhaut in der Nase haben, das war fast so gut wie seine leibhaftige Anwesenheit. Seine Bettwäsche hatte Abbie Gott sei Dank nicht gewaschen. Es war weniger Schlaf als Ohnmacht, eine gnädige Bewußtlosigkeit, die Alexandra überwältigte.

Mit dem Satz »Kaum waren Sie draußen, ging sie rein« wachte sie auf. Wahnsinn. Saschas Plumeau war zu klein. Sie fror. Sie ging in ihr eigenes Bett und dachte einen Moment lang, sie spüre Neds warme Gegenwart, aber es war nur Diamond, der irgendwie wieder hinaufgelangt war. Sie schubste ihn nicht runter. Hauptsache, er war warm und lebendig.

# 12

Am nächsten Morgen rief Alexandra Abbie an und fragte sie, wo genau die Leiche gewesen sei, als sie sie gefunden habe. Sie, Alexandra, sei immer davon ausgegangen, zwischen Tisch und Fenster, aber ohne Grund, wie sie nun sehe. Abbie sagte, sie solle sich doch nicht mit solchen Details belasten. Ob es nicht besser sei, darüber im Ungewissen zu bleiben, besonders, da sie doch vermutlich mit Sascha weiter im Cottage leben wolle und ein Verkauf außer Frage stehe? Wenn nicht, wenn Alexandra das Cottage loswerden wolle, seien sie, Abbie und Arthur, interessiert. Sie könnten Elder House verkaufen und die Sprachenschule aufgeben. Wenn sie der Schule nur einen Moment lang den Rücken zukehrten, sei der Teufel los. Aber Alexandra dürfe um keinen Preis annehmen, sie, Abbie, mißgönne ihr nun nach Neds Tod auch nur einen Augenblick lang, im Cottage zu bleiben; soweit komme es noch! Einer Freundin! »Mißgönne« hätte sie gar nicht sagen dürfen: Natürlich denke sie so nicht. Letzteres möge Alexandra als nicht gesagt betrachten, zweimal Löschtaste! Ned sei erst vor fünf Tagen gestorben, aber es scheine wie Jahre.

»Warum stirbt jemand an einem Herzanfall?« fragte Alexandra. »Einfach so? Muß nicht was passieren, um ihn auszulösen?«

Abbie sagte, sie wisse es nicht. In den ersten zehn Minuten von *Casablanca* geschehe ja wohl nichts tödlich Aufregendes. Sie wiederholte, Alexandra solle aufhören, über jede Einzelheit nachzugrübeln, die Vergangenheit abhaken und mit dem Leben weitermachen. Ob sie wieder Probleme mit Jenny Linden gehabt habe? Alexandra verneinte. Abbie sagte, Alexandra solle das Adreßbuch und den Terminkalender zurückgeben, sonst verbeiße sich Jenny Linden vielleicht noch mehr in die Sache und schicke die Polizei. Was, nur mal rein interessehalber, stehe denn in den Büchern?

»Nichts Großartiges«, sagte Alexandra. »Was erwartest du denn bei jemandem mit einem derart mickrigen Leben?«

Eine kurze Pause entstand, und dann sagte Abbie: »So solltest du nicht über Menschen reden, Alexandra. Als wärst du jemand Besonderes und die anderen nichts. Ich verstehe, daß manche Leute da stinkwütend werden.«

Alexandra war gekränkt. Wahrscheinlich fand man sich rasch unter Beschuß, ohne Mann, der einem eine Art Autorität verlieh, die eigenen Meinungen stützte – na ja, die Meinungen, die man mit seinem Gatten teilte; eine allgemeine Lebenseinstellung sozusagen, die man sich mit der Zeit zulegte. Sie und Ned zusammen hatten ein Anrecht auf eine generelle Überlegenheit, das Gefühl, im Verhältnis zu den anderen hier im Mittelpunkt zu stehen. Doch sie allein – da sah die Sache schon anders aus.

»Ich meine nur«, sagte Abbie, »daß Jenny eine Menge Ärger machen kann. Deshalb sei vorsichtig. Wenn es irgend geht, rühr nicht an die Dinge, Alexandra.«

»Was für Ärger?« fragte Alexandra. »Wer glaubt ihr denn schon?«

»Du weißt, wie die Leute sind«, sagte Abbie.

»Allmählich weiß ich das«, sagte Alexandra, und Abbie mußte Schluß machen, weil eine Schülerin Tusche über das Tischtuch gegossen hatte. Sie habe ihr, Abbie, eine Glückliche-Kirschblüte-Karte zeichnen wollen, um ihr die zarten Gebräuche der Japaner in ihrem Heimatland im Gegensatz zu der Rohheit fremder Völker zu demonstrieren. Nur schade, daß sie es auf einem weißen Tischtuch versuche.

Alexandra rief Vilna an.

»Vilna«, sagte sie. »Ich glaube, Abbie führt mich an der Nase herum.«

Vilna sagte, wenn das der Fall sei, dann nur zu ihrem, Alexandras, bestem. Abbie liebe Alexandra heiß und innig. Alexandra fragte Vilna, wo genau die Leiche gelegen habe, als sie im Cottage angekommen sei, und Vilna erwiderte, Alexandra solle an die Zukunft und nicht an die Vergangenheit denken und wieder zu leben beginnen. Abbie habe eine Decke über die Leiche gelegt; sie, Vilna, habe nie eine Leiche gesehen. Deshalb habe sie ja zu Mr. Lightfoot gehen müssen, um Ned ohne seine Decke betrachten zu können.

»Hoffentlich hast du den Anblick genossen«, sagte Alexandra und knallte den Hörer auf. Dann mußte sie noch einmal bei Vilna anrufen, um sich zu entschuldigen. Eine Freundin war eine Freundin. Vilna sagte, es sei schon gut. Sie sei doch immer wieder überrascht, was für eine komische Einstellung die Engländer zum Tod hätten, aber sie gewöhne sich daran. Ob Alexandra ihr Haus für die Party haben wolle?

»Party?« fragte Alexandra.

»Nach der Beerdigung«, sagte Vilna. »Ich glaube, ihr nennt es Leichenschmaus.«

Alexandra nahm das Angebot an.

# 13

Am nächsten Morgen trug Alexandra Jennys blaues Adreßbüchlein und das Tagebuch zu dem kleinen Schreibwarenladen in Eddon Gurney. Er war zwei Häuser vom Beerdigungsinstitut entfernt. Sie spürte, wie Ned dalag, konnte sich aber nicht vorstellen, wie er aussah. Auch sie hatte ja noch nie einen Toten gesehen. Ihr Vater war in Amerika gestorben, ihre Mutter hatte ihr sanft abgeraten, zu der Beerdigung zu gehen.
»Du regst nur seine Witwe auf«, hatte Irene gesagt. Serienehen machten Beerdigungen der Gatten eindeutig zur Farce. Dem geschiedenen Partner, dem der Gefährte oder die Gefährtin im Leben genommen worden war, wurde auch aller traditionelle Trost bei dessen Tod versagt. Stirbt weit entfernt ein Elternteil, stellt das vergessene, nicht anerkannte Kind fest, daß es noch weniger Bedeutung hat als zuvor: noch weniger Existenzberechtigung. Die Geister der Verschiedenen winken anderen, nicht uns; wer im Leben zurückgewiesen wird, wird auch im Tode zurückgewiesen, und das kann nie wieder in Ordnung gebracht werden. Ned hatte sich nicht umgedreht, um Alexandra anzuschauen, als er in den Wald ging.

»Mein Beileid«, sagte Angela Paddle zu Alexandra. Sie und ihr Mann Reg Paddle betrieben den Schreibwarenladen. Nachdem Reg seinen Abschied von der Armee genommen hatte, richtete er sich mit der Abfindung das Geschäft ein. Seiner Überzeugung nach brauchte jede kleine Stadt und jedes kleine Dorf im

Land heutzutage sein Kommunikationszentrum, und wer vorausschauend genug war, der Gemeinde Fotokopierer, Fax und Computer plus Modem zur Verfügung zu stellen, würde zu Reichtum kommen. Aber außer denen im Künstlerviertel, wie Mr. Lightfoot sich ausdrückte, interessierten sich in Eddon Gurney nur wenige für die Außenwelt. Angela Paddle trug einen kratzigen beigefarbenen Pullover und keine Bluse darunter. Von Bequemlichkeit schien sie nichts zu verstehen, doch sie hatte ein freundliches Gesicht. »Mein Beileid. Ein großer Schock.«

»Ein großer Schock«, sagte Alexandra. »Könnten Sie mir die bitte kopieren?« Sie händigte Angela Paddle ihre Trophäen aus. Es war unübersehbar, daß sie ihr nicht gehörten. Es waren nicht die persönlichen Aufzeichnungen eines vielbeschäftigten Menschen mit vielen Freunden. Alexandra wollte nicht einmal, daß man sie für ihre hielt. »Mein Schwager ist im Cottage und bringt Neds Angelegenheiten in Ordnung. Wir brauchen die Adressen und das alles für die Beerdigungseinladungen.« Sie stockte. Warum erklärte sie etwas? Keine Entschuldigung, keine Erklärung, war Neds Devise. Was nun auch keine Rolle mehr spielte. Er war nun gewiß weder zu dem einen noch zu dem anderen in der Lage.

Angela Paddle schaute widerwillig zweifelnd drein. Das tat sie aber immer, wenn jemand sie bat, die neue Technik zu benutzen.

»Normalerweise kopieren wir nichts Gebundenes«, sagte sie. »Aber es geht Ihnen sicher schlecht. Ich versuche mein bestes. Komisch, wenn man bedenkt, daß Ihr Mann nur ein paar Häuser weiter auf der Bahre liegt.«

»Sehr komisch«, sagte Alexandra.

»Ich geh nachher mal vorbei und besuche ihn«, sagte Angela Paddle.

»Ja, tun Sie das«, sagte Alexandra.

»Besser, man vergewissert sich persönlich, als daß man darüber nachdenkt. Mrs. Linden ist eben zum drittenmal drin gewesen und hat ihn besucht«, sagte Angela Paddle. »Sie tut, was in ihren Kräften steht. Die Lebenden müssen bei den Toten Wache halten. Seltsam, wie sich die Zeiten ändern. Als ich mein Kind bekommen habe, war es undenkbar, daß ein Mann bei der Geburt dabei war. Jetzt ist es ja fast Pflicht. Wie bei den Toten. Früher hielten sie die Leichen fern, versuchten, nicht daran zu denken. Heute wollen alle selber gucken.« Sie begann ein Kirchenlied zu intonieren:

»Sei bei uns am Ende
Und schenk Deinen Frieden
Unseren Herzen,
O Herr, hienieden.«

»Ja, schenk uns Frieden«, sagte Alexandra und dachte, daß diese seltsame, schreckliche Frau sie wahrhaftig noch zum Weinen brachte.

»Mr. Lightfoot ist ein braver Mann«, sagte Angela Paddle. »Ich würde so eine Arbeit nicht gern machen, obwohl ja alle immer so tun, als sei es nichts.«

»Nein, bleiben Sie nur bei Ihren Faxen«, sagte Alexandra. »Dann war also Jenny Linden dort drin? Sie ist keine sehr enge Freundin von uns.«

»Sie behauptet das Gegenteil«, erwiderte Angela Paddle. »Und daß sie eine Kollegin von Mr. Ludd und da war, als er starb. Was für ein Schock für die arme Frau.«

»Jenny Linden ist offenbar völlig verwirrt«, sagte Alexandra, »und schon normalerweise sehr phantasievoll. Ich glaube, Sie sollten dem, was sie erzählt, nicht so viel Beachtung schenken. Mein Mann war allein, als er starb.«

»Richtig«, sagte Angela Paddle. »Es war nachts, stimmt's, und

Sie waren in London in dem Stück da über das Puppenhaus. Ich habe nicht viel von dem verstanden, was Mrs. Linden gesagt hat. Sie wissen ja, wie manche Frauen dann sind: völlig aufgelöst, heulen Rotz und Wasser. Ich dachte nur, es sei lieb von ihr, so viel bei dem Toten zu sitzen.«
»Natürlich ist es das«, sagte Alexandra. »Je mehr es tun, desto besser. Vielleicht gehe ich auch noch hin und setze mich zu ihm. Ich komme in ein paar Stunden wieder und hole die Kopien ab.«
»Billig wird das nicht«, sagte Angela Paddle.
»Davon bin ich überzeugt«, sagte Alexandra frohgemut.

Alexandra lief zum Beerdigungsinstitut ein bißchen weiter die Straße runter. Es war so nahe, daß sie das Auto nicht noch einmal neu parken mußte. Mr. Lightfoot führte sie zum Leichnam. Gott sei Dank war sonst niemand da, der ihn besichtigen wollte. Mr. Lightfoot fragte sie, was Ned bei der Einäscherung tragen solle. Der Bruder des Verstorbenen habe ihn angerufen und eine Einäscherung vorgeschlagen. Ob sie als Witwe ihm bitte bestätigen könne, daß Mr. Hamish Ludd der rechtmäßige Verhandlungspartner sei. Mrs. Linden sei hier gewesen und habe wissen wollen, ob es ein Begräbnis geben werde, das heißt, eine Erdbestattung.
»Was hat denn Mrs. Linden damit zu tun?« fragte Alexandra.
»Die arme Dame ist sehr durcheinander«, sagte Mr. Lightfoot. »Ein wenig aus dem Gleichgewicht, das kommt vor. Ich beachte sie nicht. Sie sind die Witwe, das ist die Hauptsache.«

Alexandra starrte den toten Ned an und begriff, daß sie die Dinge in die Hand nehmen mußte. Sie hatte »Wahrheit« nie besonders hoch geachtet. Für sie war Wahrheit etwas, das sich mit den Zeiten verschob, unzuverlässig wie jede Art festes Ziel. Sie war Schauspielerin: Sie fand die Wahrheit einer Rolle an einem Abend und am nächsten eine gänzlich andere. Beide funktionierten. Sie wußte, wie eigenwillig Worte waren. Sie wußte, daß diejenigen, die protestierten, oft zu sehr protestierten. Sie wußte, daß Definitionen eher beschränkten als erklärten. Wenn man einmal Meinung und Gedanken Schicht für Schicht weggeschält hatte und auf einen festen Grund Wahrheit gestoßen war, gab auch dieser nach und enthüllte mehr schwammigen Untergrund. Am Ende war einem die Wahrheit egal; man wollte nur wissen, was passiert war.

»Mr. Lightfoot«, fragte sie schließlich ganz direkt, »wo genau befand sich der Tote, als Sie ankamen?«
»Auf dem Fußboden«, sagte Mr. Lightfoot. »Mit einer Decke darüber.«
»Das weiß ich schon«, sagte Alexandra. »Aber wo auf dem Fußboden?«
»Ach«, sagte Mr. Lightfoot, »was wahr ist, muß wahr bleiben: oben auf der Treppe.«
Das schluckte Alexandra erst einmal.
»Warum haben meine Freundinnen mir erzählt, er habe im Eßzimmer gelegen?«
»Künstler haben ihre eigenen Regeln«, sagte Mr. Lightfoot. »Woher soll ich das wissen? All diese Durchbrüche, einen Raum aus zweien machen. Die vorderen Repräsentationsräume sind passé, wie ich aus bitterer Erfahrung weiß.«
»Ned ist oben auf der Treppe gefallen?«
»Er ist in seinem Bett gestorben«, sagte Mr. Lightfoot, »wie es sich für einen Mann gehört. Dann hat Ihre Freundin mit der Sprachenschule aus Gründen, die nur sie kennt, versucht, ihn nach unten zu tragen. Aber ein warmer Leichnam ist schwer zu bewegen, wie sie bald feststellen sollte. Da hat sie ihn oben an der Treppe liegengelassen und mit einer Decke zugedeckt.«
»Wer war im Haus, als Sie ankamen?« fragte Alexandra.
»Warum denken Sie nicht an die Zukunft, Mrs. Ludd? Lassen die Vergangenheit hinter sich? Das empfehle ich immer.«

»War Jenny Linden dort?«

»Na, und ob! Ist wie ein kopfloses Huhn durch die Gegend gerast und hat sich auf den Toten geworfen, als wir versucht haben, ihn hinauszutragen. Unter diesen Umständen reagieren Frauen so. Und als der Morgen dämmerte, hat der Hund wie verrückt gebellt. Keiner hatte daran gedacht, mit ihm hinauszugehen. Ich habe ein Nachthemd gefunden und es Mrs. Linden übergestreift, damit sie sich überhaupt sehen lassen konnte.«

»Ned hat im Bett geschlafen«, sagte Alexandra. »Dann hat er ein Geräusch gehört, das Licht angemacht und sich aufgesetzt. Und da stand Jenny Linden im Zimmer. Jenny Linden hat meinem Mann nachgestellt und ihn belästigt, Mr. Lightfoot. Sie ist völlig irre. Er hat versucht, sie zum Gehen zu bewegen, aber sie ist nicht gegangen. Er ist wütend geworden – und da hat er den Herzanfall gekriegt.«

»So wird's wohl gewesen sein«, sagte Mr. Lightfoot.

»Sie brauchen nicht taktvoll zu sein!« rief Alexandra. »So ist es gewesen. Dann hat sie ihre Kleider abgeworfen, um es voll auszukosten, damit alle glaubten –«

Neds Leiche schien ein kaltes, blaues Licht zu verströmen. Oder war es nur der Widerschein von Mr. Lightfoots Neonlampen auf Neds nun wächserner Haut? Floß bei einer Obduktion alles Blut heraus? Oder gerann es, dickte ein und erstarrte, wenn es der Bewegung und des Lebens beraubt war? Alexandra versuchte, die Leiche nicht zu oft anzuschauen: Sie schien ein solcher Hohn auf den wirklichen Menschen. Ein Gegenstand, der einem als Ersatz angeboten wurde: eine Fälschung. Hier versuchte jemand, einen zu betrügen. Der echte Ned war in den Wald gegangen; er hatte sich nicht umgeschaut. Er hatte nicht einmal gewollt, daß sie ihn begleitete.

»Sie hat ihn umgebracht«, sagte Alexandra. »Diese Irre hat meinen Mann umgebracht.«

»Das habe ich nicht gehört«, sagte Mr. Lightfoot. »Sie müssen vorsichtig sein bei dem, was Sie behaupten. Es gibt so etwas wie Verleumdung. Ich habe in meinem Leben schon viel erlebt, aber noch nie, daß jemand bei einem Todesfall derart aufgebracht war wie die arme Mrs. Linden.«

»Ich bin die Witwe«, sagte Alexandra.

»Sie haben aber lange genug gebraucht, um das anzuerkennen«, sagte Mr. Lightfoot. »Jedesmal, wenn ein Toter angeschaut wird, geht etwas von ihm verloren. Aber das ist nur meine Meinung. Nun, da Sie endlich hier sind, lasse ich Sie mit Ihrem Mann allein. Mit dem, was übrig ist.«

Er schlenderte weg, düster und hager in seinen schlechtgeschnittenen schwarzen Tweedhosen. Übung mit den Hinterbliebenen, Kompetenz im Umgang mit dem Tod und ein Wissen, mit dem andere sich lieber nicht genauer beschäftigen wollten, hatten ihm eine oberflächliche, weltgewandte Selbstsicherheit verliehen, die er mit einer Schicht Boshaftigkeit übertünchte. Aber trotzdem war er ein Unberührbarer, tröstete sich Alexandra. Wenn die Leute den Bestattungsunternehmer und seine Frau im Supermarkt erkannten, wandten sie sich ab, weil es auch nicht im entferntesten so aussehen sollte, als seien sie in physischem Kontakt mit ihnen. Unglücksvögel. Krähen.

»Fragen Sie Dr. Moebius«, sagte Mr. Lightfoot und drehte sich zu ihr um. »Ihn müssen Sie fragen, nicht mich. Ich konnte sehen, daß es ein Herzanfall war; kurz, aber heftig; da gab's kein Vertun. Warum der Arzt das ganze Brimborium mit der Obduktion wollte, ist mir schleierhaft.«

»Ich glaube, weil er das Niveau halten wollte«, sagte Alexandra.

»Leichen durch die Gegend zu kutschieren«, sagte Mr. Lightfoot, »ist nicht recht. Heutzutage ist nicht mehr viel recht am Tod. Mancherorts begräbt man die Särge senkrecht stehend, obwohl das die Begräbniskosten erhöht.«

Alexandra setzte sich auf einen Stuhl neben den Toten und starrte ins Leere. Ned leistete ihr Gesellschaft. Unversöhnlich. Sie weinte nicht. Es gab zwei Zeugen seines Sterbens. Der eine war Ned, und er war tot. Der andere lebte, war aber unzuverlässig. Sie wollte gern das bißchen Würde, das sie noch besaß, für Ned, sich selbst und Sascha bewahren. Sie gab auf und trieb wieder in den anorganischen Schwebezustand, bis es Zeit war, die Bücher und Kopien bei Angela Paddle abzuholen. Die knöpfte ihr zwanzig Pfund ab, was Alexandra überzogen fand, aber nicht monierte.

Alexandra brachte die Originale zu Jenny Linden zurück. Sie parkte ihren Wagen um die Ecke des Gefängnisses von Eddon Gurney. Ein schnuckeliges rotes Auto stand vor Jennys Haus. Alexandra erkannte es als Jennys; sie hatte es oft genug gesehen, hier und dort, selbst vor dem Cottage. Wie zufällig schlenderte sie durch die Straße am Haus vorbei, das Gesicht vom Fenster abgewandt. Beim Auto angelangt, ließ sie die Dokumente an der Fahrerseite fallen. Wenn Jenny Linden sie dort fand, würde sie herumrätseln und sich eine Geschichte ausdenken, die das Problem löste: Sie waren herausgefallen, als sie die Tür geöffnet hatte; sie hatten die ganze Zeit da gelegen. Wie auch immer. Wenn Jenny so verzweifelt war, wie alle behaupteten, war sie außerstande, der Angelegenheit große Aufmerksamkeit zu schenken. Sie würde nicht auf die Idee kommen, daß das ganze kopiert worden war und Alexandra nun unbegrenzte Macht und einen ebensolchen Zugang zu Jennys Welt besaß wie Jenny zu ihrer.

Als Alexandra nach Hause kam, grübelte Hamish über den S bis Z in Neds Adreßbuch. Abbie hatte sich Zeit gelassen; Alexandra auch; es mußten immer noch Leute benachrichtigt werden. Alexandra verbrachte etwa eine Stunde am Telefon, um sich durch diese letzten Seiten zu arbeiten, Freunden und

Fremden Ort und Zeit der Beerdigung zu nennen. Einige hatten von Neds Ableben erfahren, andere nicht. Manche suchten unsicher nach tröstenden Worten. Manche brauchten Trost von ihr. Es war strapaziös. Am Ende war sie genauso wenig von Neds Tod überzeugt wie zu Beginn. Immer wieder hörte sie seine Stimme und zuckte zusammen. Aber es war Hamishs Stimme am Bürotelefon im anderen Zimmer. Gedämpft hatte sie dasselbe Timbre wie Neds.

Als die Dämmerung anbrach, kamen die Fledermäuse wie eh und je aus der alten Scheune geflattert. Ihre Welt hatte sich keinen Deut verändert. Warum auch? Vielleicht bedauerte man bei Menschen, die gestorben waren, nur, daß sie nicht mehr da waren, um vertraute Dinge anzuschauen. Jeder starb einmal. Ein schreckliches System, das einem erst eintrichterte, etwas könne von Dauer sein, und es einem dann entriß.

Natürlich hatte Ned keine Affäre mit Jenny gehabt. Grauenhaft, daß sie sich das überhaupt hatte einreden lassen. Dave Linden war von seiner Frau verrückt gemacht worden: Sie hatte ihn mit falschen Informationen gefüttert, unglücklich gemacht, und er war ja ohnehin strohdumm. Das wußten alle. Sie, Alexandra, hatte sich jetzt nur der Tatsache zu stellen, daß Jenny Linden bis ins Schlafzimmer eingedrungen war und den Toten gefunden hatte. Das war schlimm genug.

Alexandra rief Leah an; wieder imitierte sie Jenny Lindens Stimme.

»Ich bin's«, schluchzte sie. »Ich.«

»Seien Sie stark und ruhig«, empfahl Leah. »Ich kann Sie morgen dazwischenschieben. Jemand hat abgesagt. Lassen Sie die Ehefrau den irdischen Teil erledigen, wie sie will: Das bedeutet nichts. Ob die Leiche verrottet oder verbrennt, wo ist da der Unterschied? Sie und Ned gehen weiter gemeinsam auf Ihrem spirituellen Pfad.«

»Können Sie mir einen Schlüsselsatz geben?« bettelte Alexandra/Jenny. Sie erinnerte sich, daß Ned einmal so etwas erwähnt hatte. Was nur?
»Schlimmste Befürchtungen«, murmelte Leah, »schlimmste Befürchtungen«, und legte auf.

Schlimmste Befürchtungen.

Was meinte die Frau mit »schlimmsten Befürchtungen«? Dienten die Worte als therapeutisches Hilfsmittel, um zu innerem Frieden zu gelangen? Sollte die Patientin sich das Schlimmste vorstellen und sich dann besser fühlen, weil die Gegenwart nicht ganz so schlimm war?

Was wären wohl Jenny Lindens schlimmste Befürchtungen? Wenn sie, Alexandra, Jenny in einem Stück spielen würde, wie würde sich das anfühlen? Wie wäre es?

Alexandra unternahm mit Diamond einen Spaziergang in die Wiesen hinter dem Cottage. Und es war so:
Hier bin ich, Jenny Linden, eine Frau Mitte vierzig, mein Leben verstreicht. Ich werde von meinem Ehemann geliebt, ganz egal, was ich tue, und bin deshalb in der Lage, zu tun, was ich will, und habe keinen finanziellen Nachteil. Ich führe ein bescheidenes Leben. Ich hocke in einem kleinen Haus, in einer kleinen Stadt und reduziere, was groß ist, auf etwas Kleines. Die Zukunft schrumpft, zusammen mit der Gegenwart. Ich liebe das Theater wie so viele, die ihr Leben als unbefriedigend beziehungsweise das Bedürfnis empfinden, es zu bereichern. Ich bin Fan von Natur aus. Das Extrembeispiel eines Fans ist der Mann, der John Lennon erschossen hat; die einzige Art, seinen Helden vollständig zu besitzen, ist, seinen Tod herbeizuführen. Wenn ich wie besessen anbeten kann, kann ich auch wie besessen vernichten.

Durch Zufall bin ich, Jenny Linden, Fan eines gewissen Ned Ludd geworden, eine kleinere Berühmtheit in der Außenwelt, aber in einer Welt, auf die all mein Sehnen gerichtet ist, die Welt des Theaters. Ich will, daß er mich beachtet. Da ich kein reales Bild von mir habe, scheint es mir möglich, daß, wenn ich meine Karten richtig ausspiele, meine Liebe für ihn und meine Besessenheit von ihm Wunder wirken und er meine Liebe erwidert.

Ich bin zerfressen von Neid auf seine Frau, die schön, kultiviert und erfolgreich ist und das auch mit Medienrummel und Zeitungsausschnitten beweisen kann. Sie ist so selbstbewußt, daß ich sie hasse. Was hat sie, das ich nicht habe? Der werd ich's zeigen. Ich mache mich Ned nützlich: führe seinen Hund aus, recherchiere gratis für ihn, schleime mich in sein Leben. Bei seinem Tod trauere ich derart intensiv und öffentlich, daß alle Welt glaubt, wir hätten eine intime Beziehung gehabt, und obendrein kann ich seine Witwe so recht demütigen. Ich stehle ihr ihre glücklichen Erinnerungen; ich beunruhige und provoziere sie, säe Zweifel in ihrem Kopf. Wenn ich keine glücklichen Erinnerungen habe, soll sie auch keine haben.

Meine schlimmsten Befürchtungen, nun, da Ned Ludd tot ist? Daß Alexandra sich an mir rächt. Daß sie mir oder den Meinen schadet. Meinen Mann dazu bringt, mich nicht mehr zu lieben, obwohl ich ihn nun, da Ned nicht mehr da ist, brauche. Daß Alexandra mich auf irgendeine Weise zu der Erkenntnis bringt, daß Ned Ludd mich bemitleidet, aber selten an mich gedacht und mich schon gar nicht geliebt hat.

Schlimmer, schlimmer, schlimmer. Daß selbst Alexandra Ludd absolut keinen Gedanken an mich verschwendet; mich negiert, indem sie mich ignoriert.

Schlimmste Befürchtungen.

Meine, Alexandra Ludds, schlimmsten Befürchtungen.
Schaffe ich das? Mich selbst zu spielen?
Wie würde ich mich dann sehen?

Meine schlimmste Befürchtung war immer, daß Ned sterben und mich allein lassen würde und ich eine so lange und so gut mit seinem Blick interpretierte Welt neu interpretieren muß. Ehemann und –frau wachsen zusammen, nehmen gegenseitig ihre Körperflüssigkeiten auf. Das ist unvermeidlich. Gibt es ein Kind, das in ihr gewachsen ist, dann ist es die vereinigte Substanz der beiden: Charakter und Natur des Kindes infizieren dann wiederum die Mutter und durch die Mutter auch den Vater. So wird die Einheit besiegelt, außen zusammengeschweißt, innen fließt eins ins andere. Deshalb sind ja auch Scheidung oder Tod so vernichtend: Reißt man ein Stück des Ganzen heraus, ist das, was übrigbleibt, wie eine rohe Rinderhaxe, die blutend in der Küche hängt. Auch das Kind leidet. Das kommt alles nur davon, daß man immer im selben Bett schläft, dachte Alexandra. Es sollte mehr Einzelbetten, separate Schlafzimmer, weniger Routine geben –

Wie wunderschön der Abend war. Wenn sie zurückschaute, sah sie die beiden Schornsteine des Cottage über den Hügelkamm ragen. Ginge sie denselben Wege zurück, würde es sich ihr nach und nach zeigen. Das vertraute solide Gemäuer, das den Atem anhielt und geduldig auf ihre Rückkehr wartete: beides, Kind und Mutter in einem: Zuhause. Man konnte ein Haus nicht wie einen Menschen lieben, natürlich nicht, aber doch beinahe. Alte Häuser erlangten Persönlichkeiten, die Summe aller derer, die darin gelebt hatten. Ausgebessert, angestrichen, erneuert, geputzt, strahlten sie einen an; tipptopp sauber brachten sie einen zum Tanzen; vernachlässigte man sie, zogen sie einem das Geld aus der Tasche. Ned war tot, aber er lebte weiter im Dach, im Stein, in den Balken, die seine Fürsorge aufgesaugt und ihn oft zum Stöhnen gebracht hatten. Aber Eltern stöhnen ja auch über ein verschwendungssüchtiges Kind und lieben es doch. Die Kletterrosen, die Ned unten am Haus gepflanzt hatte, schoben sich zwischen die Blätter des wilden Weins und rankten immer höher; ihre prachtvollen roten, runden Blüten hingen unter dem Dachvorsprung. Ned war tot, aber sie lebten weiter; blühten, verwelkten, fielen herab, erneuerbar und Ned nicht. Die Wollbohnen an den Stangen schwollen an und wurden ohne ihn groß und stark. Überlebten nun aber wenigstens und konnten sich wieder aussäen. So vieles von dem, was Ned begonnen hatte, bestand fort. Sie, Alexandra, lebte; das Haus und der Garten waren ihr nun sowohl Trost als auch Verpflichtung. Sie durfte nicht vergessen, daß in der Bank der Holzwurm war; sie mußte etwas tun, bevor er sich weiter ausbreitete. Man brauchte nur etwas hineinzuspritzen, durch ein feines Löchlein nach dem anderen winzigen Feinden den Tod in winzigen Portionen bringen.

Zuhause und alles, was dazugehörte: wo Sascha empfangen und geboren worden war; wo Ned sie trotz allem in den Armen gehalten, geliebt und umsorgt hatte. Wie sie ihn. So viele Mahlzeiten gekocht, so viele Freunde begrüßt, so viele gute Gespräche geführt. Die Bücher auf den Regalen, das vertraute erregende intellektuelle Leben, die Aufmerksamkeit der Welt hier konzentriert, die Schlußfolgerungen der Menschheit hier analysiert; zusammen gelacht, Wunder erklärt, Erstaunliches enthüllt. Eine gute Ehe; ein guter Ort zu leben. Gewesen. Wo Engel sind, sind auch Teufel. Holzwürmer, Jenny Linden, in den Schornsteinen nistende Krähen, Blattläuse, schlechte Kritiken, abgelehnte Manuskripte; winzige Feinde im Vergleich. Die Möbel, Neds und ihr Stolz, über die Jahre zusammengetragene kostbare Stücke, staubige Funde in Antiquitätenläden, schäbige

Teile von Trödelmärkten, vom Sperrmüll Gerettetes, vernachlässigte Erbstücke, die sie und er restauriert und mit Bienenwachspolitur eingerieben hatten, bis sie in wiedererstandener Pracht schimmerten, als freuten sie sich ihrer Rettung und lebten wieder und wären dankbar. Erinnerungen waren der wirkliche Reichtum: Die konnte einem keiner stehlen.

Wenn sie sich doch bloß besser an diesen Tag an der Kimmeridge Bay erinnern könnte. Ein komischer Ausflug und eine komische Gesellschaft! War ihre Mutter dabei gewesen? Sascha und sie hatten einen fast perfekten versteinerten Ammoniten gefunden. Seine simplen Spiralen hatten sich vor 500 Millionen Jahren gebildet. Ned hatte ihn polieren lassen und auf den Marmorkaminsims im Wohnzimmer gestellt: wo Ned *Casablanca* geschaut hatte. Zehn Minuten. Und sich dann eines anderen besonnen hatte.

Schlimmste Befürchtungen.

Alexandra wandte sich ihnen wieder zu. Sie zwang sich dazu. Ned ist gestorben. Ich leide. Ich habe die Vergangenheit und keine Gegenwart; aber ich werde mir eine Zukunft schaffen.

Wenn ich mich spielen würde, wenn ich zu meinen Wurzeln vordringen und mich für die Rolle »Schlimmste Befürchtungen, größte Hoffnungen« vorbereiten würde, dann würde ich sagen: Meine schlimmste Befürchtung ist, daß Jenny Linden nicht wahnsinnig ist, daß Ned und sie eine Affäre hatten, daß sie mit ihm im Bett war, in unserem Messingbett, in das er sie gebeten hat, und daß er gestorben ist, als er sie fickte, weil seine Erregung und seine Lust so stark waren. Daß eine Weile lang das Zucken und Keuchen des sterbenden Mannes genauso klangen wie das Zucken und Keuchen einer Lust, von der ich einst gedacht habe, sie sei nur mir vorbehalten, die es aber nicht war. Und dann haben sie aufgehört, und er war tot.

So, jetzt ist es gesagt. Das ist am einfachsten zu glauben, und deshalb vermutlich wahr. Nach dem Gesetz, daß die einfachsten Erklärungen auch die Lösung liefern: Ockhams Prinzip. Danke schön, Mutter.

Hat Jenny Linden sich unter meinem Mann herausgeschoben – wird ein erigierter Penis beim Sterben schlaff oder noch steifer? Wenn ich das wissen will, muß ich sie fragen, und dazu kann ich mich nicht überwinden. Wahrscheinlich hat sie entsetzt auf die klammernde Hand gestarrt, die ihr eben noch Lust verschafft hat, die vorquellenden Augen, die noch vor einer kleinen Weile von drängender Begierde verschleiert und nun leer waren, und ist dann aus dem Bett herausgefallen oder -gekrochen. Hat bestimmt einen Moment lang überlegt, ob sie sich wie ein Dieb in der Nacht davonstehlen sollte, dann aber das Drama zu verlockend gefunden, um es zu verpassen, und Abbie angerufen.

»Oh, Abbie, Abbie, du mußt sofort kommen. Etwas Schreckliches ist passiert. Ned ist in meinen Armen gestorben.«

Wer weiß, vielleicht hatte sie auch noch mit ihrem Mann Dave telefoniert.

»Oh, Dave, Dave, was soll ich machen? Der Mann, den ich liebe, ist tot. Mir geht's ja so schlecht. Jetzt habe ich nur noch dich.«

Dave war nicht gekommen, Abbie sehr wohl. Sie kam sofort, entschied, daß ich, Alexandra, geschont werden müsse, verpflichtete Jenny zur Geheimhaltung, zerrte den Toten vom Bett, wie ich erst kürzlich und wiederholt Diamond von dort heruntergezerrt habe, bekam das schlaffe schwere Ding nur bis zum Treppenabsatz, konnte nicht weiter, legte eine Decke über die Leiche, rief den Arzt, rief mich und Mr. Lightfoot an, beruhigte Jenny, so gut sie konnte, beorderte Vilna her, um Jenny aus dem Haus zu kriegen, und sah, wie die Leiche auf der Bahre in Mr. Lightfoots Krankenwagen getragen wurde. Zog das Bett ab und wusch die Wäsche. Was war darauf gewesen? Sperma, Blut, Spucke, Urin, Exkremente? Das alles spritzte ja vermutlich aus einem sterbenden Mann. War das angestaute Sperma schon draußen oder wollte es gerade heraus, als der Tod intervenierte? Abbie, die gute Freundin. Sie würde es wissen. Jenny würde es wissen. Alexandra nie. Sie würde nie fragen.

Schlimmste Befürchtungen. So, das wär geschafft! Schlimmer kann es nicht kommen. Höchstens noch, daß Jenny Linden auf Ned und nicht unter ihm lag. Das mochte er. Es wäre schön, wenn er das für mich reserviert hätte.

Und es wäre wenigstens etwas.

Nein, es war alles ganz anders: Ned hat ein Geräusch in der Nacht gehört, ist aus dem Bett gestiegen, wo er allein und friedlich lag und mich, Alexandra, die er liebte, vermißte, und hat Jenny, die Wahnsinnige, im Haus angetroffen, sich erschreckt und ist deshalb dort gestorben, wo er gestanden hat. (Ja, und Abbie hat die Bettwäsche nur gewaschen, weil sie einen Hausfrauentick hat.)

Oder vielleicht hat Ned ja auch wirklich mit Jenny Linden geschlafen, aber nicht, weil er es vorhatte, sondern spontan. Oder er hat gedacht, wenn er es einmal machte, gäbe sie vielleicht auf und zöge friedlich ihrer Wege. (Ja, und Jenny Linden war ein Alien aus dem Weltall.)

Und Ned war so überwältigt von seinen Schuldgefühlen, daß er mitten beim illegalen Fick starb. (Ja, und Jenny hatte ihn gefesselt und vergewaltigt.)

Schlimmste Befürchtungen: Sie, Alexandra, war im Leben von Ned betrogen worden: Die Trauer, die sie um ihn empfand, war durch und durch entwertet, so daß sie nie besänftigt werden, nie vergehen würde, weil sie, Alexandra, nicht wußte, um was sie trauerte. Und weil sie es nicht wußte und nie erfahren würde, gab es »sie, Alexandra« überhaupt nicht. Das war die wahrhaft schlimmste Befürchtung: ihre eigene Nichtexistenz. Sie, Alexandra, war etwas Flüchtiges, aus dem Hut gezaubert, jemand hatte sie herbeigetrickst, anderen zur Unterhaltung.

Womit sie schließlich, recht bedacht, ihren Lebensunterhalt verdiente. Und prompt dafür verachtet wurde. Oder wie Ned immer sagte: »Das Theater wär ja okay, wenn die Scheißschauspieler nicht wären. Abgesehen von dir, mein Liebling. Anwesende ausgenommen.« Als seien sie das je.

Schlimmste Befürchtungen: Gott war nicht gut. Die Erde, auf der man stand, bebte, Abgründe klafften; die Menschen fielen, klammerten sich hilfesuchend aneinander, doch es gab keine Hilfe. Die Basis aller Dinge war böse. Die Schönheit dieses Abends, der nun als gelber Schimmer auf den Mauern der Cottage-Scheunen ruhte, die Schwalben, die im Sturzflug dahersausten, die Schmetterlingsschar, die plötzlich in den langen Gräsern im Vordergrund flatterte – all das war die Lüge: ein trügerischer Glanz, in dem kurz hoffnungsfrohe Bilder aufflimmerten, obwohl schon vor Urzeiten das Böse über das Gute gesiegt hatte, der Tod über das Leben. Sie, die zu Neds Unterhaltung ein wenig geflattert und gestrahlt hatte, auch zu seinem vorübergehendem Nutzen, war selbst genauso verderbt und vergänglich wie die verruchte Schöpfung insgesamt.

Es war der pure Hohn gewesen, als sie Neds Leib so oft und mit einem solch mächtigen Bewußtsein von Liebe in ihrem Körper aufgenommen hatte, daß es ihr weit mehr als körperliche Erregung erschien, sondern wie eine heilige Handlung, eine Verbindung bis hin zum Beginn des Universums, zu dem Licht, das alle Dinge durchflutete und das sich, wenn man ein Auge dafür hatte, ebenso im Glühen der Sonne auf den Steinmauern wie im Tanz der Schmetterlinge manifestierte.

Die beste Erinnerung: Diese Verbindung, dieser Jubel, sie hatten existiert, als sie und Ned sich am Montagabend, bevor Ned aus London weggefahren war, geliebt hatten, nicht nur miteinander geschlafen, nicht nur gefickt, sondern sich geliebt hatten. Danach hatte er ihr mit seinem sanften Blick in die Augen geschaut und gesagt: »Doch, ich liebe dich.« Daran würde sie sich klammern. (Ja, aber warum das »doch«, als habe je ein Zweifel daran bestanden? Und warum sagte Ned manchmal zu Freunden: »Ach, Alexandra ... eine so schlechte Beobachterin, dabei ist sie doch so schlau.« Na?)

Die schlimmste Erkenntnis: Ned lebte nicht mehr, zu alldem konnte sie ihn nicht mehr befragen, er konnte nicht mehr die Arme um sie legen und sie ihre nicht mehr um ihn, und sie konnten in der sicheren, warmen Geborgenheit dieser Berührung nicht mehr beide in Hoffnung wiedergeboren werden. Er war für immer gegangen: Sie war allein.

Alexandra kehrte um und ging nach Hause, um sich dem zu stellen, dem sie sich stellen mußte. Diamond wollte nicht zurück. Er wollte ewig weiterlaufen.

# 14

Als sie mit dem Hund ins Haus kam, saßen Hamish, Abbie und Vilna am Küchentisch. Am Kopfende goß ihr Schwager, ungeübt in dieser Tätigkeit, steif und übervorsichtig den Tee ein. Normalerweise wurde sicher ihm der Tee eingeschenkt, in einem Wohnzimmer. Hamish war ein Tasse-mit-Untertasse-, kein Becher-in-der-Küche-Typ. Aber offenbar saß er nun gern dort und genoß, was er tat. Er kam Alexandra wie ein kleiner Junge vor, der sich mal hinters Steuer des Familienautos setzen und den Oberboß mimen darf. Sie fragte sich, inwieweit Hamish Ned beneidet hatte. Auch Abbie, ihre Freundin, und Vilna, Abbies Freundin und ihre eigene vertraute und gewiß doch harmlose Bekannte, wirkten plötzlich nicht so verläßlich, wie sie einmal gedacht hatte. Sie saßen an ihrem Tisch, als sei das ihr gutes Recht, waren aber nicht eingeladen. Alexandras Argwohn erwachte. Sie wollte, daß sie gingen, aber wie konnte sie es ihnen sagen? Sie waren ihre Freundinnen, ihre zukünftige Familie. Wenn Ehemänner starben oder verschwanden, rückten die Freundinnen an, um die Lücke zu schließen: Für Trost und Hilfe waren Freundinnen da.

Alexandra wollte nicht reden, sie wollte ins Bett. Aber das Messingbett war besudelt, schon beim bloßen Gedanken, nur in Anbetracht der Möglichkeit, daß Jenny Linden darin gelegen und Ned sie umarmt haben könnte, und sei es auch nur flüchtig, aus Versehen oder dazu genötigt oder im Moment des Geschehens bereits bereut. Jenny Lindens nackter Leib an Ned Ludds, ganz zu schweigen von seinem brutalen Sterben: eine gerechte Strafe, das sah man, für die Brutalität seines eigenen Handelns wider das Herz des Universums. Wenn man vom Teufel spricht, holt er einen – vergiß die Leiche, die in der Leichenhalle liegt, soviel Leben und Leidenschaft auf einen marmornen Penis reduziert, für ewig steif an eisigen Lenden – es konnte kein Verzeihen geben. Keins. Ihr Bett.

»Du siehst aus wie ein Gespenst«, sagte Vilna.
»Das ist Neds Metier«, sagte Alexandra und lachte.
»In diesem Haus wurde immer viel gelacht«, sagte Hamish.
Schweigen.
Dann sagte Alexandra zu Abbie: »Glaubst du wirklich, Jenny Linden ist irre?«
»Nein«, sagte Abbie.
»Du?« fragte Alexandra Vilna.
»Nein«, sagte Vilna.
Alexandra war froh, daß sie es aufgaben, sich zu verstellen, fragte sich jedoch, warum sie es überhaupt getan hatten. Sie hatte das Gefühl, daß sie sich daran geweidet hatten, sie, Alexandra, noch zusätzlich ein bißchen zu betrügen. Das Geheimnis hatte ihnen Macht über sie verliehen. Nun waren sie entschlossen, diese Macht auszuüben.
»Wenigstens braucht ihr mir beide jetzt nichts mehr vorzuspielen. Ich weiß, daß Jenny Linden bei Ned war, als er gestorben ist. Sie waren oben zusammen im Bett.«
Sie wartete darauf, daß sie es dementierten, aber sie taten es nicht. Nicht einmal Hamish. Die schlimmsten Befürchtungen waren wahr geworden. Nun hing ihr Überleben von der schönsten Erinnerung ab.

Hamish sagte: »Ich habe ihnen von der schrecklichen Zeit erzählt, als du beinahe mit Eric Stenstrom abgezogen wärst, und wie schlecht es Ned da ging. Damals hat er dich wirklich geliebt.«

»Woher weißt du von mir und Eric Stenstrom?« fragte Alexandra völlig überrumpelt. »Das wußte nur Ned.«

Sowohl Abbie als auch Vilna holten einmal tief und vernehmlich Luft, als hätten sie darauf gewartet. Es stimmte also!

»Nicht, daß es da viel zu wissen gab«, besserte Alexandra rasch nach. Vielleicht zu rasch. »Und was meinst du damit, daß ›Ned mich damals geliebt hat‹? Wirklich, Hamish!«

In Hamishs Gesicht arbeitete es, als suchten Schatten von Ned darin eine Heimstatt. Die Augenbrauen waren gleich, auch die Kinnpartie. Die Familienähnlichkeit wirkte jetzt stärker, da Ned nicht mehr leibhaftig da war, um sie zu widerlegen. Alexandra fiel auf, daß sie sich in der Vergangenheit wahrscheinlich selten in einem Zimmer mit Hamish aufgehalten hatte, ohne daß Ned dabei gewesen war.

»Und was die ›Zeit‹ betrifft, ›als ich beinahe mit Eric Stenstrom abgezogen wäre‹« fuhr sie fort, »ich weiß darüber nichts, mir hat auch nie jemand was erzählt. Wie kommt's, daß du besser informiert zu sein scheinst als ich?«

Warum mußte sie sich in ihrem eigenen Hause verteidigen? Wer waren eigentlich diese Leute?

»Zumindest weißt du, daß Ned und ich uns ab und zu geschrieben haben«, sagte Hamish. »Wir haben uns nicht oft sehen können, aber wir standen uns sehr nahe. Ich habe einen Brief von ihm über dich und Eric Stenstrom.«

»Er hätte nichts davon schreiben und du nicht darüber sprechen sollen«, sagte Alexandra. »Das sind Privatangelegenheiten.«

»Es sind doch deine Freundinnen«, sagte Hamish. »Was ist dabei, wenn sie es erfahren? Und nimmst du es Ned etwa krumm, daß er mir geschrieben hat? Mir, seinem Bruder? Ehemänner sind nicht Eigentum ihrer Frauen. Und Männer haben auch Gefühle, trotz allem, was ihr Frauen gern behauptet. Wenn

Frauen sich das Recht zu Frauengesprächen nehmen, kannst du Männern doch ihre Männergespräche nicht verübeln.« Wieder begriff Alexandra klipp und klar, daß Hamish sie einfach nicht leiden konnte. Sie sagte nichts, nahm sich aber vor, ihm von nun an nichts mehr anzuvertrauen. Sie glaubte nicht, daß er ihr wirklich schaden konnte, aber sie mußte überlegen, bevor sie sprach.

»Auch einerlei«, sagte Abbie auf ihre leichte vermittelnde Art. »Vilna und ich wußten über Eric Stenstrom sowieso schon Bescheid.«

»Ein derart gutaussehender Mann«, sagte Vilna mit ihrer nuscheligsten, rauchigsten Stimme. »Wie glühend ich dich beneide, Liebes. Dieser Arsch! Bei mir muß ein Hamlet einen guten Arsch haben.«

Eric Stenstrom hatte vor acht Jahren in einem Hollywoodfilm Hamlet gespielt, in Strumpfhosen, die für einen Ballettänzer auf einer vom Publikum weit entfernten Bühne geeigneter gewesen wären. Er hatte es bereut, aber es war nicht vergessen worden.

Hamish, Abbie und Vilna hatten Wein getrunken. Ohne zu fragen, hatten sie ihn sich genommen. Es war der von Ned so hoch in Ehren gehaltene 86er Barolo. Sie hatten eine Art Verschwörerzirkel gegen sie gebildet.

»Heute nachmittag«, sagte Abbie, »war Jenny Linden bei mir und hat mir alles über dich und Eric Stenstrom erzählt. Es sollte dich also weder überraschen noch schockieren, wenn Ned sich anderweitig vergnügt hat. Du bist eine Heuchlerin, Alexandra.«

»Was kann Jenny Linden wohl über Eric Stenstrom und mich wissen?« fragte Alexandra.

»Was Ned ihr erzählt hat«, sagte Abbie.

»Ich glaub's nicht«, sagte Alexandra.

»Vertraue nie einem Mann, Liebes«, sagte Vilna.

Alexandra sagte, sie sei müde, und legte Abbie und Vilna nahe, zu gehen. Was sie auch taten. Da Alexandra nicht mehr in ihrem Schlafzimmer schlafen wollte und Hamish das Gästezimmer hatte, legte sie sich wieder in Saschas Bett. Ihr ging durch den Kopf, daß Abbie und Vilna genau wie Hamish womöglich auch ihre Gründe hatten, neidisch auf sie zu sein.

Nein. Das war doch der helle Wahn. Abbie war ihre Freundin; Vilna versuchte, ihre Freundin zu sein. Sie, Alexandra, war erschöpft und krankhaft mißtrauisch und sah Gespenster, wo keine waren, und morgen würde alles ganz anders aussehen. Aber es war schade, daß Eric Stenstroms Name aufgetaucht war.

# 15

Alexandra erwachte früh; in der Morgendämmerung war das Vogelgezwitscher laut. Um halb acht klopfte es an der Haustür. Alexandra ging in ihrem blau-weißen seidenen Morgenmantel, den Ned an ihr immer am liebsten gesehen hatte, hinunter, um zu öffnen. Sie mußte bald neue Kleider kaufen, damit sich nicht alles immer und immer wieder auf Ned bezog. Sie dachte, es sei der Postbote, dem sie den Empfang eines Pakets bestätigen sollte, aber es war Jenny Linden. Sie stand auf der Schwelle, bedrückt, aber trotzig. Sie hatte sich die Lippen geschminkt, wenn auch nicht sehr gut. Ihr Mund sah schief aus. Sie trug eine biedere, wattierte Jacke, in der sie quadratisch aussah, und einen Faltenrock, der seit zehn Jahren aus der Mode war.

»Ich bin hier, um mit Diamond einen Spaziergang zu machen«, sagte Jenny Linden. Sie schob Alexandra zur Seite, ging zur Küche, riegelte die Abstellkammer auf, offenbar wohlvertraut mit dem schwierigen Schloß – man mußte drücken, bevor man zog –, und rief Diamond. Der kam verschlafen herausgetorkelt und sprang, als er Jenny sah, gleich erwartungsvoll an ihr hoch.

»Gassi gehen«, sagte Jenny Linden.

»Raus aus meinem Haus«, schrie Alexandra.

»Bitte, können wir uns nicht vertragen?« bettelte Jenny Linden kläglich. »Ich ertrage es nicht, wenn du mir gegenüber so feindselig bist. Wenn jemand Aggressionen gegen mich hat, breche ich zusammen. Wir haben Ned beide verloren. Ich halte

mich nur noch mit Mühe und Not aufrecht. Bitte sei nett zu mir.«
»Nein«, sagte Alexandra.

Da wurde Jenny Linden tücksch. Ihre Stimme bekam einen noch weicheren Klang. »Ich habe Ned glücklich gemacht«, säuselte sie, »in seinen letzten Tagen, seinen letzten Stunden, als du dich in London bei Eric Stenstrom rumgetrieben hast. Aber das ist dir ja egal, du kümmerst dich nur um dich. Du weißt nicht, was Liebe ist.«
»Du verpestest die Luft in meinem Haus«, sagte Alexandra. »Mach, daß du raus kommst.«
»Was bist du egozentrisch«, sagte Jenny Linden. »Ich habe dich immer verteidigt, aber jetzt begreife ich, daß Ned recht hatte. Und wo ist Sascha? Erzähl mir nicht, du hast ihn wieder abgeschoben? Ist er bei deiner Mutter? Der Romanow vom Golfplatz? So hat Ned sie immer genannt. Nicht mal sein Tod kratzt dich, was? So hart ist der Lack. Du solltest dich in Behandlung begeben, Alexandra. Du bist nicht in der Lage, die Verantwortung für das Kind zu tragen.«
»Weiß der Himmel, woher du all diese Informationen hast«, sagte Alexandra, »aber bestimmt nicht von Ned. Es ist alles nur dummes, schäbiges Gewäsch. Und Eric Stenstrom ist schwul, das wissen alle.«
»Das hat Ned allerdings nicht gesagt.« Jetzt flüsterte Jenny Linden sogar. »Und warum verteidigst du dich? Fühlst du dich etwa schuldig? Du tust mir wirklich leid, Alexandra. Was mußt du für ein schlechtes Gewissen haben. Garantiert warst du mit deinem Eric im Bett, als Ned in meinen Armen gestorben ist.«
»Bemüh dich nicht«, sagte Alexandra. »Du wirst mich nicht in ein Gespräch verwickeln, egal, worüber. Geh oder ich rufe die Polizei.«
»Denen könnte ich das eine oder andere erzählen«, sagte Jenny Linden. »Ruf sie doch an.«

Alexandra hob die Hand, um die andere zu schlagen, aber Diamond knurrte. Diamond knurrte Alexandra an! Sie ließ den Arm sinken.

»Diamond kennt die Wahrheit«, sagte Jenny Linden und lächelte ein selbstgefälliges kleines Lächeln. Ihr dicker Hintern in dem häßlichen Rock schob sich an den Luddschen Küchentisch. »Diamond weiß, wie du bist. Das wissen Tiere immer. Wenn du ruhig und freundlich mit mir reden willst, Alexandra, weißt du ja, wo du mich findest. Ned hat dich einmal mit zu Besuch in mein Studio gebracht. Ich war ganz durcheinander; ich hatte nicht damit gerechnet. Er und ich waren erst zwölf Stunden zuvor im Bett gewesen. Hm, zwölf Stunden und zwanzig Minuten. Jedenfalls war ich immer noch wund. Ned konnte ganz schön zur Sache gehen, was? Bei dir vielleicht nicht. Er hat gesagt, ich sei die einzige, die ihn wirklich antörnte. Du brauchst mir nicht zu glauben, wenn du nicht willst. Aber es stimmt.«

»Ich glaube dir nicht!«

»Wir hatten uns noch gestritten. Er hat behauptet, du seiest Atmosphärischem gegenüber so unsensibel, daß du nie was merken würdest. Als ich gesagt habe, das glaubte ich nicht, du seist Schauspielerin, hat er gemeint, Schauspielerinnen hätten Stroh im Kopf und zwischen den Beinen.«

»Aha«, sagte Alexandra.

»Also hat er dich mit zu mir nach Hause gebracht, und ich war völlig überrascht. Aber er hatte recht, du hast nichts gemerkt. Nicht mal, als wir zusammen rausgegangen sind, um die Fotos anzuschauen, und du zurückgeblieben bist, Marmelade gestreichelt und dich gelangweilt hast. Auch da hatte er recht. In drei Minuten kann man viel anstellen, wenn man wirklich scharf ist; vor allem, wenn es gefährlich ist.«

»Meine Mutter hatte eine orange-braun gestreifte Katze«, sagte Alexandra. Offenbar konnte ihr Verstand nur auf Einzelheiten reagieren.

»Marmelade ist eins von ihren Kätzchen«, sagte Jenny Linden. »Ned hat sie mir geschenkt. Warum hast du meine Fotos gestohlen? Ned wollte, daß ich sie hatte. Aber keine Bange. Ich habe noch jede Menge und bewahre sie sowieso in meinem Herzen. Sie sind fest in meine Erinnerung eingebrannt. Die kannst du mir nicht nehmen. Und Mrs. Paddle hat mir erzählt, daß du Kopien von meinem Terminkalender und dem Adreßbuch hast machen lassen. Zuerst war ich böse, jetzt nicht mehr. Denn dadurch bleibst du mir nahe. Irgendwie verbunden. Am Ende werden wir Freundinnen. Durch Ned sind wir jeweils ein Teil der anderen. Ich finde, du solltest versuchen, nett zu mir zu sein. Ich kann dir das Leben erheblich vermiesen, wenn ich will.«

»Verpiß dich«, sagte Alexdra.

Jenny Linden lächelte Alexandra an. Da schlug Alexandra doch zu, und die Ohrfeige hatte es in sich. Jenny jaulte auf und rannte weg, ein pummeliges kleines Ding, das auf zu winzigen Füßen weghoppelte. Alexandra hoffte, sie würde vornüber kippen. Dann würde sie auf Jenny Linden springen und sie tottrampeln. Aber Jenny lief weiter. Diamond dachte, es sei ein Spiel, und sprang ihr bellend um die Beine. Da stand plötzlich Hamish vor Alexandra und legte ihr die Hand auf den Arm. Er trug nur Schlafanzughosen. Sein Oberkörper war nackt, mit blondem Flaum. Seine Schultern waren breiter als Neds. Im Gegensatz zu Ned – der es zumindest mit Alexandra anders liebte – bevorzugte Hamish vielleicht die Missionarsstellung und stärkte so auch seine Unterarmmuskeln.

»Laß Jenny in Ruhe«, sagte Hamish. »Sie ist fürchterlich durcheinander. Das Ganze muß traumatisch für sie gewesen sein. Und du bringst ihr keinerlei Verständnis entgegen, obwohl die arme Frau genau das braucht. Du benimmst dich ihr gegenüber sehr schlecht, was in deiner Situation unklug ist.«

»In welcher Situation? Und wer kümmert sich um das, was ich brauche?« fragte Alexandra.

»Frauen, deren verheiratete Geliebte sterben, haben es schwer«, sagte Hamish scheinheilig. »Zu Recht oder zu Unrecht bekommt die Witwe das Mitgefühl der Welt. Du kannst es dir doch gewiß leisten, ihr ein bißchen davon abzugeben.«

# 16

Jeder, der einen Namen hatte, rief an jenem Morgen an oder kam persönlich vorbei.

Drei Leute vom Theater waren am Telefon. Der eine berichtete, Daisy Longriff sei wunderbar, Alexandra solle sich keine Sorgen machen. Die beiden anderen meinten, Daisy Longriff sei eine Katastrophe, Alexandra solle sich keine Sorgen machen. Sie solle nicht wieder anfangen zu arbeiten, bevor sie nicht halbwegs beieinander sei. Sie dächten alle an sie. Am Montag sei keine Morgenvorstellung, die meisten würden also zur Beerdigung kommen. Aber vielleicht gebe es ja später auch einen Gedenkgottesdienst in London?

Der Briefträger kam an die Tür, weinte ein wenig und sagte, er vermisse Neds lächelndes Gesicht. Er war ein dünner Jüngling mit rotem Haar und einem kleinen roten Schnurrbart. Er kam normalerweise vor acht, und Ned lächelte selten vor zehn, und am allerwenigsten lächelte er einen Postboten an, den er verdächtigte, die Briefe hinter die Hecke zu schmeißen, wenn er keine Lust hatte, sie ordnungsgemäß zuzustellen. Aber Schwamm drüber; man soll immer nur das Beste denken. Alexandra machte dem jungen Mann eine Tasse Tee. Er bat um mehr Zucker, als sie hingestellt hatte, und sagte, wenn Neds Schuhe nicht gebraucht würden, habe er Verwendung dafür. Alexandra holte ein Paar aus dem Schrank und gab sie ihm.

Schon wahr, sie waren teuer und fast neu, aber sie mußte praktisch denken, wie der Briefträger auch. Nicht, daß er viel laufen mußte: Er fuhr mit dem Postauto.
Er setzte sich auf Neds Stuhl, entledigte sich seiner Schuhe, die tatsächlich abgelatscht waren, und zog Neds an. Sie paßten gut. Dann fragte er Alexandra, wo der Mülleimer sei, und warf seine alten Treter hinein. Er freute sich wie ein Schneekönig und ging in Neds Schuhen von dannen. Er hatte eine Art endgültigen Sieg errungen. Diamond knurrte, biß aber nicht.

*Mail, Express* und *Telegraph* riefen an und sagten, sie wollten bei privater Trauer nicht stören, woraufhin Alexandra auflegte.

Die *Sun* rief an und sagte, sie wolle Blumen zur Beerdigung schicken. Wann sie sei? »So ein feiner Kritiker, ein solcher Verlust für die Theaterbranche.« Alexandra lachte, bevor sie auflegte.

Dr. Moebius hinterließ eine Nachricht, Alexandra möge bitte in die Praxis kommen und könne sie Mrs. Linden bitten, sich ebenfalls zu melden: Mrs. Linden gehe nicht ans Telefon.

Sheldon Smythe wollte Hamish sprechen. Hamish nahm den Anruf im Nachbarzimmer entgegen. Ich bin die Ehefrau, dachte Alexandra, er ist nur der Bruder. Aber offenbar verhandelten Männer gern mit Männern.

Der Postbote, der mit Neds Schuhen weggegangen war, hatte Briefe dagelassen: handbeschriebene bunte, quadratische Umschläge statt der langen, rechteckigen, die sonst kamen. Alexandra sah ein paar durch, Beileidsbriefe und –karten von allen möglichen Leuten. Wie wunderbar Ned gewesen sei, wie charismatisch; ihr ganzes Mitgefühl gelte Alexandra. Sie meinten es sogar ehrlich. Alexandra war dankbar, obgleich sie die Ansichten allmählich falsch fand. Aber da sie selbst offenbar kein Urteilsvermögen besaß und nie etwas merkte, was durfte sie sich beklagen? Unsensibel gegenüber Atmosphärischem.

Die Romanow vom Golfplatz. Alexandra hatte nie gehört, daß Ned Irene so nannte. Sonst hätte sie gelacht. War Jenny Linden so witzig, daß sie einen solchen Beinamen erfand? Sie konnte es sich kaum vorstellen. Aber vielleicht hatte sie ihn ja von Abbie oder Vilna oder irgend jemand anderem, der es von Ned hatte. Es klang nach Ned. Er hatte es nur nie zu ihr gesagt.

Marmelade – ein Geschenk von Ned. Nein. Höchstwahrscheinlich purer Zufall. Es gab Unmengen orangefarbener Katzen auf der Welt. Und Ned hatte vielleicht bei einem harmlosen beruflichen Treffen mit Jenny Linden gesagt: »Die Mutter meiner Frau hat genau so eine Katze«, und damit Jenny Linden in die Lage versetzt, ihre Story auszuhecken.

Ach, sie klammerte sich doch nur an Strohhalme.

# 17

Theresa kam, wischte überall ein wenig Staub und weinte. Sie machte die Hausarbeit nicht gern, ihres Erachtens war sie angestellt, sich um Sascha zu kümmern, wenn auch stets bereit, im Notfall auszuhelfen.

Hamish kam aus dem Arbeitszimmer und bat Theresa, die Abstellkammer zu entrümpeln und die Hundedecke in die Waschmaschine zu stecken. Theresa schmollte und sagte zu Alexandra, sie könne nur bis mittags bleiben. Alexandra sagte zu Theresa, Hamish sei aus Schottland und gewöhnt, den Leuten Befehle zu erteilen. Theresa solle es nicht übelnehmen.
»Er hat mit mir geredet, als wär ich eine Dienstbotin«, beschwerte sich Theresa, erklärte sich aber einverstanden zu bleiben. Sie könne das ganze Haus machen, nur nicht die Abstellkammer.

Alexandra selbst steckte die Decke in die Maschine. Hamish hatte recht. Die Decke war dicht mit Hundehaaren besät und roch nach warmem, nassem Hund, selbst wenn Diamond nicht in seinem Korb war. Diamond knurrte Alexandra an, als sie sie wegnahm. Er wurde immer ablehnender. Er vermißte seinen geregelten Tagesablauf, er vermißte Sascha, er vermißte Ned. Alexandra merkte, daß sie Diamond mißtraute und ihn beinahe haßte. Schließlich hatte er sie verraten und war mit Jenny Linden spazierengegangen. Sollte sie ihn vielleicht doch nicht

behalten, obwohl alle es von ihr erwarteten? Sollte sie ihn weggeben? Was war er überhaupt für ein Wachhund, der nicht bellte, wenn es morgens um halb acht klopfte, sondern schlief, bis er gerufen wurde? Von Jenny Linden.
Unten in Diamonds Korb fand Alexandra ein zerkautes Plastikarmband – knallrot. Ihr gehörte es nicht. Diamond duckte sich mit schuldbewußter Miene. Alexandra nahm das Armband, rief Theresa und fragte, ob es ihres sei. Theresa verneinte, obwohl Alexandra ziemlich vom Gegenteil überzeugt war. Doch warum sollte Theresa lügen?

Diamond nahm das Corpus delicti ins Maul, lief die Treppe rauf und stellte sich vor die geschlossene Tür des Eheschlafzimmers. Als Alexandra öffnete, ging er hinein, legte es auf das Messingbett und blieb schamgesenkten Hauptes davor stehen. So brachte Diamond normalerweise zernagte Gegenstände an den Ort des Diebstahls zurück, wenn seine Missetaten entdeckt worden waren. Natürlich konnte er sich diesmal irren. Wer wollte schon behaupten, daß ein Hund ein vollkommenes Gedächtnis hatte? Vermutlich konnten sie wie Menschen Dinge verwechseln.

Alexandra verpaßte Diamond einen Fußtritt. Sie konnte nicht anders. Diamond jaulte auf. Prompt tat es Alexandra leid, und sie fühlte sich schuldig. Diamond kam zurück, leckte ihr die Hand und knurrte. »Sein Schuldtrip«, sagten sie und Ned immer. Wenn sich Diamond selbst so erniedrigte, wand sich Alexandra immer, und Ned lachte. Ned lachte viel.
»Ehrlich, es ist nicht meins«, sagte Theresa. »Ehrlich. So ein billiges olles Ding. Es sieht eigentlich eher nach Mrs. Linden aus.«
Aber es war absolut nicht Jenny Lindens Stil, keineswegs. Und das »ehrlich« klang falsch.
»Mrs. Linden war ja wohl sehr oft hier, wenn ich weg war«,

sagte Alexandra betont beiläufig. »Sie hat Mr. Ludd sehr bei seiner Arbeit geholfen.«

Theresa ließ sich nicht täuschen. Alexandra demütigte sich nur selbst.

»Ja, manchmal ist sie hergekommen, um mit Mr. Ludd zu arbeiten«, sagte Theresa. »An den Büchern, die sie zusammen gemacht haben. Weiter war da nichts dran. Das sollen Sie nicht denken.«

»Das will ich auch nicht hoffen!« sagte Alexandra. »Gütiger Himmel!«

»Er hat Sie so geliebt«, sagte Theresa und brach wieder in Tränen aus. Sie weinte hemmungslos. »Und Sie haben ihn geliebt, und jetzt ist er tot. Der arme, unschuldige kleine Junge, verwaist! Da kommt man schon ins Grübeln!«

»Ja, wahrhaftig«, sagte Alexandra und ließ Theresa allein weiterweinen. Selbst Theresas Tränen waren voluminöser als die der restlichen Menschheit.

Hamish kam aus dem Arbeitszimmer, legte seine langen, dünnen Arme um Theresas massige Gestalt und tröstete sie. Sie barg ihren Riesenkopf vertrauensvoll an seiner Schulter. Ned hätte sich nie so verhalten.

Natürlich legten Gäste bei einer Party manchmal ihre Mäntel im Schlafzimmer ab. Vielleicht hatte jemand das Armband mit dem Ärmel zusammen abgestreift. Ja, so mußte es gewesen sein. Die meisten Dinge hatten eine harmlose Erklärung. Die ganze Welt, einschließlich Jenny Lindens, mochte glauben, Ned habe eine Affäre mit Jenny Linden gehabt, und sich irren. Genau wie die ganze Welt glauben konnte, sie und Eric Stenstrom hätten eine Affäre, und sich trotzdem irrte.

Neuerdings betrachtete Alexandra ihren Verstand als einen Computer, der nach entfernten, unwahrscheinlichen Verbindungen suchte. Das dauerte seine Zeit: Es war ein schwieriges Unterfangen. Es waren nicht genug Megabytes installiert. Im Moment tauchte zu Alexandras Enttäuschung fast immer die Eieruhr auf dem Bildschirm auf und signalisierte: »Bitte warten, suche, habe Problem.«

Alexandra merkte auch, daß sie neuerdings mehr als sonst zwinkerte. Gedanken und Ideen, die ihr kamen, schwebten ihr nicht mehr vage und leicht zu, sondern sie mußte jeden einzelnen einfangen, in Worte übersetzen, registrieren. Und jedes Registrieren wurde von einem Zwinkern angezeigt. Information, Zwinker. Sie mußte ein imaginäres Keyboard benutzen, um die Fragestellungen und Hypothesen einzutippen. Erst Stunden, ja Tage später, gelangte sie zu Schlußfolgerungen. Wie zum Beispiel jetzt.

Wieso hat Ned gemeint, ich hätte eine sexuelle Beziehung mit Eric Stenstrom? Na, sicher weil Jenny Linden ihm das in den Kopf gesetzt hat. Warum hat Ned mich nicht zur Rede gestellt? Weil es ihm widerstrebte, weil er stolz war und sich nicht dazu herabließ zu fragen. Hätte ich die Rolle der Nora neben Eric Stenstrom als Torvald angenommen, wenn ich auch nur eine Minute gedacht hätte, daß Ned glaubte, wir hätten eine Beziehung gehabt oder hätten sie noch oder würden jemals eine haben? Nein! Wenn Ned glaubte, ich betröge ihn mit Eric Stenstrom, hätte er dann die nächstbeste Frau gefickt, die sich ihm sozusagen vor die Füße geschmissen und die Beine breitgemacht hätte? Ja. Vermutlich ja.

Sie stellte den Computer ab. Atmete. Ruhte sich aus. Stellte ihn wieder an.

Klick, klick, machte es. Und piepte ein paarmal. Festplatte bereit. Maus gefunden. Und gerade, als Alexandra das dachte –

und wie schwerfällig die Gedanken immer noch kamen: einer nach dem anderen, schleppend und vorsichtig –, flitzte ein echtes braunes Mäuschen – husch! husch! – vor ihr unter dem Schrank hervor, durch die Küchentür ins Wohnzimmer, wo Theresa jammerte und den Kamin saubermachte. Die Maus schien zu demonstrieren, daß der Geist fast immer Fleisch zu werden scheint; daß sich ein psychisches Phänomen in konkreter Gestalt anbietet: wie idiomatische Wendungen dazu auffordern, sie beim Wort zu nehmen.

Die Lebenden und die Toten. Sie lebte, und Ned war tot. Die Eieruhr war verschwunden. Alexandra hatte das Gefühl, daß sie so gerade Schritt halten konnte, Ereignis und Wort zusammenbrachte, Wort und Gedanken, Gedanken und Schlußfolgerung, Schlußfolgerung und Tat. Theresa erblickte die Maus, stieß einen Schrei aus, richtete sich auf, knallte mit dem Kopf an den Kaminsims, der Ammonit fiel herunter und zersplitterte. Nun nicht mehr perfekt.

# 18

Vormittags fuhr Abbie bei Vilna vorbei. Abbie und Arthur waren zu einem Jagdball eingeladen, und Abbie brauchte was zum Anziehen. Vilna hatte gesagt, sie leihe Abbie gern etwas von ihrer teuren Garderobe, und wieso sie, Vilna, eigentlich nicht zu dem Fest geladen sei? Etwa, weil ihr Mann im Gefängnis sitze? Oder weil sie es sich nicht verkneifen konnte, über die armen kleinen Füchse zu sprechen? Abbie sagte, es liege wohl eher an letzterem.

Abbie zog sich bis auf ihren praktischen weißen BH und Schlüpfer sowie ihre laufmaschenfesten Nylonkniestrümpfe aus. Sie stand vor Vilnas Einbauschränken, Vilna reichte ihr ein Kleidungsstück nach dem anderen, und Abbie schüttelte den Kopf. Zu eng, zu leuchtend, nicht ihr Stil, was auch immer.

»Ich bin diejenige, die unglücklich sein sollte, nicht du«, sagte Vilna. »Ich bin die Großzügigkeit in Person. Diese Leute kommen zu meinen Diners und essen Wildbret von Tellern, die pro Stück zweihundertfünfzig Pfund kosten, und trinken den besten Champagner aus Muranoglaskelchen und das alles mit großem Vergnügen. Immer heißt es nehmen, nehmen, nehmen, nicht etwa geben, geben, geben. Sie haben keine Manieren. Sie laden mich ihrerseits nie ein. Na, ich verzeihe ihnen. So bin ich.«

Abbie sagte, sie, Abbie, sei eigentlich nicht so. Ihr falle es

schwer, Alexandra zu verzeihen. Erst habe sie Jenny Linden nicht geglaubt, daß Alexandra eine Affäre mit Eric Stenstrom hatte. Sie habe gedacht, Jenny suche Ausreden für ihre Beziehung mit Ned.
»Warum braucht eine verliebte Frau Ausreden?« fragte Vilna. »Wenn sie liebt, fickt sie.«
Abbie seufzte. Vilnas Mutter Maria kruschtelte im Zimmer herum, sie trug Bauernschwarz, graue Strümpfe, die Falten schlugen, und breite, flache, braune Schuhe. Sie wollte sichergehen, daß ihre Tochter nichts Wertvolles an ihre treulose Freundin verschenkte. Maria hantierte an den goldenen Quasten der Gardinenschnüre herum und tat, als schütze sie das Mobiliar davor im grellen Sonnenlicht auszubleichen. Sie schnalzte mißbilligend, seufzte und klackerte mit ihren falschen Zähnen. Vilna ignorierte sie. Das hatte Abbie auch schon gelernt.

Aber wenn Alexandra ohnehin die ganze Zeit eine Affäre mit Eric Stenstrom gehabt habe, mäkelte Abbie, seien ihre, Abbies, Taten vergeudet, ihr Mitgefühl völlig fehl am Platze.
»Ich habe die Leiche durch die Gegend geschleift«, sagte sie, »diese ekelhafte Bettwäsche gewaschen – da war ja alles drauf, alles –, ich habe den Arzt geholt, den Krankenwagen, Jenny fortgeschafft, bevor Alexandra kam; habe Alexandra Gesellschaft geleistet und Arthur vergrätzt, weil ich immer weg war; und dann erzählt mir Alexandra nicht mal die Wahrheit, ist nicht mal ehrlich mit mir, und ich komme mir vor wie eine Idiotin, wenn sogar dieser Arsch Hamish mehr weiß als ich. Was macht er da eigentlich? Schnüffelt in sämtlichen persönlichen Unterlagen herum? Alexandra ist eine solche Heuchlerin! Die ganze Zeit Eric Stenstrom. Der arme Ned. Kein Wunder, daß er eine Herzattacke hatte. In Wirklichkeit ist überhaupt nicht Jenny die Mörderin, sondern Alexandra.«

»Eric Stenstrom«, überlegte Vilna laut. »Ein Traumprinz!« Vilnas Wortschatz stammte zum Großteil aus alten Hollywoodfilmen, hatte Abbie Arthur mal erzählt.
»Was hat Alexandra, das ich nicht habe?« Vilna zog ihren flachen, gut durchtrainierten Bauch noch mehr ein, streckte ihre Silikonbrüste (schwor Alexandra) heraus und lächelte mit ihren großen weißen Zähnen den Spiegel an. »Spitzbauch; fades englisches Lärvchen – wenn ich auch zugeben muß, daß ihr Busen nicht übel ist, wie ja alle Welt weiß; und jetzt obendrein noch Eric Stenstrom. Und sie wird das Haus erben und die vieldiskutierten langweiligen Möbel und muß nicht mal mehr Ned in Kauf nehmen. Einmal habe ich ja zu Ned gesagt, aber er hat ihn nicht hochgekriegt. Was man sich als Frau nicht alles bieten lassen muß!«
»Ich glaube dir nicht, Vilna«, sagte Abbie. »Nein, kein Wort. Nur weil du willst, daß etwas geschehen ist, heißt das nicht, daß es passiert ist. Und sei dir mal nicht so sicher, daß Alexandra das Haus erbt.«
»Warum sollte sie es nicht erben?«
»Vielleicht sind noch Schulden zu bezahlen«, sagte Abbie. »Wer weiß das schon? Sie hat nicht viel Sinn fürs Geschäftliche. Sie bemerkt vieles nicht. Hast du nichts einfaches Marineblaues? Ich mag Marineblau.«
»Entsetzlich langweilig, Liebes, ohne was dazu«, sagte Vilna. »Zu Marineblau braucht man Weiß und Gold, damit es überhaupt nach was aussieht.«
»Gestern hat Alexandra uns praktisch rausgeschmissen«, nörgelte Abbie. »Wenn sie so weitermacht, steht sie am Ende noch allein da.«
Abbie kam zu dem Schluß, daß die Goldtressen und purpurroten Troddeln von einem schlichten marineblauen Seidenen mit Stehkragen entfernt werden konnten und es für einen Jagdball mit haufenweise niederem Landadel und wohlhabenden Landwirten vollkommen ausreichte.

Maria verließ das Zimmer, und Vilna ergriff die Gelegenheit beim Schopf.
»Liebes«, sagte Vilna, »jetzt, wo Ned auch noch weg ist, gibt es überhaupt keine Männer mehr hier. Clive sitzt im Gefängnis, und ich habe seit Jahren nicht – Wie wär's mit uns beiden?« Ihre knochige kleine Hand stahl sich um Abbie und drückte deren schlaffe Brust in dem praktischen BH.
»Untersteh dich!« kreischte Abbie und stieß die Hand weg.
»Ach, ihr Engländerinnen«, sagte Vilna. »Wie ihr euch selbst beschränkt! Arthur ist ein emanzipierter Mann. Ihm würde es nichts ausmachen, selbst wenn er es merkte.«
»Er ist mein Ehemann, und ich liebe ihn«, sagte Abbie. »Danke für das Kleid, aber mach so was nie wieder.«
Vilna zuckte mit den Schultern. Sonderlich traurig schien sie über Abbies Zurückweisung ihrer Avancen nicht zu sein.
»Wenigstens haben wir Engländer nicht dauernd Bürgerkriege«, sagte Abbie, völlig überflüssigerweise. »Und wenn es dir hier nicht gefällt, warum gehst du nicht nach Hause?«

Abbie vergaß das Kleid nicht, knallte aber beim Hinausgehen die Tür so fest zu, daß alle Alarmanlagen losheulten und die Wachhunde bellten und an ihren Ketten zerrten. Vilna mochte Füchse, haßte aber Hunde.

# 19

An jenem Morgen rief Eric Stenstrom selbst bei Alexandra an. »Alexandra, meine Liebe«, sagte er mit seiner rauhen, tiefen Stimme. »Wie geht es dir?«

»Ich glaube, ganz gut«, sagte sie.

»Ich habe gehört, daß alle möglichen Dinge ans Tageslicht gekommen sind«, sagte er. »Wie das die Dinge so an sich haben, wenn Leute sterben. Als Aids meinen Petrie hinweggerafft hat, sind bei seiner Beerdigung Leute aufgetaucht und haben mir Sachen erzählt, die ich lieber nicht erfahren hätte. Du hast mein ganzes Mitgefühl. Aber nun, da Ned tot ist, was spielt es da noch für eine Rolle? Er kann dir kein Leid mehr antun. So habe ich es jedenfalls empfunden, als Petrie gestorben ist.«

»Scheinbar spielt es doch eine Rolle«, sagte Alexandra. »Eine große. Entweder bin ich die, für die ich mich gehalten habe, oder ich bin es nicht. Letztendlich zählt nur, daß die Schuld gerecht verteilt wird. Es muß ein Jüngstes Gericht geben. Da es mir kein irdisches abnimmt, muß ich alles selbst auseinanderfieseln.«

»Wenigstens hat Petrie mir nur Herpes hinterlassen«, sagte Eric. »Ich bin nicht HIV-positiv. Das hat er mir erspart. Wenn ich deinem Mann vergeben kann, kannst du es auch. Er hat meine Strumpfhose moniert, als ich den Oberon im National Theatre gespielt habe. Seiner Meinung nach war sie zu eng. Was ist denn das für eine Theaterkritik?«

»Typisch Ned«, sagte Alexandra. »Aber ich rede nicht über

Verzeihen. Dergleichen gibt es nicht. Wahrscheinlich ist es leichter, nachgiebig zu sein, oder das Eigeninteresse tritt dazwischen, und man beschließt, zu vergessen. Oder die Zeit erledigt es für einen. Aber damit hat sich's auch schon. Eric, hier unten geht das Gerücht um, daß ich eine Affäre mit dir habe.«

»Wenn es doch nur stimmte, Liebes«, sagte Eric. »Wenn ich nur anders wäre, hätten wir sicher eine. Und einmal haben wir es versucht, weißt du noch, um meiner Karriere willen? Das war, bevor ich Petrie kennen und lieben lernte.«

»Wir waren beide betrunken«, sagte Alexandra. »Ned war in Norwegen. Hollywood wollte uns als Paar für das Remake von *Vom Winde verweht*. Sie fanden, wir wären gut zusammen. Vor sechs Jahren. Was haben wir da gespielt?«

»Den *Sommernachtstraum*«, sagte Eric. »Du warst Titania. Das war unser großer Durchbruch in Hollywood.«

»Wir haben gedacht, sie würden uns ablehnen«, sagte Alexandra, »weil der Produzent auf einer heterosexuellen Besetzung bestand. Und das Ganze hat sich sowieso zerschlagen, und es gab nichts zu berichten. Und Hollywood ist wieder in weite Ferne gerückt. Das heißt, für mich, für dich nicht. Aber mir wäre lieber, die Angelegenheit würde nicht in der Gegend herumposaunt. Du hast es doch niemandem erzählt, oder?«

»Was? Meine Schmach?« fragte Eric Stenstrom. »Warum sollte ich?«

»Du hast es doch!« sagte Alexandra.

»Ich habe es noch einmal mit einer Frau probiert«, sagte Eric. »Und da hat es geklappt. Vielleicht habe ich ihr von dem früheren Versuch erzählt. Das kommt mir ja eigentlich nur fair vor. Wir standen uns eine Zeitlang sehr nahe. Aber das ist lange, lange her. Ich kann mich kaum daran erinnern.«

»Wer war es?«

»So eine kleine Bühnenbildnerin. Sie hat Modelle gebaut. Sie hatte nicht so viel Power wie du, keine starke Frau. Sie sah gütig aus und weiblich und so, als sei sie unbedeutend. Aber als es hart auf hart kam, war es gar nicht mehr lustig. Ich konnte mir keine Heterozukunft vorstellen. Ich bin zu Petrie zurückgegangen.«

»Wie hieß sie?«

»Ich weiß es nicht mehr«, sagte Eric. »Es war vor Jahren. Aber ihr Name stand neben deinem im Adreßbuch.«

Alexandra legte den Hörer auf und setzte sich auf die geschnitzte Wandbank, circa 1670, Eiche, Holzwurmbehandlung erforderlich. Nun, da Ned es nicht erledigen konnte, mußte sie es tun. Sie und er hatten es lange genug aufgeschoben. Sie ging in den Garten. Der Beinwell wuchs wie verrückt: Er schlug überall Wurzeln. Die schwarzen Johannisbeeren wurden am Strauch matschig, weil niemand sie pflückte. Die Blattläuse vermehrten sich auf den Rosen, die Kriebelmücken auf allen gelben Blumen im Umkreis. Alexandra überlegte, wo sie Neds Asche verstreuen sollte. Vermutlich enthielt sie die Mineralien, die lebende Organismen brauchten. An einem solch fruchtbaren Ort waren sie verschwendet: ein wüstenähnlicherer wäre besser. Der große Garten vor Vilnas Haus vielleicht, wo der Walnußbaum – rechtswidrig – gefällt worden war, damit die Zwinger der Wachhunde Platz hatten und wo der Kalk von den alten abgerissen Mauern das pH-Gleichgewicht völlig durcheinandergebracht hatte. Der könnte eine kleine Portion Ned gebrauchen. Bis dahin würde sie von allen Versuchen absehen, ihren Garten in Ordnung zu bringen. Alles, was hier wuchs, strotzte vor Blattläusen. Wenn der Winter kam, würde das Grünzeug nicht weiterwuchern, bis auf die paar braunen, durchweichten Pflanzen, die den Mut hatten weiterzukämpfen. Alexandra verließ den Garten und ging ins Haus zurück; aber es fühlte sich feindlich an. Wegen Hamishs Gegenwart, argwöhnte sie.

Als Hamish aus dem Arbeitszimmer kam, hatte er schlechte Laune. Er fragte, wann das Mittagessen fertig sei. Alexandra erwiderte, sie selbst habe keinen Hunger, doch im Schrank seien Suppenkonserven und im Brotkasten Brot. Dann wollte er wissen, ob sie mit der Beerdigungsliste durch sei, und sie antwortete, daß sie es bis T geschafft habe. U und so weiter fehlten noch. Hamish antortete, wenn die Benachrichtigungen heute nicht rausgingen, bräuchten sie sie gar nicht mehr zu schicken. Er bat Alexandra, einen Scheck über eintausendundfünfhundert Pfund für Mr. Lightfoot zu unterschreiben, und wies darauf hin, daß die Zahl der Gäste sich nicht auf die Rechnung auswirke, es mithin Verschwendung sei, nicht so viele wie möglich einzuladen.

»Eine sehr schottische Sichtweise«, sagte Alexandra, und Hamish schalt sie ob dieser stereotypen, anglozentrischen Antwort. Sie sagte, sie habe die Bemerkung beiläufig fallen lassen und im Sinne von »liebenswert schottisch« und keineswegs abwertend gemeint.

Daraufhin kam Hamish von der Betrachtung ihrer Faulheit auf das Problem ihrer Gleichgültigkeit zu sprechen. Warum habe sie Ned nicht dazu gebracht, zu einem vernünftigen Arzt zu gehen? Ned habe Ärzte gehaßt, erwiderte Alexandra. Es habe doch jedem klar sein müssen, sagte Hamish, daß Ned krank und sein Herz nicht in Ordnung gewesen sei. Es sei nicht jedem klar gewesen, meinte Alexandra. Woraufhin Hamish bemerkte, daß zumindest Jenny Linden sich so viel Sorgen gemacht habe, daß sie Ned dazu gebracht habe, zu einem Wunderheiler zu gehen: Jemand habe also sehr wohl erkannt, daß es ihm nicht gut gegangen sei.

»Davon höre ich zum erstenmal«, sagte Alexandra und fragte Hamish, ob er sich nunmehr angewöhnt habe, sich mit Jenny Linden zu beraten und nicht mit ihr. Hamish sagte, er finde ihre Haltung provokativ, und Alexandra sagte, das sei zweifellos Projektion.

Genauso waren ihre seltenen Auseinandersetzungen mit Ned verlaufen, bis einer von ihnen angefangen hatte zu lachen und der Bann gebrochen war. Nun lachte sie, aber Hamish nicht. Er sagte, er freue sich, daß sie das lustig finde. Mit den tausendfünfhundert Pfund sei ihr und Neds gemeinsames Konto leergeräumt; die Dinge stünden nicht zum besten. Im übrigen, bemerkte er, sei es ebenso verständlich, daß er sich mit Jenny Linden in Verbindung setze, wie, daß sie, Alexandra, mit Eric Stenstrom konferiere. Er gab zu, daß er ihr Gespräch auf dem Nebenanschluß mitgehört hatte.

»Dann hast du ja hoffentlich kapiert, daß Eric Stenstrom schwul ist«, sagte Alexandra, »was Ned genau wußte. Also kannst du dir den ganzen Mist sonstwohin stecken.«

»Ich habe den Hörer sofort wieder aufgelegt«, sagte Hamish. »Ich belausche keine offensichtlich persönlichen Telefonate, und Ned hat Stenstrom in seinem Brief als bisexuell bezeichnet und sich folglich Sorgen um deine und seine eigene Gesundheit gemacht. Was die Anspannung und den Kummer, unter denen er litt, bestimmt noch verstärkt hat.«

Alexandra fragte, ob sie diese berühmte Epistel sehen könne, und Hamish sagte, nein, angesichts ihrer aggressiven, wenig kooperativen Haltung werde er sie ihr nicht zeigen.

Alexandra fragte, ob Hamish ihr zumindest das Datum des Briefes nennen könne: ob er aus der Zeit vor Beginn der Laufzeit von *Nora* stamme? Hamish bejahte. Alexandra fragte, wieviele Jahre vorher. Eins, fünf, zehn?

Hamish sagte, fünf. Vielleicht.

Alexandra erwiderte, daß Ned wie alle in der Theaterszene genau gewußt habe, daß Eric Stenstrom unerschütterlich schwul und wahrscheinlich HIV-positiv sei, selbst wenn er es leugnete. Hamish sagte, schwul sei eine irreführende, einschränkende Definition. Besonders in der Theaterszene seien die meisten Schwulen in Wirklichkeit bisexuell, jedenfalls seines Wissens.

Alexandra sagte, er glaube doch wohl selbst nicht, daß Ned weiter mit einer Gattin geschlafen hätte, die er verdächtigte, eine Affäre mit einem Schwulen – oder Bisexuellen, scheißegal – zu haben, der HIV-positiv war und zugab, an Herpes zu leiden.

Hamish sagte, er habe Jenny Linden ohnehin so verstanden, daß sie, Alexandra, seit der Geburt des Kindes nicht mehr mit Ned geschlafen habe. Alexandra erwiderte, das wolle Jenny Linden sicher gern glauben, sei aber weit von der Wahrheit entfernt.

»Du meinst, Ned hat Jenny Linden absichtlich getäuscht?« fragte Hamish. »Obwohl ich mir gut vorstellen kann, daß Männer unter diesen Umständen zu solchen Äußerungen neigen.«

»Versuch zu begreifen«, sagte Alexandra, »daß Jenny Linden schlicht und ergreifend Dinge erfindet.«

Da brach Hamish plötzlich zusammen und begann aus keinem ersichtlichen Grunde zu weinen. Als sei er ein Brunnen, der mit Feindseligkeit vollief, sich unbedingt entleeren und dann warten mußte, bis er sich wieder füllte. Alexandra tröstete ihn. Das schien er von ihr zu erwarten. Wie ein kleiner Junge legte Hamish den Kopf an ihre Schulter.

»Das ist der Schock«, sagte er. »Ich habe meinen Bruder verloren. Ned war alles an Familie, was ich noch hatte.«

»Du hast mich«, sagte Alexandra gepreßt. Aber Hamishs Arme umschlossen sie fester, und einen Moment dachte sie wieder, Ned sei zurück: Es war die vertraute schockierende Zielgerichtetheit, die mit der Berührung einherging, das Gefühl der Unweigerlichkeit, das eindeutige Wollen, doch es war Hamish, nicht Ned. Es war nichts: Sie hatte nur eine Art Nachbeben verspürt, wie der Schatten des alten Mondes in den Rändern des neuen war es nicht das echte.

»Nicht doch«, sagte sie. »Nicht doch.«

»Aber wenn du Ned nie treu warst ...« sagte Hamish, packte sie am Arm und zog sie an sich. Er war die Kehrseite von Ned:

die andere Seite einer Medaille. Nicht sehr erwachsen, nicht sehr männlich, nicht sehr nett. Er tatschte und zupfte an ihr herum; er fiel nicht über sie her oder tat ihr Gewalt an. Er war eine Fliege, die einem über die Haut krabbelt, keine Wespe, die sticht. »... warum stellst du dich dann jetzt so an? Reicht es nicht allmählich mit der Nummer der trauernden Witwe? Stimmt was nicht mit mir? Willst du nur von Filmstars gefickt werden? Du bist wohl Besseres gewöhnt als mich? Bin ich nicht gut genug?«

Mit der Faust stieß sie ihn vor die Brust, von sich weg, das mußte sie, und wieder sah er aus, als wollte er heulen.

»In meinem Leben hat nichts geklappt«, jammerte er. »Nichts. Ich will nach Hause. Ich hasse dieses Haus. Du mußt mir verzeihen. Ich weiß nicht, was ich tue. Ich wollte einfach nur für einen Moment mal Ned sein. Bei dir sein, um ihn zurückzubringen.«

»Ned ist weg«, sagte sie. »Das reimt sich beinahe. Wie passend.«

»Du wärst gut beraten, wenn du freundlich zu mir wärst«, sagte er. »Wirklich. Sonst –«

Er war wie ein Kind, wahrscheinlich wie damals, als Ned zwölf und er zehn gewesen war. Sie ignorierte ihn. Er ging ins Arbeitszimmer und setzte sich zwischen die Papierstapel, die einst an bestimmten Stellen und jetzt überall verstreut lagen. Und zwar in einer Ordnung, die, wie sie nun plötzlich sah, nicht unbedingt sinnvoll wirkte.

Alexandra stieg hinunter in die Leichenhalle und setzte sich zu dem toten Ned.

»Hast du oder hast du nicht?« fragte sie ihn. »Und warum hast du mich mit zu Jenny Linden genommen? Ich erinnere mich genau daran. Normalerweise würde man so was vergessen.

Aber das hat sich in mein Gedächtnis eingeprägt. Sie war ein wenig flatterig und hat eine Flasche Wein geholt. Mit ihrer weichen Stimme hat sie gesagt: ›Ach, dann kann ich die ja wohl auch öffnen.‹ Ich weiß noch, daß es ein Barolo war. Ich habe mich nämlich gefragt, wie sie sich den leisten konnte. Na, spuck's aus, Ned!«

Ned war da, aber irgendwo anders. Aufgebrochen zu seiner Reise durch den Wald. Er büßte für die Sünden, die er begangen hatte, begriff sie nun. Deshalb hatte er nicht zurückgeschaut. Sie überlegte, ob Sascha später so wurde wie sein Vater. Das war das schlimmste daran. Wenn man den Vater haßte, wie konnte man dann das Kind nicht hassen? Als sie Neds Arm berührte, stellte sie fest, daß er noch kompakter war. Der Leichnam schien Kälte zu verströmen, als wolle er sie von sich stoßen. Er war wie ein Symbol, das sich in Marmor verwandelte.

Mr. Lightfoot kam herein und verkündete, Mr. Ludd werde Gesellschaft bekommen: Miss Partridge, eine unverheiratete fünfundsiebzigjährige Dame werde hier ein, zwei Tage lang ruhen, bis die notwendigen Entscheidungen getroffen seien. Er legte Alexandra die Hand auf den Arm. Seit Neds Tod hatten alle möglichen Leute sie angefaßt. Sie waren liebenswürdig, reduzierten sie aber in Gedanken auf den Status eines Kindes.

»Vergeben und vergessen«, sagte Mr. Lightfoot zu Alexandra. »Das ist die Devise!«

»Nein«, sagte sie. »So lasse ich ihn nicht sterben. Wenn es kein Vergeben gibt, gibt es auch kein Vergessen.«

# 20

Alexandra rief ihre Mutter an. Wie es Sascha gehe? Sie habe ihn seit vorletztem Sonntag nicht gesehen. Nun mache sie sich schreckliche Sorgen. Sie vermisse ihn. Ob sie morgen kommen solle?

»Vernünftig ist das nicht«, sagte Irene. »Du klingst zu durcheinander. Sascha geht es vollkommen gut. Er spielt mit den Kätzchen. Vier orange-braun gestreifte, eine weiße und drei getigerte. Er beschützt sie vor dem Vater, einem häßlichen getigerten Kater, der sie fressen will.«

»Aber ich werde langsam unruhig; ich muß bei ihm sein. Kann ich bitte mit ihm sprechen?«

»Du hast dem armen Kind bestimmt was Böses gewünscht«, sagte Irene. »Übermäßige Sorge um ein Kind ist oft die Projektion der destruktiven Impulse der Mutter. Zitat Ende.«

»O Gott, Mutter«, sagte Alexandra. »Was hast du gelesen?«

»Ein Buch«, sagte Irene. »*Mutter: Freundin oder Feindin?* Sehr interessant. Ich bin nicht sicher, ob du als Mutter am besten für ihn geeignet bist. Doch ich nehme es nicht so ernst. Ich weiß, wie schlecht es dir wegen Ned und dieser schrecklichen Frau geht, und Sascha ist Ned derart ähnlich. Dieselben Augen, dasselbe Kinn. Unterbewußt bist du ihm gegenüber vielleicht ganz feindlich eingestellt. Dann passieren Unfälle. Ich an deiner Stelle würde ihn noch ein bißchen hier lassen und morgen nicht kommen. Ich möchte nicht, daß er sich aufregt. Er ist doch Ned's Kind, oder?«

»Mutter!«

»Na ja, so unähnlich sind Eric Stenstrom und Ned sich vom Aussehen her nicht. Skandinavische Augen, starke Kinnpartie, gerade Haltung. Und es war ja auch alles zu der Zeit, als du mit Sascha schwanger wurdest. Ich habe mich schon immer gefragt.«

»Ich faß es nicht! Wie kannst du das sagen! Was hat Eric Stenstrom überhaupt damit zu tun? Er ist schwul. Was läuft hier?«

»Es würde erklären, warum Ned eine Affäre mit der Frau angefangen hat. Er ist gedemütigt worden. Du hast jeden Abend neben Eric gespielt, und alle Welt hat zugesehen. Er als Torvald, du als Nora, und die Kritiker konnten sich das Maul zerfetzen, was für eine erotische Inszenierung es war. Zum Beispiel die Szene, in der du die Tarantella tanzt: Schätzchen, da mußte ich wahrhaftig den Blick abwenden, und ich bin nicht so leicht zu schockieren. Ich weiß nicht, wie der arme Ned reagieren sollte.«

»Das ist totaler Wahnsinn, Mutter. Die Rezensenten haben's gar nicht begriffen, selbst Ned hat gelacht. Das Stück handelt nicht von Sex, sondern von weiblicher Emanzipation. Obwohl man das nach Lektüre der Kritiken nie geglaubt hätte.«

»Vielleicht hast du ja so manchen von uns an der Nase herumgeführt, Schätzchen«, sagte Irene.

»Bei der Premiere ist mir das Kleid runtergerutscht, und ich habe die Szene barbusig zu Ende gespielt. Die Alternative war nur, den Vorhang fallen zu lassen, und meine Güte, was machte es schon? Dann habe ich mir ja Schulterriemchen an das Kostüm machen lassen, und es war das erste und letzte Mal, daß es passiert ist. Das interessiert doch eh kein Aas.«

»Du hast dir aber einen Namen damit gemacht, Schätzchen«, sagte Irene. »Ich fürchte, daß nur wenige Leute gemeint haben, daß es ein Unfall war.«

»Mutter, wenn man sich zuviel den Kopf darüber zerbricht,

was die Leute denken, bekommt man nie was gebacken. Würde Ned sagen. Und bitte, wieso ist jetzt auf einmal die Rede von Eric Stenstrom? Was, bitte, weißt du denn über ihn und mich? Da gibt's nämlich nichts zu wissen. Frag ihn.«

»Ich habe den Mund gehalten, Schätzchen, aber dieses grauenhafte kleine Ding, das Mrs. Linde gespielt hat – viel zu jung für die Rolle: Warum hat sie die um Himmels willen gekriegt? Wahrscheinlich ist sie irgend jemandes Freundin – wie heißt sie noch gleich?«

»Daisy Longriff«, sagte Alexandra.

»Bei der Premierenfeier hat Daisy Longriff gesagt, daß ihr, du und Eric, eng befreundet wärt. Sie hat gesagt, sie hätte Nora sein sollen und du Mrs. Linde, aber Eric hätte dafür gesorgt, daß es anders herum besetzt wurde.«

»Der Grund war, daß ich schauspielern kann und sie nicht«, sagte Alexandra. »Es war nichts Persönliches. Doch offenbar wäre es ihr andersherum lieber gewesen.«

»Sie hat mir erzählt, du hättest dein Kostüm bewußt fallengelassen. Es sei ein Reklamegag gewesen. Absicht.«

»Ich faß es nicht«, sagte Alexandra. »Was für ein mieses kleines Biest! Warum hast du ihr überhaupt zugehört? Empfindest du gar keine Loyalität mir gegenüber? Ich habe ihr immer geholfen, soviel ich konnte. Ich dachte, sie möge mich. Aber ihr glaubt eh keiner. Ich habe gehört, daß sie die Nora total verkorkst. Und das will schon was heißen.«

»Sie tanzt die Tarantella nackt«, sagte Irene. »Ihren Mitspielern gefällt es nicht, doch die Vorstellungen sind jetzt auf Monate hinaus ausgebucht. Lexi, ich will eigentlich über Saschas Zukunft reden. Wenn Daisy Longriff die Szene nackt spielt, mußt du sie nämlich auch nackt spielen. Willst du, daß ihm das blüht? Schlimm genug, wenn man eine Mutter hat, die Schauspielerin ist, aber Stripperin! Er ist ein Romanow –«

»Herr im Himmel, Mutter –«

»Ich kenne deine Einstellung. Aber es ist trotzdem wahr: Das

Blut unserer Ahnen fließt in unseren Adern. Ned würde sich im Grabe umdrehen –«

»Er ist noch nicht mal drin, Mutter! Er liegt in der Leichenhalle und verwandelt sich in Marmor, und da erzählst du mir nur diesen Stuß –«

Sie knallte den Hörer auf. Nahm ihn wieder auf, wählte neu.

»Und wenn du dir einbildest, du könntest mir Sascha wegnehmen, Mutter, dann hast du dich geschnitten. Ich komme morgen nachmittag vorbei und nehme ihn mit, und damit basta.«

»Du meinst, der arme kleine Sascha soll bei Neds Beerdigung dabei sein? Einfach so?«

Oh, eisige Mutter; Erinnerung an lange Vergangenes.

»Das ist kein Problem«, sagte Alexandra. »Ich gehe nicht zu Neds Beerdigung. Ned verdient meine Anwesenheit nicht. Wenn er in den Armen einer Nutte stirbt, soll die Nutte ihn auch begraben. Ich jedenfalls tue es nicht.«

Schweigen.

»Aber du hast Ned geliebt.« Irenes Stimme war nun nicht mehr eisig. Irene war erschreckt. »Er war dein Ehemann.«

»Na und?« sagte Alexandra. »Na und? Wenn er es vergessen hat, warum kann ich es nicht auch?«

»Das wird ein entsetzlicher Skandal, Liebes«, sagte Irene.

»Die Presse wird sich freuen«, sagte Alexandra bitter. »Es wird gut für den Kartenverkauf, und auch das wird man mir anlasten.«

Alexandra legte den Hörer auf. Sie hörte, wie Hamish sich in der Küche eine Suppe warm machte. Heute war Freitag. Nur noch der Termin beim Rechtsanwalt am Dienstag. Dann würde Hamish abfahren. Gott sei Dank. Dann waren sie und Sascha bis zum folgenden Montag allein im Haus. Sie würden zur Ruhe kommen und sich an Neds Fehlen gewöhnen können. Am Samstag würde Theresa kommen, und nach drei Wochen Pause würde Sascha sich auch wieder wohl mit ihr fühlen. Sie,

Alexandra, würde für den Rest der Laufzeit in London wohnen und sonntags herfahren. Sascha mußte wegen des Kindergartens hier bleiben. Ideal war das nicht, aber erst mal mußte es so gehen. Die Laufzeit würde planmäßig enden; dann war sie als Vollzeitmutter zurück. Wußte der Himmel, wann sie dann wieder arbeiten konnte.

Gott sei Dank gab es Theresa: natürlich, verläßlich, umgänglich, freundlich. Ned hatte immer gestöhnt und gemeint, Theresa gleiche mehr einem Ochsen als einem menschlichen Wesen und ob es gut für Sascha sei, wenn er so viel Zeit in Gesellschaft eines Ochsen verbringe? Ob seine Hirnzellen nicht darunter litten? Am Ende würde er noch fett durchs Leben trampeln! Dann sagte Alexandra immer: Na, gut, Theresa kann gehen, und du betreust ihn rund um die Uhr, während ich das Geld verdiene. Woraufhin Ned immer einlenkte: »Okay, okay, du hast gewonnen, Theresa bleibt.« Und dann lachten sie beide. Jenny Linden brachte niemanden zum Lachen. Sie war zu lahm, zu langweilig: ihr phlegmatischer Leib, das feuchte Loch zwischen ihren Beinen, das nicht lachen konnte, zu klammerig, zu verfügbar und gierig, um viel Heiterkeit hervorzurufen.

# 21

Alexandra erinnerte sich an etwas. Sie rief Abbie an.

»Abbie«, fragte sie ohne weitere Vorrede, »was weißt du über Herpes?«

Abbie antwortete, sie sei gerade dabei, ihren Schülern gedeckten Apfelkuchen zu kredenzen und könne nicht reden. Sie wisse ohnehin nicht, ob sie überhaupt Lust dazu habe. Alexandra solle sich bei Vilna erkundigen. Abbies Stimme klang kalt.

Alexandra rief Vilna an, die sagte, eine solche Frage sei eine Beleidigung. Warum Alexandra meine, sie wisse überhaupt etwas zu diesem Thema? Weil sie eine dreckige Ausländerin sei? Vilna hatte schlechte Laune.

Alexandra suchte Dr. Moebius auf, der wie durch ein Wunder einen freien Termin hatte, und erinnerte ihn an einen Besuch vor fünf Jahren, als sie sich auf Herpes hatte testen lassen. Ned hatte eine Herpespustel auf dem Penis gehabt. Er war bitterböse und wütend geworden; genau wie Hamish, merkte sie jetzt. Ned hatte eine Woche lang keinen Verkehr mit ihr haben wollen. Er hatte ihr die Schuld an seiner Infektion gegeben. Er behauptete, sie habe sein Leben ruiniert, sie sei mit einem anderen Mann ins Bett gegangen. Und so sehr Alexandra es auch abstritt, Ned glaubte ihr nicht. Er sei traurig, sagte er, fühle sich zutiefst verletzt und betrogen. Welche andere Erklärung gebe es? Da er es nicht war, mußte sie es sein. Alexandra hatte gesagt, sie seien beide nicht gerade jungfräulich in die Ehe gegangen, das Virus könne jahrelang untätig bleiben. Die Möglichkeit sei aber sehr gering, hatte Ned erwidert. Nein, Alexandra habe ihn betrogen. Alexandra weinte und litt. Ohne Wissen Neds ging sie zu Dr. Moebius, ließ sich untersuchen: Und siehe da, sie hatte das Virus nicht! Dieses Ergebnis akzeptierte Ned keineswegs. Dr. Moebius sei als Fehldiagnostiker berühmt. Nun werde die ganze Stadt von ihrer Schande erfahren. Alexandra, die sich, wie sie jetzt begriff, wegen ihres geheimen Techtelmechtels mit Eric Stenstrom zu schuldig gefühlt hatte, um bei ihrer Meinung zu bleiben, war todunglücklich, gab aber nichts zu. Fünf Tage hatte die Aufregung angehalten. Dann verschwand Neds eine Pustel, und damit auch sein Alter ego. Er war wieder Ned: liebenswürdig, vernünftig, freundlich. Das Leben ging weiter seinen gewohnten Gang. Der Vorfall wurde vergessen, fiel der Vergangenheit anheim. Nun erzählte Alexandra Dr. Moebius alles noch einmal, denn sie suchte eine Erklärung.

Dr. Moebius schaute auf die Uhr. Ob er Alexandra an eine Beratungsstelle verweisen könne? Der Tod solle doch alle Dinge in ein richtiges Verhältnis rücken. Ein Herpesvirus könne in einer Leiche nicht überleben. Es brauche Wärme und einen Weg herauszukommen. Woran es dem Virus jetzt fehle. Draußen warteten jedoch Patienten, die gegenwärtige und nicht vergangene Probleme besprechen wollten.

Alexandra fragte, ob es nicht wahrscheinlicher sei, daß Ned mit jemandem in engem Kontakt gewesen sei, der in engem und wiederholtem Kontakt mit jemandem mit einer akuten Herpesinfektion gewesen sei, als daß das Virus sich nach jahrelanger Untätigkeit selbst reaktiviert habe. Natürlich, sagte Dr. Moebius. Und könne sie wohl Mrs. Linden bitten, sich zu melden.

»Das Flittchen kann vor mir aus in der Hölle verschmoren«, sagte Alexandra. Dr. Moebius schaute sie erschreckt an. Alexandra ging.

Sie konnte Ned »vergeben«, daß er Jenny Linden ein Jahr lang gefickt hatte – zu einer Zeit, wo sie viel weggewesen war. So gerade. Jenny Linden die Verführerin; Ned einsam und eifersüchtig. Aber sie konnte ihm keine sexuelle Beziehung vergeben, die mehrere Jahre gedauert hatte; in denen man über sie, Alexandra, gelacht, sie manipuliert und hinter ihrem Rücken verhöhnt hatte. Nein, das konnte sie nicht.

Sie ging nach Hause.

# 22

Alexandra begab sich in ihr Schlafzimmer und starrte das Bett an. Sie zog Bettzeug und Laken weg und untersuchte die Matratze an der unbequemen Stelle in Schulterhöhe. Ja, dachte sie, da konnte durchaus eine Sprungfeder gebrochen sein. Sie holte sich eine Schere, schnitt durch den Bezugsstoff und legte das seltsame Gewurschtel von Polstermaterial und Drähten bloß, das nun wie bei einem Leistenbruch herausquoll. Es war, als öffnete sie eine Leiche, als zerschnitte sie Haut: Wenn die Oberfläche, die das ganze zusammenhielt, versehrt wurde, zerfiel es in seine Einzelteile. Ja, ein Stück Draht war los. Wie das wohl passiert war? Bei Neds und Jenny Lindens emsigen Leibesübungen? Alexandra fuhr mit der Schere unter den Matratzenstoff und schnibbelte, was das Zeug hielt. Sie fand eine kaputte Sprungfeder auf Hinternhöhe.

Da lief sie in die Scheune und holte die Axt, mit der Ned immer das Holz gespalten hatte. Diamond folgte ihr.

Sie lief mit der Axt wieder hoch und begann, das Unterteil des Betts zu zerhacken; es war teils aus Holz, teils aus Metall. Sie hieb es mitten durch. Diamond, nun Zeuge des wahren Lebens, bellte wie irrsinnig. Sie verpaßte den schnörkeligen Messingstangen, die das Kopfteil bildeten, ein paar brutale Schläge. Wenigstens verbogen sie sich und zerbrachen. Das war sehr befriedigend. Aber hauptsächlich stand das Bett einfach nur da und trotzte ihr. Die Axtschneide glitt an dem Metallrahmen entlang und rutschte ab. Wenn Alexandra Pech hatte, zerhackte sie sich aus Versehen noch selbst. Es war ihr einerlei. Zerstörung war schwerer, als sie gedacht hatte. Doch zumindest war das Bett nun nicht mehr zu benutzen und die Matratze völlig hinüber.

Hamish versuchte, sie am Arm zurückzuhalten. Mit hocherhobener Axt fuhr sie zu ihm herum, ließ den Arm sinken, das Mordwerkzeug fallen.

»Bist du auf Drogen?« fragte er.

Sie mußte lachen. Dann ging sie durchs Haus und suchte alles von Ned zusammen, was sie finden konnte: Regenmäntel aus dem Flur, Fernglas, Gummistiefel, die Gitarre aus seiner Hippiezeit, das T-Shirt von der Kampagne »Rettet den römischen Friedhof«, seine gesamten Ibsenwerke, die CDs, die alten 78er-Platten, die Videos, die ihm gefielen und ihr nicht. Sie warf alles ins Schlafzimmer. Ganz allein trug sie seinen Lieblingssessel die Treppe hoch. Für jemanden im Normalzustand wäre der viel zu schwer gewesen. Sie hievte ihn auf das Bettwrack. Sie zerschmetterte den Badezimmerspiegel, weil Ned zu oft hineingeschaut hatte, und schmiß ihn zu den übrigen Sachen. Sie ging zum Wäscheschrank, fand die grüne Bettwäsche, die Abbie gewaschen hatte, zerriß sie unter Zuhilfenahme der Schere von Naht zu Naht und warf sie auch dazu. Dann schloß sie die Tür, drehte sich um und sah sich Dr. Moebius gegenüber. Hamish dahinter.

»Beruhigen wir uns nun, Alexandra«, sagte Dr. Moebius. »Ich könnte Sie einweisen lassen.«

»Ich bin die Ruhe selbst«, sagte Alexandra. »Und nennen Sie mich bitte bei meinem richtigen Namen: Mrs. Ludd.«

Er machte sich Notizen. Sie begriff, daß sie vorsichtig sein mußte. Sie war Witwe mit einem Kind; eine Frau ohne Ehemann, der ihr Status verlieh. Überdies Schauspielerin, wobei

jeder sofort an Promiskuität und unsittlichen Lebenswandel dachte. Wenn das Sozialamt hineingezogen wurde, nahmen sie ihr am Ende noch Sascha weg und gaben ihn im günstigsten Fall zu ihrer Mutter, im schlimmsten Fall zu Pflegeeltern, die ihn mißbrauchten. Sie war angreifbar. Die Gesellschaft verlangte von ihr als Mutter emotionale Korrektheit. Sie mußte ihre Wut zügeln; sie mußte sich in Verständnis und Verzeihen üben. Besser, sie ging zur Beerdigung. Wenn nötig, Hand in Hand mit Jenny Linden. Sie lächelte Dr. Moebius an.
»Wenn ich es mir recht überlege«, sagte sie, »nennen Sie mich ruhig Alexandra. Ich weiß, daß Sie hier sind, um mir zu helfen. Und Sie haben recht, ich brauche Hilfe.« Die Dankbare zu mimen kam immer gut an, wenn man mit Autoritäten zu tun hatte.

Offenbar hatte Hamish Dr. Moebius gerufen. Schließlich war sie mit einer Axt Amok gelaufen. Sie war eine Gefahr für sich und andere.
»Es tut mir wirklich leid, daß ich dich erschreckt habe, Hamish«, sagte Alexandra. »Ich wollte nur das Messingbett herausholen. Ich dachte, ich gebe Sascha den größeren Schlafraum. Aber als ich gemerkt habe, daß das Bett so breit ist, daß ich es nicht durch die Tür gekriegt hätte, wollte ich es in Teile zerlegen, damit ich es später wieder zusammensetzen konnte. Mehr nicht. Ansonsten wollte ich nur Neds Sachen alle an einem Ort haben, damit ich sie besser sortieren kann. Oxfam kann ja jede Minute vorbeikommen. Eine Menge davon ist wiederverwendbar.«
Nun lächelte Dr. Moebius und nickte. Selbst Hamish wirkte besänftigt. Es war einfach, wenn man einmal begriffen hatte, was gespielt wurde.
»Ich treffe mich heute abend mit Jenny Linden«, erzählte sie Dr. Moebius. »Der Ärmsten geht's ja so schlecht. Ich werde versuchen, sie zu überreden, endlich zu Ihnen zu gehen. Jenny

und ich müssen uns wirklich vertragen. Wir haben so viele gemeinsame Erinnerungen. Wir können uns gegenseitig durch diese schwere Zeit helfen: die Trauerarbeit gemeinsam leisten. Sollen wir sie vielleicht zur Beerdigung in unserem Wagen mitnehmen, Hamish?«

»Das wäre sehr großzügig von dir, Alexandra«, sagte Hamish wenn auch mit einem mißtrauischen Seitenblick.

»Und ich habe gedacht, es wäre besser, wenn der kleine Sascha nicht mitkommt«, wandte Alexandra sich an Dr. Moebius. »Was meinen Sie?«

»Sieben ist das jüngste Alter, das wir bei Beerdigungen empfehlen«, sagte Dr. Moebius. »Sie haben recht. Halten Sie ihn fern. Lenken Sie ihn ab. Nehmen Sie sich den kleinen Kerl ein andermal beiseite und besprechen mit ihm, was passiert ist. Die Mutter hat meist den besten Instinkt. Er muß jetzt ganz besonders bemuttert werden. Braucht zärtliche, liebevolle Zuwendung und ein paar Extra-Streicheleinheiten, wie man vor ein paar Jahren immer gesagt hat.«

»Und wie sagt man jetzt?« fragte Alexandra, ohne zu überlegen. Als sie hörte, wie streitsüchtig ihre Stimme klang, fuhr sie rasch fort: »Ich habe Borretsch im Garten. Soll ich Tee machen? Sie wissen, daß die alten Griechen in Zeiten der Trauer Borretsch tranken? Borretsch bietet Trost bei Trauer.«

»Und wo befindet sich das Kind zur Zeit?« fragte Dr. Moebius und nippte an seinem Tee, der, wie sich herausstellte, nicht unangenehm schmeckte, wenn man ihn mit ausreichend biologisch-dynamischem Honig trank. Wenn auch der Himmel allein wußte, wie man kontrollierte, daß die Bienen nur den in Frage kommenden reinsten Nektar produzierten. Dr. Moebius' Notizbuch war noch gezückt, aber wenigstens geschlossen. »Ich entdecke keine Spur von ihm. Schläft er vielleicht? Trotz dieses Tohuwabohus?«

»Er ist bei meiner Mutter«, sagte Alexandra. »Ich fahre morgen zu ihm. Ich vermisse ihn schrecklich! Ich bereite sein neues Zimmer für ihn vor. Ich habe gedacht, wenn sich das Haus in Kleinigkeiten ändert, empfindet er die große Veränderung – daß sein Vater nicht mehr da ist – vielleicht nicht als derart entsetzlich.«

»Sehr klug«, sagte Dr. Moebius. »Aber meiner Ansicht nach sollten Sie vielleicht doch lieber zu einem Trauerberater gehen.«

»Ich kenne jemanden in Bristol«, sagte Alexandra. »Leah so und so.«

»Leah?« rief Dr. Moebius. »Macht sie auch Trauer? Nun, das freut mich. Sie ist sehr gut.«

# 23

Alexandra begriff, wie klug es war, zu tun, was man sie hieß. Und voller Genugtuung stellte sie fest, wie gerissen sie war: So mußte sich eine Füchsin fühlen, die im tiefen Winter, wenn die klirrend kalte Dämmerung hereinbricht, hungrig und verzweifelt, aber so voller Pläne, daß sie es kaum spürt, durch eine Hecke lugt, beobachtet, wie die dummen Hennen von einem bedächtigen Mann in Gummistiefeln weggeschlossen werden, hört, wie seine Schritte auf dem schon vereisten Gras knirschen – und siehe da! An der einen Seite des Hühnerstalls ist ein neues Rattenloch, und sie, die Füchsin, hat es erspäht, und der Mann stapft zurück ins Haus – und sie nutzt nun die Gunst der nächtlichen Stunde und des Mondscheins –

Alexandra suchte Leahs Nummer in Jenny Lindens Adreßbuch und rief an. Sie saß auf der Wandbank am Fuß der Treppe, von wo aus sie die häufig benutzte Hintertür und die selten benutzte Vordertür im Blick hatte und dachte, Ned werde nun jede Minute durch erstere eintreten. Aber er kam nicht.

Sie hörte, wie sich Hamish im Arbeitszimmer bewegte. Was machte er? Er lief viel hin und her, und dem Zustand seiner Augen nach zu urteilen, weinte er dazu ein wenig. Sie sah ein, daß der Verlust eines Bruders hart ist. Es konnte ja nur unnatürlich erscheinen: zur falschen Zeit, in falscher Reihenfolge, ein teuflisches Déjà vu des eigenen Abgangs ins Nichts.

Witwenschaft war ein normaler Zustand. Er ereilte die meisten verheirateten Frauen, wenn nicht eine Scheidung dazwischenkam. Vielleicht war das der Vorteil einer Scheidung.

»Hallo«, sagte Leah. In ihrer weichen, einschmeichelnden Stimme schwang eine leiser Vorwurf mit. »Was kann ich für Sie tun?«

Völlig grundlos stellte sich Alexandra Leah als dünne Version von Jenny Linden vor: mit fahlem Haar, das schlicht und schlaff – ganz natürlich – herabfiel. Nur, daß Leah nicht Jenny Lindens sture sexy Hilflosigkeit angesichts ihrer eigenen Leidenschaften hatte, was Männer so attraktiv fanden. Sie übte eine andere, viel größere Macht aus. Sie konnte was von »schlimmsten Befürchtungen« durchs Telefon murmeln und einen damit praktisch umbringen. Verwandelte man den Fluch in einen Segen, ging's einem besser. Na, danke.
»Hier ist Alexandra Ludd«, sagte Alexandra.
»Ich habe erwartet, daß Sie sich melden«, sagte Leah.
»Wieso das?«
»Jenny hat mir erzählt, wie verzweifelt Sie sind«, sagte Leah. »Ich habe mir gedacht, daß Sie bald um Hilfe nachsuchen würden.«
»Warum sollte ich mich aber dann ausgerechnet an Sie wenden?« fragte Alexandra.
»Sie haben es bereits getan«, sagte Leah. »Sie haben versucht, sich alles einzuverleiben, was Jenny gehört. Sie haben Jennys Bücher gestohlen und mit ihrer Stimme mit mir gesprochen.«
Herr im Himmel, dachte Alexandra, diese Leute interpretieren sogar einen Angriff als Abhängigkeit. Sie verdrehen jede x-beliebige Situation, wie es ihnen beliebt, damit sie die Gewinner sind.
»Aber Sie werden meine Interpretation ablehnen«, sagte Leah, die offenbar sogar durchs Telefon Gedanken lesen konnte. »Das

ist nur natürlich. Und seien Sie vom Ausmaß Ihres Kummers nicht überrascht. Je schlechter die Beziehung zu dem Verschiedenen, desto schwerer ist es, die Trauerarbeit zu leisten.«
»Und das erzählen Sie mir unentgeltlich?« fragte Alexandra. »Sollte ich nicht dafür bezahlen? Diese Weisheiten sind doch bestimmt nicht billig.«
»Ned hat drei Sitzungen im voraus bezahlt«, sagte Leah. »Wenn Sie in seine Fußtapfen treten wollen, bitte, tun Sie das. Nur zu. Ich habe ihn geliebt; ich liebe alle meine Patienten. Wenn einer stirbt, ist mir, als sei ein Mitglied meiner eigenen Familie gestorben.«
»Freut mich für Sie«, sagte Alexandra. »Übrigens steckt der Postbote jetzt in Ned's Schuhen. Ned ist barfuß. Seine Zehen sind ziemlich blau und steif, aber sie schrumpfen. Er hat beinahe vollkommene Füße und sehr gerade Zehen. Obwohl seine Mutter Schottin war, hat sie dafür gesorgt, daß er immer gut sitzende Schuhe trug.«
Ein kurzes Schweigen entstand.
»Ich kann Ihnen nicht ganz folgen«, sagte Leah.
»Das habe ich auch nicht erwartet«, sagte Alexandra, auf ihren eigenen überlegenen Witz vertrauend und darauf, daß sie, schlau wie eine Füchsin, die Situation meistern würde.
»Sie bauen zu sehr auf den Intellekt, Mrs. Ludd«, wies Leah sie zurecht. »Das hat Ned immer gesagt. Manchmal ist es besser, wenn man die Schlauheit beiseite und den Gefühlen freien Lauf läßt.«
»Ich werde mein bestes tun«, sagte Alexandra. »Danke für den Tip.«
»Ich bin froh, daß Sie sich an mich wenden«, sagte Leah. »Und ich bin froh, daß Sie von Ned in der Gegenwart sprechen. Er lebt – gesund und munter – in Ihnen ebenso wie in Jenny.«
»Ja, ist das nicht schön?«
»Jenny geht es übrigens sehr gut. Sie kommt rasch voran. Es ist mir gelungen, sie in die Wutphase zu bringen.«

»Das habe ich bemerkt«, sagte Alexandra. »Dann meinen Sie also, ich sollte zu Ihnen kommen?«

»Ich bin sehr ausgebucht«, sagte Leah. »Normalerweise mache ich keine Telefonkonsultationen. Aber ich sehe, daß Ihnen diese Beratung nützt.«

»Mir war gar nicht klar, daß es sich um eine Beratung handelt«, sagte Alexandra. »Ich dachte, wir plauderten.«

»Oh, nein«, sagte Leah streng.

»Na, dann könnte ich ja vielleicht Neds nächsten Termin nehmen«, sagte Alexandra. »Da er nicht kommen wird.« Diamond kuschelte sich zu ihren Füßen hin, Kopf in ihrem Schoß, er schaute bekümmert drein. Jenny Linden war nicht gekommen und hatte seinen Spaziergang mit ihm gemacht, vielleicht wollte er auch Futter, oder er vermißte Sascha. Oder sogar Ned. Vielleicht sollte Diamond wie alle anderen auch gehen und den Toten anschauen. Aber die Kälte in der Leichenhalle würde ihm in die Knochen fahren. Es wäre unfair.

»Ned und Jenny sind immer dienstags um elf zu einem gemeinsamen Termin gekommen«, sagte Leah.

»Wie hübsch«, sagte Alexandra. Das Rattenloch war nicht so groß, wie sie gedacht hatte. Sie klemmte fest.

»Wir haben recht oft über die Möglichkeit gesprochen, daß Ned wieder mit Ihnen zusammenkäme«, sagte Leah mit einer Andeutung von Entschuldigung, aber nur der allerfeinsten.

»Wie rücksichtsvoll von Ihnen«, sagte Alexandra. Sie sah die Hennen, konnte aber nicht ran. Sie schnappte und knurrte. Die Hennen gackerten.

»Aber Ihre Welten waren so verschieden geworden«, sagte Leah. »Sie hatten sich auseinander entwickelt. Ned war ein sehr spiritueller Mann. Das haben Sie wahrscheinlich gar nicht bemerkt. Überlegen Sie es sich noch einmal, ob Sie nicht mit Jenny kommen wollen. Versöhnung ist eminent wichtig; Sie sollten sich in Liebe zu Ned zusammenschließen.«

»Sie haben gewiß recht«, sagte Alexandra. »Doch ich glaube nicht, daß ich das Angebot annehme.« Sie zog sich von dem Rattenloch zurück, um ihre Position zu überdenken.

»Natürlich muß das, was Ned mir in unseren Sitzungen gesagt hat, vertraulich bleiben«, sagte Leah. »Das gebietet meine Berufsethik.«

»Davon müssen Sie mir irgendwann eine Kopie schicken«, sagte Alexandra. Sie würde an den Rändern des Lochs nagen und es vergrößern. »Aber vielleicht können Sie das hier ja als Kollektivberatung ansehen, Ned und meine, seine und ihre, prinzipiell ist sein Geist ja noch hier. Sein beschissener Geist rumort hier noch im Haus herum. Ich könnte ihn vermutlich immer noch mitbringen.«

»Neds Vorauszahlungen waren für drei individuelle Sitzungen«, sagte Leah. »Diese hier kann ich wohl als eineinhalb zählen.«

»Ja, warum nicht?« pflichtete Alexandra ihr bei. »Gute Idee!«

»Das Wort ›Geist‹ benutzen wir nicht«, sagte Leah. »Es weckt unglückliche Assoziationen. Wir sagen lieber ›Seele‹. Und eine deftige Ausdrucksweise provoziert mich nicht, wenn sie Ihnen in der einen oder anderen Weise hilft. Aber leider muß ich Ihnen sagen: Sie provoziert die Telefongesellschaft. Bitte sehen Sie davon ab. Ich gehe sicher recht in der Annahme, daß man in Ihrer Theaterwelt von abschätzigen Worten über die Liebe großzügigen Gebrauch macht.«

»Schon möglich«, sagte Alexandra. »Ned selbst hatte nichts gegen ein Scheiße, Arschloch oder Fotze.«

In ihrem Mund zersplitterte Holz. Sie merkte, daß sie einen Mordshunger hatte. Wenn sie nicht aß, würde sie sterben. Tock, tock, tock, machten die dummen Hennen.

»In Ihrer Gesellschaft vielleicht«, sagte Leah, »aber mit Sicherheit nie in meiner oder Jennys. Vermutlich schwebt ein Rest Gewalt in der Luft und hindert seine Seele daran, zur Ruhe zu kommen, was ja, wie Sie sagen, der Fall ist; das Böse zeigt sich in der materiellen Welt.«

»Ach so!« rief Alexandra. »Ich bin wieder schuld! Jetzt ist es die schlimme Sprache.«
»Versuchen Sie zu akzeptieren, was ich Ihnen sage, Alexandra«, fuhr Leah fort. »Leugnen kann Krebs verursachen. Wir holen das Gift in uns selbst zurück. Soweit ich weiß, ist Ihr Vater an Krebs gestorben.«
»Diese Vererbungsprobleme sind geschlechtsgebunden«, konterte Alexandra. Raffiniert! Das Loch war groß genug.
Eine kurze Pause entstand.
»Und dann kamen ja zu Ihrer wachsenden spirituellen Unvereinbarkeit«, sagte Leah, »auch noch Neds und Ihre sexuellen Schwierigkeiten.«
»Oh, welche denn?«
»Er hatte das Gefühl, daß Sie ihn erstickten«, sagte Leah. »Und als ich seinen Animus befreit habe und er ungehindert schweben konnte, hat er natürlich nach mehr Anima in seiner Partnerin gestrebt.«
»Sie meinen große Titten?« sagte Alexandra. »Ned hat sich bis in diese Einzelheiten mit Ihnen besprochen? Mit Ihnen, einer Fremden? Über mein und sein Sexleben?« Sie merkte, daß ihre Stimme einen Ton höher geworden war. Ihr Mund blutete, ihre Fuchszähne waren abgebrochen. Wie sollte sie jetzt noch das Fleisch zerreißen, wenn sie es zu fassen bekam?
»Ich bin seine Therapeutin«, sagte Leah pikiert. »Dafür sind Therapeutinnen schließlich da. Scham gibt es nicht.«
»Aber ich kenne Sie nicht!« schrie Alexandra, bevor sie sich davon abhalten konnte. Ihr Puls schlug schneller; plötzlich hämmerte ihr Herz. »Sie nehmen mir sogar das.«
»Ich weiß, daß Sex für Sie sehr wichtig war«, sagte Leah. »Ned hat sich oft bei mir beklagt, daß Sie immer so glücklich waren, wenn Sie und er miteinander geschlafen hatten.«
»Beklagt?« Der Mann in den Gummistiefeln stapfte auf sie zu. Er hatte ein Gewehr. Er legte an.
»Er hat sich manipuliert gefühlt; als wollten Sie ihn nur für

den Sex. Und Sie waren häufig weg und sind immer nur für penetrativen, nicht liebevollen Sex nach Hause gekommen.«
Peng, peng, machte es in Alexandras Kopf.
»Sie lüsterne alte Vettel!« schrie sie, so daß Hamish aus dem Arbeitszimmer gerannt kam.
»Ich verstehe Ihre Wut«, sagte Leah.
»Keiner versteht meine Wut!« kreischte Alexandra.
»Die Sitzung ist beendet«, sagte Leah. »Schlimmste Befürchtungen!« und legte den Hörer auf. Die verwundete Füchsin schlich heulend von dannen. Sie sollte sich nie mehr erholen.
»Du darfst dich nicht so aufregen«, sagte Hamish. Alexandra verdrängte Leahs Worte, bis sie, wie diese sich ausgedrückt hätte, damit umgehen konnte.

# 24

Als Alexandra nachts wieder schlaflos in Saschas schmalem Bett lag, kam Hamish ins Zimmer. Er trug Neds Morgenmantel und nichts drunter. Er hatte eine hellere Körperbehaarung als Ned und dünnere, längere Beine, aber warmes, kein marmornes Fleisch. Er bot Trost, das schon. Und er sah gut aus; etwas von Neds Wesen war da. Das Bedürfnis, das Leben in Gang zu halten, den Tod mit Sex zu überdecken, war stark. Alexandra blieb reglos liegen. Hamish setzte sich ans Ende des Betts. Sie nahm die Füße beiseite.

»Die Anthropologen erzählen uns«, sagte er, »daß bei vielen Volksstämmen beim Tode des Ehemannes vom Bruder erwartet wird, dessen Rolle zu übernehmen. Ich kann nicht schlafen. Du?«

»Ja«, sagte sie. »Wenn man mich in Ruhe läßt.«

»Ich spüre Ned überall. Ich glaube, er will, daß wir uns gegenseitig trösten.«

»Das ist reines Wunschdenken, Hamish.« Sie setzte sich auf. Sie schlief immer nackt. Sie zog die Decke hoch, um ihren Busen zu bedecken. Er schob sie sanft herunter. Alexandra machte sich nicht die Mühe, sich zu wehren. Sie hatte eben Brüste. Welche Frau hatte keine?

»Ich finde deine Züchtigkeit ein klitzekleines bißchen heuchlerisch«, sagte Hamish in aller Freundlichkeit. »Da du deinen Busen doch so leicht für die Millionen entblößt.«

»Ungefähr vierhundertundzwanzig Theaterbesucher«, sagte

Alexandra erbost, »und nicht etwa ein volles Haus, weil zu dem Zeitpunkt niemand erwartet hatte, daß das Stück ein Erfolg würde. Aber ich will mich nicht streiten. Bitte geh.«
»Du brauchst mich noch«, sagte Hamish. »Mehr, als dir klar ist. Du solltest besser einfach nachgeben und nett zu mir sein.«
»Wenn man einem Erpresser einmal nachgibt«, sagte Alexandra, »wird man ihn nie wieder los«, und sie entwand sich seinen mittlerweile auf ihrer Brust liegenden Händen und stieg aus dem Bett. »Wenn ich jetzt nett zu dir bin, gehst du vielleicht nie mehr weg.«

Sie stand nackt da. Es war ihr einerlei. Der Mond schien durchs Fenster. Sie konnte draußen den Garten sehen, die Ligusterhecke, die Wiese. Sie fragte sich, ob Jenny Linden dort auf der Lauer lag und versuchte, Neds Geist als ihr Eigentum einzufordern.
»Du bist völlig irre«, sagte Hamish. »Du hättest dich mit der Axt sehen sollen. Außer Rand und Band. Ich bin froh, daß ich nichts damit zu tun habe. Schau dich an! Die reinste Exhibitionistin. Was Ned als den Fluch aller Schmierenkomödianten bezeichnet hat. Schauspielerinnen haben eine lockere Moral, hat er mir in einem Brief erzählt. Sie sind gut beim Sex, aber Sex ist ihnen unwichtig. Sie treiben's mit jedem. Zur Entspannung, zwischen den einzigen Akten, die für sie zählen. Schauspielerinnen sind überhaupt keine richtigen Frauen. Phantasiegestalten, ohne Mitte, ohne Seele, ohne Fähigkeit zu echtem Gefühl.«
»So, so«, sagte Alexandra. »Übrigens glaube ich nicht an deine Briefe. Ich habe sie nie gesehen.« Sie zog sich an. Schlüpfer, Jeans, BH, T-Shirt.
»Ich werde sie dir auch nicht zeigen«, sagte er. »Sie würden dich zu sehr verletzen.«

Sie überlegte, wo sie schlafen sollte. Bei Abbie? Vilna? Beide waren zuletzt unfreundlich zu ihr gewesen. Sie brauchte

Schlaf. Sie mußte am nächsten Tag fit sein, um zu ihrer Mutter fahren zu können. Wenn Sascha im Haus war, würde Hamish sie vermutlich in Ruhe lassen. Sie bezweifelte, daß er gefährlich war. Er grapschte und nervte; instinktiv suchte er eine verletzliche Stelle und wollte ihr dann so weh tun, wie er konnte. Aber er würde sie nicht vergewaltigen. So weit würde er sich selbst nicht ins Unrecht setzen. Kein Wunder, daß Ned ihn immer auf Abstand gehalten hatte.

»Wo gehst du hin?« fragte Hamish.
»Ich verbringe die Nacht mit Jenny Linden«, sagte Alexandra. »Du weißt ja, wie wir Schmierenkomödiantinnen sind.«

# 25

Alexandra fuhr zu Jenny Linden. Direkt vorm Haus fand sie einen Parkplatz und setzte rückwärts hinein, wobei sie Jenny Lindens Auto aus dem Weg schob. Beim lauten Knirschen von Metall auf Metall erschienen die Leute an Fenstern und Türen, Babies fingen an zu schreien und Schlafzimmerlampen leuchteten auf. Nur in Jenny Lindens Haus blieb alles dunkel und still. Doch Alexandra hatte gesehen, wie ein blasses, furchtsames Lärvchen kurz am oberen Fenster auftauchte und dann verschwand.

Wieder und wieder wummerte sie an die Tür, machte guten Gebrauch von dem großen, schweren Klopfer. Er war aus Eisen, antik, Mitte neunzehntes Jahrhundert, und hatte die Form eines Fischs. Alexandra merkte, daß es der gleiche war wie der an ihrer eigenen Haustür. Aber die war groß und massiv: diese hier klein und zerbrechlich, und sie klapperte und wackelte bei jedem Schlag. Jenny Linden konnte mit Alexandra soviel konkurrieren, wie sie wollte, sie würde es nie schaffen. Die Nachbarn spähten die Straße hinunter, weil sie sehen wollten, was da los war. Es war nach Mitternacht.

Nicht Jenny Linden öffnete die Tür, sondern ihr Mann Dave in gestreiftem Schlafanzug und Morgenmantel. Alexandra erkannte ihn von Kimmeridge wieder.
»Hauben Sie ab«, sagte er. »Das ist nächtliche Ruhestörung. Ich

lasse nicht zu, daß Jenny sich aufregt. Wenn Sie nicht aufhören, sie zu belästigen, rufe ich die Polizei.«
Jenny Linden in dezentem, blaßblauem Nachtgewand, dessen Saum unter einem altrosa wollenen Morgenmantel hervorlugte, erschien an seinem Ellenbogen.
»Sei nicht zu streng mit ihr, Dave«, sagte sie mit ihrem süßen Stimmchen und legte Dave beschwichtigend die Hand auf den Arm. »Arme Alexandra, sie macht viel durch. Sie erlaubt es sich nicht zu trauern.«
»Du bist zu gut zu ihr«, sagte Dave. »Man darf dich nicht allein auf die Menschheit loslassen.«
»O je!« sagte Jenny Linden, als sie in die Nacht hinausschaute. »Jemand ist mir hinten ins Auto gefahren. Heißt das, er muß bezahlen, Dave?«
»Da kannst du Gift drauf nehmen«, sagte Dave. »Du gehst jetzt wieder rein und holst dir deinen Schönheitsschlaf. Ich erledige das hier schon.«
Jenny Linden nickte, lächelte süffisant und ging wieder hinein. Dave versperrte die Tür.
»Wie geht's dem Herpes?« rief Alexandra laut und vernehmbar hinter ihr her.
»Hauen Sie bloß ab, bevor ich die Polizei hole«, sagte Dave. »Sie haben uns schon genug Unannehmlichkeiten bereitet.«
»Ich?« fragte Alexandra völlig überrascht.
»Die typische Karrierefrau, so zerfressen von Ehrgeiz«, sagte Dave, »daß Sie nicht einmal Ihren Mann in Schach halten konnten.«
»Das habe ich allerdings nie für die Rolle der Ehefrau gehalten«, sagte Alexandra. »Aber Ihre sieht das anders, wie ich merke. Es gibt ein neues Zeug; es heißt Zorimax. Angeblich sehr gut gegen Herpes. Ihre Frau hat ihn sich von Eric Stenstrom geholt und in der Gegend verbreitet.«
Das saß. Sie freute sich, daß zur Abwechslung er es war, der erschrak, und nicht sie.

»Wenn Sie beide sich nämlich wieder zusammentun«, sagte Alexandra, »sollten Sie als Ehemann Bescheid wissen.«
»Man muß sich um Jenny kümmern«, sagte Dave automatisch, aber er mied nun ihren Blick. Er wirkte bestürzt. »Ich dachte, Stenstrom sei schwul«, sagte er.
»Jenny ist der Beweis des Gegenteils«, sagte Alexandra.
»Widerwärtiges Weibsstück!« sagte Dave und knallte Alexandra die Tür vor der Nase zu.
Durch die Häuflein Nachbarn ging ein Seufzen und verständnisvolles Murmeln.

Alexandra riß den Eisenklopfer von der Tür – er hing so eben noch an einem Nagel (jemandes Heimwerkerjob), warf ihn in die Gosse, befreite ihr Auto von Jennys und fuhr schnurstracks durch bis zu ihrer Wohnung in London. Sie konnte keine weitere Nacht unter einem Dach mit Hamish verbringen. Sie fühlte sich fabelhaft.

Aber bald wurde ihr unwohl. Was hatte sie getan? In den Armen ihres Gatten Dave war Jenny Linden vermutlich wirklich am besten aufgehoben. Manche Leute kamen ungestraft mit ihren Missetaten davon; Alexandra nie. Wenn sie in der Schule jemanden an den Haaren gezogen hatte, erwischte der Lehrer sie immer. Wenn sie schwarz fuhr, wurde sie ertappt. Mit einer Taktik des unverbindlichen Plauderns, einer optimistischen Grundhaltung und unbekümmerten Blindheit gegenüber unbequemen Tatsachen war sie sehr gut durchs Leben gekommen. Dachte sie jedenfalls. Sie hatte es Ned überlassen, eklig zu sein, damit sie nett sein konnte. Nun war Ned tot, und sie, Alexandra, mußte sich den Konsequenzen ihrer eigenen emotionalen Faulheit stellen; sie hatte Ned ermutigt, andere schlecht zu behandeln, und am Ende hatte er seine Gehässigkeit gegen sie gerichtet. Sie hatte sich für die berühmte, schöne, großherzige Alexandra Ludd gehalten, die von den Katastrophen, die anderen widerfuhren, verschont blieb, aber da hatte sie sich geirrt. Sie war wie eine bezaubernde, in einem heißen Klima und atemberaubend üppigen Garten erbaute Villa auf Pfählen, an denen schon seit Jahren die Termiten nagten – Termiten aus den verschiedensten Nestern: Mißgunst, Neid, Eifersucht, Lüsternheit, Ehrgeiz, Heimtücke und Niedertracht (und die Termiten aus dem Nest namens Mißgunst hatten die kräftigsten Kiefer, den stärksten Biß) – und siehe da, das ganze Gebäude stürzte gleich in den Dreck.

# 26

Neds und Alexandras Zweitwohnung in der Angliss Street Nummer 13 lag nördlich des Sloane Square. Es war die obere Hälfte eines reizenden schmalen Hauses in einer kleinen, verkehrsberuhigten Straße: drei Zimmer, winzige Küche, Bad und Balkon. Gerade groß genug für Ned, Alexandra und Sascha, nur wenn Theresa mitkam, wurde es eng. Theresas angenehm festes, weißes Fleisch streifte Kommoden und Porzellanfiguren und das blau-weiße Service, sie stieß mit ihrem großen Kopf an Badezimmereinrichtungen und Wandlampen; schrecklich, was alles zu Bruch ging. Und wenn Sascha in dieser viel zu engen Umgebung herumtollte und -trampelte, mußten sie ihn wegen der Leute, die unten wohnten, immer zur Ruhe bringen. Es war Gott sei Dank ein altes, über achtzigjähriges, taubes Paar. Den Lärm konnten sie nicht hören, sahen aber sehr wohl die Gipsflocken, die von der Decke fielen, wenn Sascha »Guckt mal! Guckt mal!« schrie, von den Sofas sprang oder seine plötzlichen Purzelbäume schlug, die nie klappten. Er rollte immer zur Seite, nicht richtig über Kopf und Rücken. Aber die Wohnung lag nahe zum Theaterviertel. Zur Not konnte Alexandra zu den Matineen zu Fuß gehen, und im Sommer, bevor die Dunkelheit die Straßen gefährlich machte, sogar zu den Abendvorstellungen.

Hier hatten Ned und Chrissie gewohnt, bevor Ned Alexandra kennenlernte, sich in sie verliebte und Ned und Chrissie sich trennten. Und scheiden ließen. Ned bezahlte Chrissie aus, und sie zog nach Sussex, wo sie nun mit Pferden zusammenwohnte. Nach dem Verkauf der einen Hälfte des Hauses hatte Ned die andere als Zweitwohnung für sich und Alexandra behalten und von dem Geld, das seine und Hamishs Mutter ihm hinterlassen hatte, The Cottage erworben. Ned war der festen Ansicht, daß man in London kein Kind großziehen sollte – die Luftverschmutzung war schlimm und die Straßen gefährlich und Sascha selbst zu quirlig –, also fuhr ihn einer von beiden nach ein, zwei Tagen in der Großstadt immer zurück zu den grünen Wiesen, dem wilden Wein und den Rosen seines echten Zuhauses.

Alexandra erreichte die Wohnung um vier Uhr morgens. Sie war fix und fertig. Seit Tagen hatte sie nichts gegessen. Aber jetzt mußte sie erst mal schlafen. Zum Essen war sie zu müde. Sie ging ins Schlafzimmer und machte Licht. In ihrem Bett schlief jemand. Eine Frau. Alexandra knipste das Licht schnell wieder aus, ging ins zweite Schlafzimmer, legte sich angezogen aufs Bett und schlief ein.

Sie wachte erst mittags auf. Mit Kopfschmerzen. Sie nahm ein Aspirin, duschte und ging in die Küche. Eine Frau, die sie nicht kannte, kochte Spaghetti. Sie war in den Vierzigern, hatte kurzes, glattes Haar und ein vorwurfsvolles, intelligentes Gesicht. Alexandra vermutete, daß sie an der Uni arbeitete. Sie begrüßte Alexandra mit einem kurzen Nicken, schien aber nicht erpicht auf Konversation. Alexandra steckte ihre schmutzigen Kleider in die Waschmaschine, drückte auf den Knopf und fragte erst dann:
»Wer sind Sie?«
»Chrissie Ludd«, sagte die Frau. »Und nun, da Ned tot ist, gehört diese Wohnung mir. Ich habe nichts dagegen, wenn du hier wohnen bleibst, bis du dich organisiert hast, aber dehn es nicht zu sehr aus. Ein paar Monate sind in Ordnung.«

»Ich glaube, hier liegt ein Mißverständnis vor«, sagte Alexandra. Sie befürchtete eine Wiederauflage von Jenny Linden. Sie, Alexandra, die zweite Frau, die hier die erste. Sie hatten sich nie kennengelernt. Ned hatte sich nach Kräften bemüht, sie voneinander fernzuhalten. Er hatte Chrissie als neurotische, bösartige Frau beschrieben, die zuviel trank und immer am Rande des Nervenzusammenbruchs lebte. Er, Ned, habe sie aus Mitleid geheiratet, aber nachdem sie schließlich einen betrunkenen Teenager zu einem One-Night-Stand mit nach Hause gebracht habe, beschlossen, daß sie sich trennen müßten. Letztendlich hatte sie jedoch die Scheidung eingereicht. Er hatte sich nicht mal darum gekümmert, nachdem er Alexandra kennengelernt und sich in sie verliebt hatte: seine einzige wahre Liebe, in deren strahlendem Licht alle anderen Lieben verblaßten. Hatte Ned gesagt.

Chrissie sagte nun: »Nach den Scheidungsvereinbarungen ist das Haus auf meinen Namen weitergelaufen, und er hatte das Wohnrecht bis zu seinem Tode, wonach es an mich zurückfällt. Nun ist er tot, da bin ich.«

»Das ist ungerecht«, sagte Alexandra. »Warum sollte ein Gericht so was Dummes entscheiden?« Das war das einzige, was ihr einfiel.

»Es ist zwölf Jahre her«, sagte Chrissie. »Da spielte in diesen Angelegenheiten Schuld noch eine Rolle. Ned hat sich so danebenbenommen, daß ich den sehr viel besseren Deal gekriegt habe. Er hat geheult, herumtaktiert und um alles gefeilscht; er hat es gehaßt, sich von einem Penny zu trennen. Ekelhaft. Aber ich habe mich nicht beirren lassen und gesiegt. Das mußt du doch gewußt haben. Du warst doch zu der Zeit mit ihm zusammen. Sehr sogar.«

»Ich habe es nicht gewußt«, sagte Alexandra.

»Dann bist du aber jemand, der gar nichts merkt«, sagte Chrissie. »Egal, hier bin ich. Du mußt verschwinden, und ich habe gewonnen. Wenn man lange genug ausharrt, fügt sich alles; dann gewinnt man. Ich hätte auch einen Batzen vom Erbe seiner Mutter abkriegen müssen, aber er hat es dem Gericht verschwiegen. Ned hat sich nie in die Karten gucken lassen. Aber das weißt du ja sicher.«

Sie ließ die Spaghetti in Alexandras Durchschlag abtropfen. Sie wirkte so zu Hause hier, daß sich Alexandra außerstande fühlte, sich zu wehren.

»Und, hast du einen in der Hinterhand?« fragte Chrissie, als meinte sie es freundlich. »Du siehst so aus.«

»Ned ist noch nicht mal begraben«, sagte Alexandra. »Warum hast du dich von ihm scheiden lassen? Was waren die Gründe?«

»Du«, sagte Chrissie. »Ehebruch. Er hat dich hier in unser Bett mitgebracht. Das hat wehgetan, kann ich dir sagen. Das vergesse ich nie. Ich bin stante pede gegangen. Das Bett steht immer noch da, an derselben Stelle. Paßt genau in den Erker. Eine gute Matratze, nicht zu hart, nicht zu weich. Aber wenn man so was reingewürgt kriegt, geht's einem ganz schön dreckig. Ich habe fünf Jahre gebraucht, um mich zu erholen. In dem Bett habe ich letzte Nacht geschlafen. Wie ein Murmeltier. Ja, alles fügt sich.«

»Entschuldige«, sagte Alexandra bloß.

»Schau dich an, wie du aussiehst, und schau mich an«, sagte Chrissie. »Was hatte ich für eine Chance?«

»Aussehen ist unwichtig«, sagte Alexandra. »Was zählt das schon?«

»Das sagen die Hübschen immer«, lachte Chrissie. Ha-ha-ha! Sie hatte eine tiefe Stimme und eine schroffe Art. Man konnte sich vorstellen, daß sie Hunde züchtete, bei Cruft's, der alljährlichen Hundeschau in London, gewann und sich Gefühle verbiß. Nicht Neds Typ. Kein Wunder. Aber wer war Neds Typ? Sie, Alexandra? Jenny Linden? Vielleicht mochte Ned nur Frauen, die er verachten konnte? Wie konnte sie ohne dieses

Apartment arbeiten? Sie würde einen Anwalt aufsuchen müssen. Vielleicht probierte diese Frau ja nur aus, wie weit sie gehen konnte. Ned hätte es ihr doch sicherlich erzählt.

»Allzu gut siehst du nicht aus«, sagte Chrissie. »Ihr Theatertypen knickt alle ein, wenn es mal hart kommt. Ich habe keine Träne vergossen, als ich gehört habe, daß Ned tot ist. Ich habe eine Tarantella getanzt. Aber das ist ja eigentlich deine Rolle, stimmt's? Du läßt doch in aller Öffentlichkeit deine Titten kreisen. Das hat Ned bestimmt gefallen. Der war immer ein bißchen schräg drauf.«

Nun aß Chrissie ihre Spaghetti mit Saschas Tomatensauce aus der Quetschflasche. Sie bot Alexandra keine an.

»Wenn du gehst, ersetze ich dir das alles«, sagte sie und zeigte auf den Kühlschrank und die Küchenschränke. »Oder gebe dir den Geldwert, wenn dir das lieber ist.«

»Schon gut«, sagte Alexandra. »Bedien dich.«

»Und du kannst das kleine Schlafzimmer ruhig benutzen«, sagte Chrissie, ihrerseits nun auch großzügig. »Komm und geh, wie du willst, betrachte es ein paar Monate als dein Zuhause. Aber nicht länger.«

»Was ist mit den Möbeln?« fragte Alexandra. »Selbst wenn das, was du sagst, stimmt, sind die eheliches Eigentum. Neds und meins.«

»Das meiste davon ist Neds und *meins*«, sagte Chrissie. »Beziehungsweise meins allein. Ich habe es mit in die Ehe gebracht. Am Anfang hatte ich ganz schön viel Geld, aber Ned hat es ausgegeben. Manchmal glaube ich, daß ich gehen mußte, als das Geld alle war. Auch das tat weh. Hast du Geld gehabt?«

»Ein bißchen«, sagte Alexandra. Es war sogar eine ganze Menge gewesen, aber das wollte sie Chrissie nicht auf die Nase binden. Es tat ihr leid, daß sie einer anderen Frau Kummer bereitet hatte, auch wenn sie so unattraktiv war wie Chrissie. Vielleicht war sie ja am Anfang gar nicht unattraktiv gewesen? Vielleicht wurde man so, wenn Ned einen abservierte.

»Ich steck deine Klamotten in den Trockner, wenn sie fertig gewaschen sind«, sagte Chrissie freundlich. »Warum habt ihr keine Waschmaschine mit eingebautem Trockner? Ich habe eine. Sie nehmen soviel weniger Platz weg. Du hast Nachrichten auf dem Anrufbeantworter. Ich habe die Ansage neu besprochen. Hat ja keinen Zweck, so was schluren zu lassen.«

Eine Nachricht kam von Mr. Quatrop, dem Grundstücksmakler in Eddon Gurney. Er sprach Mrs. Ludd sein Beileid aus, wollte auch zu einer solchen Zeit nicht stören, aber es gebe für The Cottage einen sehr interessierten, potentiellen Käufer; er meine nur, sie solle es wissen.
Die zweite war von ihrem Agenten Harry Barney. Harry teilte ihr mit, Amblin's Castingdirector aus Los Angeles sei hier und wolle sie sehen, er habe jedoch nur den Montag in London und das sei ja der Tag der Beerdigung: Er habe in Alexandras Namen abgelehnt. Er hoffe, sie fühle sich einigermaßen. Am Theater gebe es ein kleines Problem, über das sie sprechen müßten, aber keine Bange.

Alexandra wählte Mr. Quatrops Nummer. Chrissie rief dazwischen.
»Kein Problem. Du kannst ruhig telefonieren: Ich habe Einzelverbindungsübersicht beantragt, so daß wir die Kosten später auseinanderklamüsern können.«
Alexandra wies Mr. Quatrop darauf hin, daß The Cottage nicht zum Verkauf stehe, was also das Gerede solle?
Mr. Quatrop sagte, Mr. Ludd sei erst vor einer Woche bei ihm gewesen, Samstagnachmittag, und habe mit ihm über die Möglichkeit gesprochen, das Haus zu veräußern; natürlich sei es für Mrs. Ludd zu früh, der Angelegenheit die angemessene Beachtung zu schenken, er bitte um Entschuldigung, daß er sie belästigt habe, aber niemand wolle ja einen guten Interessen-

ten verlieren, nur weil er nicht gefragt habe. Der arme Mr. Ludd. Da komme man schon ins Grübeln.
»Wohl wahr«, sagte Alexandra. »Sind Sie sicher, daß mein Mann nicht einfach nur die Grundstückspreise herausfinden wollte?«
»Lassen Sie es mich folgendermaßen ausdrücken«, sagte Mr. Quatrop. »Man bekommt einen Riecher für so was. Meiner Ansicht nach war Mr. Ludds Anfrage der erste Schritt auf jenem heiklen Weg zu einem Verkauf größeren Umfangs. Hier wären drei Objekte betroffen gewesen.«

Und er erzählte Alexandra, daß Mr. Ludd mit der Idee gespielt habe, sich mit Mrs. Linden zusammenzutun, um Elder House zu erwerben, die Sprachenschule. Aus einer Andeutung hier und einem funkelnden Auge dort habe er geschlossen, daß sie das Anwesen als Zentrum für Theaterdesign auszubauen gedachten. Mrs. Linden habe vor Ladenschluß ins Schreibwarengeschäft gemußt und sei gegangen, also sei es sehr gut möglich, daß er der allerletzte Mensch sei, der mit Mr. Ludd gesprochen habe.
»Mrs. Linden war mit meinem Mann da?« fragte Alexandra. »Um den möglichen Verkauf von The Cottage und Mrs. Lindens Häuschen zu diskutieren und mit dem Erlös daraus den eventuellen Kauf von Elder House?«
»So ist es«, sagte Mr. Quatrop. »Ich habe Sie doch nicht etwa aufgeregt?«
»Nein«, sagte Alexandra.
»Für die Beerdigung werde ich wie viele örtliche Geschäftsleute das Büro schließen. Als Zeichen des Respekts«, sagte Mr. Quatrop.
»Wie überaus freundlich von Ihnen«, sagte Alexandra.

»Wenn du Ferngespräche führst«, sagte Chrissie, »solltest du es mal mit Mercury probieren. Die sind billiger.«

Alexandra rief ihren Agenten in Richmond an. Sie dachte, es würde sie beruhigen. Sie fragte, um was für eine Rolle es sich handle. Harry Barney sagte, es sei die Hauptrolle in einem größeren Spielfilm an der Seite von Michael Douglas – eine Multimillionendollarproduktion, hochkarätig besetzt –, der Castingtyp sei bei der berühmten Premiere von *Nora* im Publikum gewesen, finde, Ludd habe Starqualitäten, und wolle einen englischen Akzent. Aber das war der Lauf der Dinge: Der einzige Mensch, den man wegen Probeaufnahmen nicht versetzen könne, sei die Leiche des eigenen Ehemannes – Harry Barney hüstelte eine Entschuldigung.

»Tut mir leid. Bei solchen Sachen konnte ich mich noch nie ausdrücken. Der Überschwang der Gefühle.«

»Harry, du konntest Ned nicht ausstehen.«

»Ja, im Leben. Aber doch nicht im Tode. Er war einer von uns.«

»Warum hast du ihn gehaßt?«

»Das ja nun nicht gerade, Süße. Ich fand nur das ganze Gezerre hinter den Kulissen nicht so toll.«

»Was für ein Gezerre?«

»Ned hat die Fäden gezogen, damit Longriff die Rolle in *Nora* bekam. Alle meinten, das gehe ein bißchen zu weit. Frau und Freundin in derselben Inszenierung! Ich habe es geschafft, dir die Nora zu ergattern, aber es war ein Kampf. Jetzt hat sie sie doch gekriegt. Darüber wollte ich mit dir reden.«

»Mal langsam, Harry. Ned und Daisy Longriff?«

»Hm, ja. Das wußtest du doch, oder?«

»Nein. Aber alle anderen?«

»O je, tut mir leid, Alexandra. Soll ich kommen?«

»Nein, alles in Ordnung, Harry.«

»Es war nichts Ernstes, Alexandra. War es nie. Dich hat er geliebt. Er hatte nur eine komische Art, es zu zeigen. Die Mädels haben sich ihm ja an den Hals geworfen. Die tun doch alles für gute Kritiken! Natürlich hat er sie ihnen so oder so nicht geschrieben. Das halte ich ihm wirklich vor. Wenn du korrupt sein willst, dann bitte auch ganz und gar. Halbe Sachen tun nur weh. Um den Sex ging es gar nicht. Ein Mann ist ein Mann, Mädel. Deshalb habe ich mich ja auch entschlossen, schwul zu sein. Und es war mein Entschluß; ich könnte es jederzeit aufgeben, wenn ich wollte. Alles klar?«

»Klar, Harry.«

»Braves Mädchen, Ludd, meine Beste. Gute Güte, vielleicht hör ich ja mit all dem eines Tages auf, lasse mich nieder und heirate dich.«

»Ich bin geschmeichelt, Harry.«

»Neds Problem bestand darin, daß er von Neid zerfressen war. Er konnte nicht schreiben, er konnte nicht schauspielern, er konnte nicht Regie führen. Doch er liebte das Theater. Und dir flog alles zu. Neid ist etwas Schreckliches.«

»Das begreife ich allmählich auch, Harry. Ich muß jetzt Schluß machen.«

»Ich packe deine persönlicheren Sachen in das kleine Schlafzimmer, alles klar, Alexandra? Und die Möbel, von denen ich glaube, daß sie mir nicht gehören.«

Alexandra erwiderte, wenn Chrissie nicht sofort verschwinde, werde sie die Polizei rufen. Sie, Alexandra, wolle einwandfreie Dokumente sehen und sich vernünftig mit ihren Rechtsbeiständen beraten, bevor überhaupt irgendeine Entscheidung über die Wohnung getroffen werden könne. Sie müsse an ihr und Neds Kind denken. Ob Chrissie nun bitte einfach gehen werde? Wie sie überhaupt in die Wohnung gekommen sei?

Mit dem Schlüssel, sagte Chrissie. Sie habe immer einen gehabt, sie habe seit Jahren davon geträumt, den Schlüssel wieder zu benutzen, und nun sei es soweit. Alexandra sei eine Ehebrecherin, ein Biest, eine Kuh, eine Nutte; sie habe, ohne einmal mit der Wimper zu zucken, Chrissies Leben ruiniert. Nun sei sie, Alexandra, fällig.

Aber Chrissie ging.

Alexandra wartete, bis der Schlüsseldienst kam, der das Schloß auswechselte, und fuhr dann zu ihrer Mutter.

# 27

Irene gab ihrer Tochter buttertriefenden Toast mit Marmelade, heißen Kakao und zwei Schlaftabletten und brachte sie in einem hübschen, hellen Dachraum zu Bett: mit Schrägen, eigenem Fernseher, eigenem Badezimmer mit flauschigen Handtüchern und Blick auf die Golfanlage. Sascha stapfte die Treppe hinauf und kletterte neben seine Mutter ins Bett. Sie nahm ihn in die Arme und schlief ein.

Sie schlief fünfzehn Stunden, bis Sascha sie weckte, indem er ihr die Augenlider auseinanderzog. Er erzählte ihr von den acht Kätzchen. Sie erzählte ihm, Ned sei gestorben und im Himmel, sei zu einem Spaziergang in einem Wald, um Gott zu suchen. Sascha fragte, ob sie eins der Kätzchen mitnehmen könnten. Alexandra sagte, nein, Hunde könnten keine Kätzchen und Kätzchen keine Hunde leiden. Sascha sagte, doch, könnten sie doch. Und ob sie Diamond nicht zu einem Spaziergang mit Ned in den Wald schicken könnten und dann solle er nicht wiederkommen wie Ned. Alexandra sagte, ja, das sei keine schlechte Idee. Sie merkte, daß sie Diamond eigentlich auch nicht mehr mochte.

Dann dachte sie an Jenny Lindens orangefarbene Katze und sagte, sie würde nur eine schwarze nehmen. Sascha weinte und stampfte mit dem Fuß auf.

Alexandra schaute Sascha an und fand, daß er Ned sehr ähnlich war. Und ihr eigentlich fremd. Sie konnte nur schwer glauben, daß sie so innig verbunden waren, wie es von Mutter und Kind behauptet wurde. Fakt war, daß sie sich plötzlich von ihm entbondet hatte. Sie hatte gar nicht gewußt, daß das ging.

Sie nahm an, es würde sich wieder geben. Mußte es. In der Zwischenzeit würde sie tun, was sie gelernt hatte: die liebende Mutter mimen.

»Armer kleiner Sascha«, sagte sie, »sei nicht traurig. Wir sehen Daddy im Himmel wieder.«

»Will ich aber nicht«, sagte Sascha. »Ich will für immer hierbleiben! Bei Großmutter und den orangen Kätzchen.«

»Willst du nicht mal wieder nach Hause? The Cottage und Diamond und alle deine Freunde wiedersehen?«

»Ich habe keine Freunde«, sagte Sascha. »Sie nehmen mir immer meine Spielsachen weg, und du sagst, ich muß teilen, und dann gehen sie kaputt.«

»Aber es muß doch ein paar Erwachsene geben, die du gern hast«, erwiderte Alexandra.

»Nur Jenny«, sagte Sascha. »Sie gibt mir morgens Karamelbonbons. Das machst du nie. Sie hat sie extra unter dem Kissen für mich. Huch!«

»Was ›huch‹?«

»Das sollte ich nicht verraten. Unter dem Bett sind Geister. Die bollern nachts rum.«

Alexandra verließ Sascha, der auf dem Bett Purzelbäume schlug und vor Freude dazu kreischte, daß es Sozialarbeiter geschaudert hätte, und »Guck mal! Guck mal!« schrie – und ging hinunter, um zu frühstücken.

»Ich hab's ihm erzählt«, sagte Alexandra.

»Wie hat er es aufgenommen?« fragte Irene. Sie trug einen gel-

ben Trainingsanzug und war joggen gewesen. Sie rührte Honig in Joghurt. Ihr phlegmatischer Gatte Abe, der Banker, saß da und las den *Telegraph*. Sie wirkten wie ein sehr glückliches Paar.
»Ich bin mir nicht sicher, ob er es überhaupt begriffen hat«, sagte Alexandra.
Sascha kam herunter und sagte: »Ned ist in einen Wald spazierengegangen und kommt nie wieder zurück. Also muß ich nicht nach Hause. Ich kann hierbleiben. Ich mag Theresa nicht. Sie ist zu dick.«
Er ging in den Garten.
»Sascha kann unmöglich mit dir zurückfahren«, sagte Abe. »Nicht, solange du in diesem Zustand bist.«
»Und was ist das für ein Zustand?« fragte Alexandra.
»Ein schlimmer« sagte Irene. »Komm und hol ihn nächste Woche, wenn du dich bekrabbelt hast. Wir wollen ihn dir nicht stehlen.«
»Ich glaube euch«, sagte Alexandra. »Wahrscheinlich.«

Sie fuhr zum Cottage zurück. Sie fuhr gern Auto. Sie machte das Radio an und dachte an nichts. Dann hörte sie eine Sendung mit dem Titel »Theater heute in London«. Sie redeten über Daisy Longriffs Darbietung in *Nora* und debattierten anschließend über Kunst und Nacktheit. Einer sagte, es sei wie *Hamlet* auf Australisch gewesen, ein anderer sprach von den hinreißendsten, intensivsten Vorstellungen, die er je erlebt habe. Ein dritter verkündete, am Montag bleibe das Theater zum Gedenken an Ned Ludd, den großen Mann des Theaters, dunkel, weil an dem Tag seine Beerdigung stattfinde, und noch jemand meinte, das sei ein Gerücht, um die Kartenverkäufe anzukurbeln. Alexandra Ludd, die vermutlich beste Charakterdarstellerin des Landes, die natürliche Nachfolgerin Vanessa Redgraves etcetera pp, sitze wahrscheinlich so vor Gram gebrochen in ihrem Haus auf dem Lande, daß sie die Rolle nicht weiterspielen werde. Auch gut, dachte die so Geehrte, jetzt geht der Blanke-Titten-Preis an Daisy Longriff: Ich werde Charakterschauspielerin. Endlich. Aber sonst dachte sie nicht viel. Sie schaltete um auf eine andere Sendung. Das war bequemer.

# 28

Theresa wohnte mit ihrer Familie in Pig Cottage, einem kleinen, allein stehenden Steinhaus am höchsten Punkt der Drovers' Road, die von Eddon Gurney über die Hügel nach Selsdon verlief, wo es ein McDonald's und eine Bücherei gab. Früher seien in dieser Gegend die kürzeren Talstraßen im Winter unpassierbar gewesen, hatte Ned Alexandra erklärt: Überflutungen, Dreck und Schlamm hätten sie gefährlich gemacht. Dann hätten die Schäfer ihre Herden über die Hügelkuppen getrieben und die Drovers' Road, die Treiberstraße, sei entstanden, die über hochgelegene Orte führte, die zum Wohnen kaum geeignet gewesen seien: windig, kahl und weit entfernt vom Wasser. Angeblich spukte es in Pig Cottage – Vorübergehende berichteten von seltsam flackernden, blauen Flammen, die darin brannten –, aber da war es auch noch eine verlassene Ruine gewesen, ohne Türen und Fenster, und der Bauer dort benutzte es als Schweinestall. Das Methangas von der Jauche entzündete sich manchmal spontan. Doch schließlich hatte die Gemeinde das Haus wieder in Besitz genommen, angeblich, um die Problemfamilie Nutwich dort unterzubringen, doch böse Zungen behaupteten, um die Wasserwerke zu ärgern. Es gab weder Strom noch Gas dort – nur die Wasserwerke waren durch die neuen, ihnen von der Regierung auferlegten Gesetze verpflichtet, einen kostenaufwendigen Wasseranschluß zu verlegen. Mrs. Nutwich hatte acht Kinder, von denen Theresa, das jüngste, noch keineswegs das dickste war. Auf Grund irgendeines Tricks der Gene – von Mrs. Nutwichs Seite, denn die Kinder stammten von verschiedenen Vätern – waren alle gut über einsachtzig, dazu vierschrötig, kräftig und blaß: träge und liebenswürdig. Ned behauptete, es liege nicht an den Genen, sondern am Schweinemist.

Alexandra erkannte, was ihr Verbleiben in der Gegend ihr für Schwierigkeiten machen würde. Überall, wo sie hinging, würde sie sich an etwas erinnern, das Ned gesagt oder getan hatte, und sich gedemütigt fühlen, weil das, was sie als ihres betrachtet hatte, es nicht war. Wo sie nur ihn und sich gesehen hatte, hatte Ned sich und sie und sie und sie gesehen. Sie, Alexandra, wurde auf den entsprechenden Bruchteil der Anzahl »sies« reduziert. Wenn es zu viele gab, würde sie am Ende noch ganz verschwinden, bis zu dem Punkt schrumpfen, wo sie unsichtbar wurde.

Alexandra hatte Theresa so manches Mal zum Pig Cottage gebracht und dort abgeholt, war aber nie im Haus gewesen. Die Nutwichs waren dafür bekannt, daß sie sehr für sich lebten. Nun wurde die Tür von einer hochschwangeren, zum Zerbrechen zart gebauten jungen Frau geöffnet, die bis auf den riesigen, unter dem sich spannenden Stoff kompakten Hubbel in der Mitte klein und mager war. Sie mußte die Frau eines der Jungen sein; eine privilegierte Fremde. Alexandra hoffte, die Geburt würde nicht kompliziert werden.

Das Zimmer war klein, quadratisch, gemütlich und stickig: eine dreiteilige Sitzgarnitur mit orangekariertem Bezug, bequeme Sessel vor dem Fernseher, ein runder Tisch, eine Madonna in goldenem Rahmen, blutende Herzen an den Wänden. Auf dem Tisch ihr, Alexandras, bestes Tischtuch (belgische Spitze, 1835, circa zweihundertunddreißig Pfund). Im Kamin brannte ein Feuer, es glitzerte auf Neds kupferner Kohlenzange im dazugehörigen Ständer (1910, Arts and Crafts, fünfhundertfünfzig Pfund). Ein Kanarienvogel zwitscherte in einem viktorianischen Vogelkäfig (1851, Weltausstellungsstil, neunhundert Pfund). Hier also war er gelandet, nachdem er aus der Scheune verschwunden war und keiner genau wußte, wann oder wie.

Theresa kam gemächlich die Treppe herunter; platsch, platsch, platsch. Sie schaute ihre schwangere Schwägerin böse an.

»Wir lassen hier niemanden rein«, sagte Theresa. »Das ist unser Haus.«
»Entschuldigung«, sagte das Mädchen und trollte sich.
»Ich weiß, was Sie denken«, sagte Theresa. »Aber Sie irren sich.«
»Ich denke überhaupt nichts«, sagte Alexandra und wünschte, sie wäre nicht vorbei- und schon gar nicht hereingekommen. »Obwohl ich das Tischtuch irgendwann gern zurück hätte. Doch es eilt nicht.«
»Sie stopfen es ja nur in die Wäsche«, sagte Theresa. »Ich kümmere mich richtig darum. Es ist so zart. Und antik. Hier ist es sicherer.«
»Trotzdem«, sagte Alexandra freundlich.
»Also, was wollen Sie hier oben bei uns?« fragte Theresa. Auf eigenem Boden wirkte sie wie ein anderer Mensch. Schlechter gelaunt, aggressiver. »Es ist mein freier Tag. Ich hab ein bißchen Ruhe verdient. Ich bin auch traurig. Sie meinen, Sie wären die einzige, aber das stimmt nicht.«

Alexandra sagte, das verstehe sie: Alle seien ganz schön mitgenommen. Sie erklärte Theresa, Sascha kehre nicht vor einer Woche zurück, und fragte, ob sie dennoch kommen könne? Theresa erwiderte, sie denke schon, wenn es Mrs. Ludd nichts ausmache, sie dafür zu bezahlen, daß sie ihre Zeit vergeude. Alexandra sagte, es mache ihr nichts aus. Sie brauche jeman-

den, der mit ihr Neds Kleidung auseinandersortiere. Vielleicht könne Theresa ihr dabei helfen. Dann werde sie ihre Zeit nicht vergeuden.
Theresa erwiderte, sie werde nicht dafür bezahlt, daß sie die Kleidung von Toten sortiere, sondern dafür, sich um ein Kind zu kümmern.

Sie setzte sich in einen Sessel, wobei sie die Armlehnen mit ihrem massigen Körper auseinanderdrückte. Sie waren schon halb los: als hingen sie in Scharnieren. Alexandra nahm auf dem Stuhl gegenüber Platz. Ein kleines Kind mit dreckigem Gesicht und nackten Beinen lief zwischen ihnen durch und stahl sich ein paar Kartoffelchips aus einer Glasschale, die Alexandra als ihre eigene erkannte. Bleikristall, französisch, circa 1705, achthundertunddreißig Pfund. Als das Mädchen wegrannte, schlug Theresa ihm auf die Beine. Die Hand war groß, der Schlag überraschend. Das Kind stieß ein Geheul aus.
»Keine Bange, ich schlage Ihren nicht«, sagte Theresa. »Ned hat gesagt, ich soll nicht, also halte ich mich dran. Aber das Leben mit Sascha wäre erheblich einfacher, wenn es mal jemand täte. Der Junge ist völlig verzogen.«
»Ich verstehe nicht, was Sie mit ›verzogen‹ meinen«, sagte Alexandra. »Erklären Sie es mir bitte.«
»Sie sind eine sarkastische Ziege!« schrie Theresa und stand auf. Der Stuhl blieb an ihr hängen. Sie mußte ihn sich vom Leib herunterschlagen. Eine Lehne löste sich ganz und fiel zu Boden. »Mr. Ludd hat mir die Sachen alle geschenkt. Das Gegenteil können Sie nicht beweisen.«
»Es interessiert mich nicht die Bohne«, sagte Alexandra.
»Was bilden Sie sich eigentlich ein?« sagte Theresa. »Sie haben Ned nie geliebt. Sie lieben nicht mal Ihr eigenes Kind. Das wissen alle. Sie haben es nur gekriegt, um Ihre Ehe zu retten. Warum machen Sie sich überhaupt die Mühe, ein Kind zu krie-

gen, wenn Sie es doch jemand anderem überlassen, sich darum zu kümmern? Versteh ich nicht.«

»Weil ich arbeiten muß«, sagte Alexandra. Sie sah schon, daß ohne Neds Anwesenheit im Haus Theresa als Kinderbetreuerin nicht mehr tragbar war. Damit fand sie sich nun ab: Sie hatte keine Lust zu streiten.

»Sie müssen nicht arbeiten«, sagte Theresa. »Niemand muß arbeiten. Aber Sie wollen ja Ihre Visage in der Zeitung sehen. Wenn Sie wollten, könnten Sie von der Fürsorge leben wie alle anderen auch. Aber dazu sind Sie sich zu fein. Sie wollen jemand Besonderes sein und brauchen jemanden wie mich, auf den Sie herabsehen und den Sie rumkommandieren können. Der arme kleine Junge tut mir leid. Er braucht eine feste Hand und einen Besuch beim Psychologen. Er ist gestört.«

»Es war Ihr rotes Armband auf dem Bett«, sagte Alexandra. »Genau Ihr Stil. Wenn es nicht gestohlen ist, ist es Plastik.«

»Es ist nichts passiert«, sagte Theresa. »Ich schwör's bei meinem Leben.«

Alexandra wollte sich nach der Art des Nichts passiert erkundigen, unterließ es aber schließlich doch. Und was hätte es auch für einen Sinn gehabt?

»Wir sind wohl an dem Punkt angekommen, wo wir uns trennen sollten«, sagte sie.

# 29

Alexandra machte einen kurzen Halt bei der Leichenhalle. Ned hatte nun Gesellschaft. Ein Metallkarren mit Rädern war neben seinen gerollt worden. Ein Häuflein schockierter Verwandter stand vor der Leiche einer dünnen, älteren Frau und starrte sie an. Ihr Kinn war hochgebunden, damit der Mund zublieb. Seltsam, dachte Alexandra, wie wenige Menschen zu sterben scheinen, wenn man bedenkt, daß wir alle sterben; wie wenigen Toten ein lebender Mensch begegnet; was für ein Schock, wenn es passiert.

Im Leben hatte Alexandra Ned nie geschlagen: er sie einmal während der Herpesepisode. Sie war aber nicht böse geworden, sondern hatte sogar die Verantwortung für seinen Zorn übernommen. Sie war davon ausgegangen, daß er ein Stück von ihr und sie ein Stück von ihm war. Daß Frauen was dagegen hatten, daß Männer sie schlugen, dachte sie nun, war wohl eine neuere kulturelle Errungenschaft. Früher hatten die Frauen nie versucht, sich als getrennt von ihrem Ehemann zu betrachten, oder auf einer eigenen Persönlichkeit bestanden. Man strebte danach, sich zu vereinigen, nicht, unterscheidbar zu bleiben. Sein Leib deiner, dein Leib seiner. Aber Neds Tod hatte mit all dem Schluß gemacht. Ihrer Meinung nach war seine Hälfte der Verbindung nun tot, ihre lebte weiter. Trennung und Individualität waren ihr aufgezwungen worden. Sie hätte ihn jetzt gern geschlagen, konnte das aber schwerlich vor den

Verwandten der alten Dame tun. Man mußte Respekt vor den Toten haben, es sei denn, die Regierung erklärte sie offiziell zu Feinden, und sie wurden in Gemeinschaftsgräber geworfen, damit sich keine Seuchen ausbreiteten. Alexandra versetzte den Rädern des Karrens also nur einen wohlgezielten Tritt. Er knallte gegen die Wand. Neds Leiche wackelte, blieb aber an Ort und Stelle. Alexandra ging hinaus. Die anderen starrten ihr hinterher, noch verwirrter.

# 30

Alexandras nächster Stopp war Elder House. Abbies Kühle war verschwunden. Zur Begrüßung umarmte sie ihre Freundin. Arthur war nicht da. Er machte mit den Schülern einen Busausflug nach Lyme Regis, wo sie Cream Teas genießen und das Jane-Austen-Haus besichtigen würden. Abbie kochte Pflaumenmus. Die Luft in der Küche roch durchdringend süß. Abbie hoffte, daß die Pflaumen nicht zu reif waren. Sie hätten schon eine Woche früher gepflückt werden müssen.

»Aber weil du dich um mich gekümmert hast«, sagte Alexandra, »sind sie am Baum geblieben.«

»Stimmt«, sagte Abbie. »Doch dir in einer solchen Zeit beizustehen war das wichtigste. Wir sind Freundinnen.«

»Vorgestern warst du aber böse auf mich«, erinnerte sie Alexandra. »Wieso jetzt nicht mehr?«

Abbie erwiderte nichts. Da beschrieb Alexandra ihr komplett mit Gesten und entsprechender Mimik die Umstände, unter denen sie Theresa gefeuert hatte.

»Ich wußte immer, daß Theresa unmöglich ist«, sagte Abbie. »Du bist so leicht hinters Licht zu führen, Alexandra, da kannst du anderen wohl kaum verübeln, wenn sie es tun.« Und Abbie ließ sich ausführlich darüber aus, daß Theresa so lange okay gewesen sei, wie Ned die Dinge im Auge behalten habe, und was Alexandra nun tun müsse. Sie könne Sascha in einer solchen Zeit nicht einfach einer Fremden aufhalsen. Er sei schon traumatisiert genug: den Vater verloren, die Mutter die ganze Woche weg. Mit Babies sei es ja gut und schön: Wenn man sich dumm und dämlich bezahle, könne man qualifizierte Kinderfrauen kriegen. Aber Vierjährige wüßten zuviel von dem, was sich abspiele, als daß man sie ewig und drei Tage irgendwohin verfrachten könnte, ohne daß sie was kapierten. Alexandra müsse einfach eine Zeitlang aufhören zu arbeiten. Sie, Abbie wisse zwar, daß Alexandra sich auf dem Lande zu Tode langweilen und den Kitzel und ihr Publikum und den Medienrummel vermissen werde, aber wenn eine Frau einmal ein Kind habe, sei sie zuförderst und in erster Linie Mutter, und Alexandra müsse Sascha über alles andere stellen. Sonst sei sie egoistisch.

»Die große moderne Sünde«, sagte Alexandra. »Egoismus.«

Abbie meinte, Alexandra müsse sich Zeit zum Trauern geben, sich im Cottage neu einrichten und es zu einem glücklichen Heim für Sascha machen. Und ganz gewiß nicht zu bald in die Arme eines anderen sinken. Aber Alexandra habe ja all ihre Freundinnen um sich herum, die sie beschützen würden. Menschen, die sie liebten.

»O ja, die«, sagte Alexandra. »Die Marmelade brennt an.«

Ein Geruch nach Angebranntem, vermischt mit Süßem, erfüllte die Luft. Alexandra fand ihn ganz angenehm. Aber Abbie quietschte und raste zu ihrem Mustopf. Sie hievte das Stahlmonstrum vom Ofen neben das Spülbecken und beförderte in Windeseile die noch blubbernde, zähflüssige Masse in eine Reihe kleinerer Töpfe: goß sie hinein, wenn es möglich, schöpfte mit dem Löffel, wenn es nicht möglich war. Nicht ungefährlich das ganze.

»Verbrenn dich nicht«, sagte Alexandra.

Abbie schaute ihre Freundin unsicher an, war einen Moment unkonzentriert und pülschte sich einen Klatscher noch siedendheißer Marmelade auf einen Zeh und die zarte Haut des Mittelfußes. Sie trug Sandalen. Wie sie herumhüpfte!

»Ich habe gehört, daß ihr einen kleinen Grundstückshandel geplant hattet. Du, Arthur, Ned und Jenny«, sagte Alexandra.
»Von wem hast du denn das?« fragte Abbie überrascht. Sie drückte sich eine Plastiktüte mit Eis auf den Fuß.
»Von Mr. Quatrop«, sagte Alexandra.
»Oh«, sagte Abbie.
»Was sollte ich dann machen?« fragte Alexandra. »Oder habt ihr daran nicht gedacht?«
»Im Gegenteil, sehr viel sogar«, erwiderte Abbie. »Glaub mir, darüber haben wir uns die ganze Zeit den Kopf zerbrochen. Aber du hättest ja die Wohnung in London gehabt. Du warst immer so glücklich dort, hat Ned gesagt. Es war sowieso alles nur theoretisch. Mal vorfühlen, was die anderen dachten. Wenn ihr geschieden gewesen wärt –«
»Zu einer Scheidung gehören zwei«, sagte Alexandra.
»Aber Ned hat gesagt, ihr hättet darüber geredet.«
»Immer der Scherzkeks«, sagte Alexandra.
»Glaub mir, Alexandra«, sagte Abbie. »Ich wollte nur, daß du glücklich warst. Ned hat dich einfach nicht verdient. Schrecklich, was da hinter deinem Rücken abgelaufen ist. Du hast ja keine Ahnung.«
»Wäre es nicht einfacher gewesen, wenn du es mir mal erzählt hättest?« fragte Alexandra.

Abbie ließ nun gänzlich von ihrer Pflaumenmarmelade ab und fing an zu weinen. Sie beugte sich über den Zeh, auf dem sich eine Blase gebildet hatte. Das Sandalenriemchen klebte daran fest.
»Ich hatte nicht den Mut. Keiner. Jemand mußte die Dinge mal voranbringen, und ich dachte, das könnte helfen. Spätestens, wenn das Verkaufsschild im Garten gestanden hätte, hättest du was bemerken müssen. Ich weiß nicht, warum man bestimmte Dinge tut. Ned konnte so überzeugend sein.«
»Aber ich hätte nie meine Zustimmung gegeben«, sagte Alex-

andra. »Das wußte Ned. Er wußte, wie sehr ich The Cottage liebe. Es ist mein Zuhause. Aus welchem Grunde hätte ich bei einem Theaterdesign-Zentrum mitmachen wollen, Abbie?«
»Vielleicht rechnete er ja damit, daß du das nicht wolltest«, sagte Abbie, »und dich einfach nach London in das Haus am Sloane Square verziehen würdest. Unter Umständen hat er gedacht, er bräuchte deine Einwilligung zu dem Verkauf nicht.«
Sie hielt den Blick gesenkt. Ihr Fuß schwoll übel an. Die Eiswürfel taten so weh, daß sie sie nicht drauflassen konnte.
Alexandra überlegte ein wenig, bevor sie sprach. »Es ist möglich, daß das Haus nur auf Neds Namen eingetragen ist«, sagte sie. »Das fällt mir jetzt auf. Aber er und ich waren verheiratet, und wir haben ein Kind. Jedes Gericht würde meinen Anspruch auf das Wohnrecht dort anerkennen.«
»Na, dann ist ja gut. Denn wenn Jenny ihre Zähnchen mal irgendwo reingeschlagen hat, ist sie wie eine Dampfwalze.«
»Vor ein, zwei Jahren hat sie ihre Zähnchen in Eric Stenstroms Schwanz geschlagen«, sagte Alexandra, »und ihn umgekrempelt. Wußtest du das?«

Abbie verneinte mit einer Miene, die derart hilflos und entsetzt war, daß Alexandra ihr glaubte.

»Ich habe deinen Namen auf Dr. Moebius' Computer gesehen«, sagte Alexandra. »Da bist du wohl in ziemlicher Eile zu ihm in die Praxis geflitzt, als du gehörst hast, daß ich was mit Eric Stenstrom zu tun hatte.«
»Sein Partner ist an Aids gestorben«, sagte Abbie. »Dr. Moebius hat gesagt, ich hätte mich zu Recht gesorgt. Ich sei nicht neurotisch gewesen. Er hat gesagt, er werde Sorge tragen, daß ich die Ergebnisse schnell erführe. Ich war völlig fertig!«
»Warum? Weil du mit einem Mann gefickt hattest, der von einer Frau gefickt worden war, die von einem Mann gefickt worden war, der vielleicht Aids hatte?«

»Ja«, sagte Abbie. »Ich habe mich so geschämt.«
»Ich glaube, du solltest den Pflaumenbaum abhacken lassen«, sagte Alexandra. »Er bringt keinem Glück.«

Abbie riß sich zusammen, humpelte zum Spülbecken und begann, die schwärzliche Schicht karamelisierter, gekochter Pflaumen vom Boden des großen Stahltopfes zu schaben. Prompt kamen Wespen angeflogen. Alexandra hatte eine auf der Hand. Sollte sie krabbeln.
»Du warst bei Ned, als er gestorben ist«, sagte Alexandra. »Es war gar nicht Jenny. Sie ist ins Schlafzimmer gekommen und hat dich erwischt, als du meinen Mann gefickt hast, und da hatte er seine Herzattacke.«

Abbie hatte nun den Boden des Topfes saubergekratzt. Sie trocknete ihn sorgfältig aus. Dann schüttete sie das Pflaumenmus aus den Töpfchen hinein: leerte eins nach dem anderen.

»Jennys exzessive, hysterische Anfälle«, sagte Alexandra, »dein exzessives Putzen im Haus. Das gibt einem doch zu denken.«
»Es war nur das eine Mal, Alexandra«, sagte Abbie. »Um den Jenny-Bann zu brechen.«
Alexandra lachte.
»Du hättest es nicht ertragen, Alexandra. Ich habe dir erspart, daß Ned auf dir gestorben ist. Ich freue mich für dich, daß es so geschehen ist. Ich bin deine Freundin. Ich würde alles für dich tun.«
»Besten Dank, Abbie.«
»Sei nicht zu allem Überfluß auch noch sarkastisch, Alexandra. Du weißt genau, wie wichtig du für mich bist. Bitte!«
»Und du bist dageblieben, um mich zu verarschen und Geheimnisse zu bewahren und zu intrigieren, und das alles hattest du von Ned gelernt, nehme ich an.«

»Ich bin dageblieben, um mich um dich zu kümmern, Alexandra. Ich wußte, daß du am Boden zerstört sein würdest. Besser, du dachtest, es sei Jenny und nicht ich, deine beste Freundin. Am besten gar keine. Aber das hat nicht geklappt.«

»Quatsch! Du wolltest bloß nicht sofort danach Arthur gegenübertreten. Sonst hättest du ihm womöglich die Wahrheit gesagt.«

»Ja, ich neige dazu, die Dinge auszuposaunen«, sagte Abbie.

»Wohl wahr«, sagte Alexandra. »Ich wünschte, du tätest es nicht. Es war bloß noch eine weithergeholte Theorie von mir, die darauf wartete, widerlegt zu werden. Aber da schau her. Weiß Vilna es?«

Abbie schüttelte den Kopf. Sie stellte den großen Pott samt Inhalt wieder auf den Herd und begann, die kleineren Gefäße auszuspülen. In ihrer Hektik, wenigstens etwas von der Masse vorm Verderben und dem Geschmack nach Verbranntem zu bewahren, hatte sie überall kochende Marmelade verspritzt, und jetzt erstarrte das klebrige Zeug. Schließlich stand Alexandra von ihrem Stuhl auf und half Abbie. Sie nahm ein scharfes, kurzes Küchenmesser und begann die dunkelroten Tropfen von Kacheln und Herd abzuschaben.

»Und nun glaubt die ganze Welt, daß Ned in Jenny Lindens Armen gestorben ist«, sagte Alexandra. »Weil sie es rumerzählt. Sie will ihn im Tod besitzen, wie sie ihn im Leben nie besitzen konnte. Und sie hat ihren Mann zurück und lacht sich ins Fäustchen.«

»Ja«, sagte Abbie.

»Du hast ihr in die Hände gespielt, Abbie«, sagte Alexandra, »weil du mir die Wahrheit verschwiegen hast.«

»Es tut mir leid«, sagte Abbie.

»Und keiner hat es Arthur erzählt«, sagte Alexandra.

»Natürlich nicht«, sagte Abbie schockiert.

»Hm, hm«, sagte Alexandra.

»Dich hat Ned geliebt«, sagte Abbie. »Er hat die ganze Zeit von dir geredet. Es kam ja nur daher, daß du so oft weg warst, und Jenny hat sich immer an ihn rangeschmissen, sich förmlich vor ihn gelegt und die Beine breit gemacht.«

»Ich glaube, sie war sehr wichtig für ihn«, sagte Alexandra. »Zumindest zu einer bestimmten Zeit.« Schlimmste Befürchtungen!

»Ich war aber nicht wichtig«, sagte Abbie hoffnungsfroh.

»Trotzdem warst du in meinem Bett«, sagte Alexandra. Das Messer wirkte auf einmal gar nicht mehr so kurz, und es quietschte auf den Keramikkacheln, als sei es sehr scharf. Alexandra hob es hoch.

»Ned hat mich reingelegt«, sagte Abbie. »Ich glaube, er wollte Jenny abwimmeln. Er wollte, daß sie uns zusammen entdeckte.«

»Und bei dem Versuch ist er gestorben«, sagte Alexandra. »Er kam und ging.«

»Er kam und ging«, wiederholte Abbie und schenkte ihrer Freundin ein zaghaftes kleines Lächeln, das zu ihrem Erstaunen erwidert wurde. Alexandra ließ das Messer sinken und begab sich wieder an die Marmeladenflecken.

# 31

Abbie hoppelte mit nach draußen, um Alexandra zu verabschieden. Nun, da ihr Fuß von ihrer Freundin versorgt und gut verbunden worden war, war sie getröstet, reingewaschen von jeglicher Schuld wie ihr Stahleinkochtopf von der karamelisierten Marmelade. Es tat weh, aber es ging ihr gut.

»Wenn ich irgend etwas tun kann«, sagte Abbie. Die letzte Pflaume war auf das Dach von Alexandras Auto gefallen.
»Das mit dem Pflaumenbaum meine ich ernst«, sagte Alexandra. »Er sollte weg. Er bringt Unglück.«
»Aber er blüht so hübsch«, sagte Abbie: »Und die japanischen Schüler zeichnen ihn so gern.«
»Trotzdem«, sagte Alexandra. »Schaff ihn dir vom Hals.«
Abbie nickte.
»Ja, du kannst was tun«, sagte Alexandra und erklärte es ihr.
»Aber das geht unmöglich, Alexandra«, jammerte Abbie. »Ich würde es ja liebend gern machen, aber ich habe die Zeit nicht. Wie soll ich zu dem allem hier auch noch mit einem kleinen Kind fertig werden?«
»Indem du die Marmelade im Laden kaufst, anstatt sie selbst zu kochen, und dergleichen«, sagte Alexandra. »Indem du deine Hausfrauenallüren aufgibst. Was anderes ist es nämlich nicht. Heutzutage leben wir in einer Welt von Fertigmahlzeiten und Mikrowellen.«
Abbie wimmerte.

»Sascha ist im Kindergarten«, tröstete Alexandra sie. »Sonntags und montags hast du frei, weil ich zu Hause bin. Nur fünf Tage die Woche, solange *Nora* läuft. Dann bin ich vollzeit wieder da. Bis ich mal wieder eine Rolle kriege.«

»Aber Sascha hält einen ganz schön in Trab, das weiß jeder!«

»Er wird dich an Ned erinnern«, sagte Alexandra.

»Oh, bitte, bitte nein!« In Abbies Augen standen Tränen. »Bitte!«

»Aber das erzähle ich Arthur nicht«, sagte Alexandra. In der letzten Woche hatte sie fast zehn Pfund abgenommen. Ihre Augen waren größer als sonst.

»Das ist Erpressung«, sagte Abbie.

»Ich nenne es lieber Sühne«, sagte Alexandra.

»Okay, okay, okay«, sagte Abbie. »Also gut, ich mach's.«

Im Auto, auf dem Nachhauseweg, spürte Alexandra, wie sich das vertraute Gefühl des Schwebens wieder auf sie herabsenkte; zu beiden Seiten flog die Landschaft vorbei wie in einem Traum, nicht ganz real. Wie Wolken im Zeitraffer wurde Alexandra in einer raschen, glatten, lautlosen Bewegung über eine Wasserfläche getrieben. Auf die stille Küste zu, wo Ned verschwunden war: Sie befand sich noch im Licht, aber die Nebelwand kam näher. Zu nahe. Sie fuhr auf den nächsten Rastplatz. Sie wollte am Leben bleiben. Was ja wohl ein Fortschritt ist, dachte sie. Sie schlief ein bißchen. Erwachte. Schlimmste Befürchtungen, hatte Leah gesagt. Sühne, hatte sie selbst gesagt. Kühe wurden die Straße entlanggetrieben; sie liefen am Auto vorbei. Es war ihnen im Weg. Mit ihren hageren, braunen felligen Flanken rumsten sie schwerfällig gegen die Seiten; konkav, wo sie konvex sein sollten; ihre monströsen Euter schlabberten von einer Seite zur anderen und klatschten ihnen gegen die Beine. Von den Hormonzusätzen wurden die Euter gigantisch, zum Platzen gespannt. Sie würden gleich gemolken werden. Maschinen würden das erledigen – Erleichterung verschaffen – saugen, loslassen, saugen, loslassen. Mit dem schweren Atem aus schwarzen Gumminüstern sprühten Tröpfchen auf die Autofenster. Riesige, rotgeäderte, braune Augen starrten Alexandra an, nicht unfreundlich, aber mit einer schrecklich resignierten weiblichen Melancholie. Unsere Sorgen sind schlimmer als deine.

Heutzutage ließen die Bauern den Bullen mit der Herde laufen, sperrten ihn nicht angebunden in den Hof, wo er, ganz der Macho, zornbebend herumtrampelte. Auf einer Wiese mit sechzig Kühen ist der Bulle friedlich, wird angemessen bedient, dient und deckt angemessen. Sex für alle hält die Leute ruhig. Vielleicht war das Neds Vorstellung gewesen.

Die Attacken von Gefühllosigkeit, von Schweben, kamen nun weniger häufig und dauerten weniger lange als noch vor einer Woche. Auch das Abwehren von Wahrnehmungen war nicht mehr so stark. Ein Junge mit einem Hund folgte der Herde. Seine Aufgabe war es, die Kühe in die Melkställe zu treiben, die glücklichen. Wollmütze, schlammige Stiefel, abgetragenes Hemd, uralte Hosen, langes, fettiges Haar, liebes Gesicht. Alexandra erkannte ihn sogar: Kevin Crump. Vor ungefähr fünf Jahren hatte sie im Theaterkurs der Schule ausgeholfen. Kevin war der einsame Star gewesen. Hatte eine gute Singstimme, gute Bühnenpräsenz, aber immer Schwierigkeiten mit seinem Text. Und jetzt das. Doch wenigstens hatte er einen Job. Alexandra kurbelte das Fenster herunter.
»Alles in Ordnung, Mrs. Ludd?« Er war besorgt um sie.
»Müde, mehr nicht«, sagte sie. »Gefährlich, dann weiterzufahren. Ich hab mir 'ne Mütze Schlaf geholt.«
Er nickte, holte aus einer Tasche ein altes Stück Papier und einen Kugelschreiber und reichte ihr beides durchs Fenster.
»Kann ich vielleicht ein Autogramm von Ihnen haben?« fragte er. »Jetzt, wo Sie berühmt sind?«

»Klar.« Sie schrieb ihren Namen hin; der Kuli war fast ausgetrocknet. »Ludd« schien ihr nicht mehr zu gehören; es paßte, daß das Wort nur dünn herauskam und sie die beiden Ds überschreiben mußte, damit sie lesbar wurden. Eine Schmiererei. Aber seine Kühe sahen auch nicht besser aus; nicht, daß es seine Schuld war. Sie war ja auch in einem schlimmen Zustand, und das war vermutlich ihre Schuld.
»Danke schön.« Hocherfreut ging er weiter.

Schlimmste Befürchtungen. Leahs Fluch.

Jenny Linden war wichtig: Abbie unwichtig. Das hatte Alexandra selbst als wahr anerkannt: daß es kein Sex war, sondern Liebe. Daß Ned Jenny Linden liebte. Daß beim plötzlichen Klang von Jenny Lindens Stimme Neds Seele einen Sprung tat. Daß sich sein Herz hob, wenn Jenny durch eine Tür kam. Daß sie ihn durch ihre bloße Existenz glücklich machen konnte. Daß Ned Alexandra nicht deshalb belogen und betrogen hatte, weil es ihn sexuell anturnte. Das war Jenny Lindens Interpretation gewesen, als sie herumgedruckst und versucht hatte, sie zu verletzen, und Alexandra es als die am wenigstens schmerzhafte Version allzuleicht akzeptiert hatte. Es war schlicht und ergreifend so, daß Ned Jenny sehen wollte, sich danach sehnte, sie zu sehen. Sie sehen, hören, berühren, mit ihr zusammen sein mußte. Weil es entsetzlich weh tat, wenn er getrennt von ihr war. Daß der Schmerz verging, wenn er mit ihr zusammen war. Daß er Alexandra mit zu Jenny Linden genommen hatte, weil er sie einfach nicht abschieben konnte, doch unbedingt Jenny Linden sehen, bei Jenny Linden sein mußte, damit der Schmerz nachließ. Und weil im Angesicht dieser Liebe sie, Alexandra, nicht zählte. Ned hatte Jenny Linden geliebt.

Schlimmste Befürchtungen.

Alexandra hatte sich geirrt, wenn sie glaubte, daß eine Frau schön und sinnlich und geistreich und wunderbar sein mußte, um echte Liebe, erotische Liebe hervorzurufen, den Aufruhr der Gefühle, in dem man bis zum Herzen des Universums vordringt, den heißen Draht zum Ursprung des Lebens selbst findet: Liebe. Mehr noch, sie, Alexandra hatte sich als eitel, dumm und oberflächlich erwiesen, und das hatte Ned gemerkt. Nicht daß diese Erkenntnis irgendwas geändert hätte. Man liebte nicht notwendigerweise das, was man bewunderte, oder hörte auf zu lieben, wenn die Bewunderung erlahmte. Liebe kam und ging; sie war entweder da, oder sie war nicht da. Der Segen der Götter und ihr Fluch.

Schlimmste Befürchtungen.
Jenny hatte Ned nicht nachgestellt, sondern umgekehrt: Ned war in Daves und Jennys Ehe eingebrochen. Dave hatte recht. Jenny war ein Kind, leicht zu beeinflussen; Neds Opfer. Ned war verliebt. Nun, da Ned tot war, war Jenny wieder mit Dave zusammen.

Schlimmste Befürchtungen.

Schönste Hoffnungen? Gab es nicht. Selbst wenn man nun feststellte, daß Ned nicht mehr in Jenny Linden verliebt gewesen war, landete man bei dem Eingeständnis, daß Ned, anstatt zu Alexandra zurückzukehren, Abbie in sein Bett eingeladen hatte.

Alexandra ließ den Motor an und fuhr weiter. Unterwegs begegnete sie Mr. Lightfoots Krankenwagen, der mit hoher Geschwindigkeit in die andere Richtung fuhr. Garantiert war Neds Leichnam drin, wenn er Glück hatte, ordentlich eingesargt (Eiche, vierhundertundachtzig Pfund) auf dem Weg zur morgigen Trauerfeier und Einäscherung in der Stadt. Am anderen Ende würde ein richtiger Leichenwagen den Sarg aufnehmen: vornehm schwarzglänzend, aber mit einem schwachen Motor. Eine Dreißig-Kilometer-Reise mit dem Leichenwagen machte einen als Toten zu einem Verkehrshindernis, besonders bergaufwärts. Die Polizei sah es nicht so gern.

# 32

Strahlend hell und klar brach der Tag der Beerdigung an. Abbie nahm Vilna mit. Auf Alexandras Betreiben hatten sie ihren Streit beigelegt. Vilna trug ein schickes schwarzes Kostüm mit gleichfarbigen Litzen und tiefem U-Ausschnitt. Sie verhüllte ihren Busen mit einem blutroten Gazetuch.

»Nicht aus Schamgefühl, Liebes«, sagte sie, »sondern weil meine Titten dürr werden, wie mein Hals. Sie dürfen sich nur im Kerzenlicht zeigen. Jetzt muß ich schon so lange ohne meine spezielle Schönheitscreme auskommen. Tragisch.«

»Und was ist deine spezielle Schönheitscreme?« fragte Abbie.

Arthur fuhr mit dem Minibus der Schule separat zur Stadt, auf dem Weg wollte er zwei Schüler am Bahnhof absetzen. So sehr er Vilna auch möge, hatte er gesagt, halte er sie auf dem Weg zu einer Beerdigung doch für eine schwierige Begleiterin. Peinlich, wenn sie sich nur mit sich selbst beschäftige, wo sie alle doch an Ned denken sollten. Wenn also Abbie nichts dagegen habe ... Abbie hatte nichts dagegen.

»Sperma«, sagte Vilna. »Sperma ist das beste Schönheitsmittel, das es gibt. Die Essenz des Männlichen. Man enthält sie mir jetzt schon so lange vor. Ich geh langsam ein. Überall krieg ich Falten. Was soll ich tun? Meine Mutter spioniert hinter mir her. Clive bezahlt sie, das weiß ich. Es ist schon sehr bitter, wenn einen die eigene Mutter als Gefangene hält.«

Es stimmte, dachte Abbie, daß Vilna in letzter Zeit gealtert war. Hager verwandelte sich allmählich in ausgemergelt; glatte olivfarbene in pergamentene graue Haut. Und Maria tüterte immer irgendwo im Hintergrund herum und ließ Vilna kaum mal aus dem Auge.

»Nur noch sechs Monate, Vilna«, sage Abbie, »dann ist Clive wieder zu Hause.«

»Und wenn er vergessen hat, wie's geht?« fragte Vilna. »Oder homosexuell geworden ist? Das passiert Männern im Gefängnis. Was dann?«

»Dann solltest du ihn vor Gericht zerren«, sagte Abbie, »wegen Verlusts deines Aussehens.«

Abbie konzentrierte sich aufs Fahren. Sie trug Vilnas Marineblaues mit hochgestecktem Saum. Das mußte ausreichen. Sie sah sich im Rückspiegel: schimmerndes, welliges Haar, glänzende Augen, fröhliche, gesunde Sommersprossen. Sie war sehr zufrieden mit dem Bild, das sich ihr bot.

»Du siehst gut aus«, sagte Vilna. »Ist dir das noch nicht aufgefallen? Extraspezialessenz von einem sterbenden Mann. Sehr selten.«

Abbies Hände umklammerten das Steuer fester. Sie fuhr immer vorsichtig, beide Hände dort, wo sie hingehörten – auf zehn vor zwei, und bei einer scharfen Kurve griff sie nicht mit der einen Hand über die andere.

»War nur ein Scherz«, sagte Vilna. »Ihr Engländer habt keinen Humor. Was bleibt einem denn außer Lachen noch übrig?«

Abbie antwortete nicht, und sie fuhren zur Beerdigung in einem Schweigen, das nur Vilna brach, wenn sie nach der Karte, die Hamish gezeichnet und verteilt hatte, Anweisungen gab. Trotz Hamishs Ruf von Akkuratheit war die Karte nicht sonderlich maßstabgetreu.

»Jenny hat mir alles erzählt«, sagte Vilna, als sie durch die Pforten des Krematoriums fuhren. »Jetzt, wo sie wieder mit ihrem Mann zusammen ist, ist sie froh, daß Ned auf dir und nicht auf ihr gestorben ist.«

»Jenny ist eine unmögliche Zeugin«, sagte Abbie schließlich, »für alles.« Die Beerdigung wurde offenbar ein Ereignis. Die meisten Parkplätze waren schon besetzt, und dabei waren Abbie und Vilna eine halbe Stunde zu früh.

»Stimmt«, sagte Vilna, »und das werde ich natürlich auch jedem erzählen, der fragt. Ich werde sagen, daß Jenny derart voller Gefühle steckt, daß sie Fakten nicht von Fiktion unterscheiden kann. Verlaß dich drauf. Freundschaft ist wichtig. Selbst in diesem hoffnungslosen Land. Und wir sind Freundinnen, du und ich, stimmt's?«

Abbie begriff, daß das von nun an zwangsläufig der Fall sein mußte. Man durfte Vilna nicht mehr schneiden; sie mußte zum Jagdball geladen werden – für den sie, Abbie, mehr oder weniger die Einladungsliste kontrollierte. Wo sie hinging, mußte auch Vilna hingehen – zu einer Intimschau in einer Leichenhalle, zur Privatvernissage einer Kunstausstellung, zu einer Wohltätigkeitsveranstaltung im lokalen Herrensitz, zum Lunch mit den Mönchen im Kloster. Vilna würde von der Gesellschaft akzeptiert werden, wie örtlich beschränkt, wie langweilig diese auch war. Das war Vilnas Preis für Verschwiegenheit, dafür, daß sie vor Arthur alles zu leugnen half, so wie Alexandra als Preis verlangte, daß Abbie Sascha betreute. Abbie legte Vilna die Hand aufs Knie. Der Preis war nicht zu hoch. Es hätte schlimmer kommen können.

»Wir sind Freundinnen«, sagte sie. »Natürlich sind wir das.«

Vor der Kapelle sammelten sich die Massen. Freunde, Verwandte, Schaulustige, Geladene und Ungeladene. Die Presse war da: plötzliche Blitzlichter von unsichtbaren Kameras, winzige Aufnahmegeräte unauffällig in Händen versteckt. »Wir möchten Sie in Ihrem privaten Kummer nicht stören, aber –« Theaterleute, Verleger, Agenten; die Leute vom Komitee für die Erhaltung alter Rechte, alter Straßen, alter Friedhöfe, Figuren, die sich gern auf öffentliche Kosten amüsierten – Neds Kollegen aus dem Vorstand der Gesellschaft für Darstellende Künste, Ibsenexperten, Norweger. Sein Leben lang spielt einer manche Rollen. Leute, die Ned in seinen Kritiken niedergemacht hatte: Krokodilstränenleute. Musikleute; Alte-Instrumentenleute. Finanzamtsleute inkognito. Trödler, Antiquitätenhändler. Schauspieler beiderlei Geschlechts. Aller Geschlechter. Leute vom Zentralkrankenhaus für Geschlechtskrankheiten, wo Ned mal eine Benefizgala organisiert hatte. Die Kapelle füllte sich. Es paßte schon niemand mehr hinein. Als der Sarg drin war, wurden die Türen geschlossen und rasch für die Anwesenden draußen Lautsprecher aufgebaut. Der Trauergottesdienst wurde in die Luft übertragen, Bäumen, kreisenden Vögeln und anderen Trauernden in einem Aufwasch. *Jesus, meine Zuversicht* und *Lord of the Dance,* eine amerikanische Weise, erklangen, ein Auszug aus *Baumeister Solness* von Ibsen wurde verlesen. Hamish hatte eine gute Auswahl getroffen. Kurze Ansprachen von Freunden.

*Sailing By* ertönte, als der Sarg durch den sich teilenden Vorhang in den Flammenofen glitt, von dem man annahm, daß er wartete, was aber nicht der Fall war. Das eigentliche Verbrennen der Leichen fand an zwei Terminen in der Woche statt; natürlich nur eine Leiche auf einmal, um die Asche separat zu halten. Wurde behauptet. Traditionell glaubte es keiner. Sonst wäre das Gewicht der Asche den trauernden Hinterbliebenen eine zu schwere Bürde gewesen.

*Sailing By* – eine perlende, alberne Melodie, die die BBC seit Beginn des Radiozeitalters jede Nacht um halb eins bei Sendeschluß abnudelte. Eine Entschuldigung für Schweigen; süßlich

einschläfernde Klänge, die einen in den Schlaf lullen, Gedanken an Revolution vertreiben und Protest in Nostalgie ertränken sollen. So vulgär wie die Melodien der Kinoorgel, zweitklassig, wie Plagiate eben sind, eine Nachtmusik, die dem Musiker ein Stöhnen und dem Sentimentalen ein Seufzen entringt. Alexandras Wahl. Hamish hatte sie inständig gebeten: Bitte beteilige dich! Einen Beitrag! Du warst seine Frau, überlaß nicht alles mir, seinem Bruder. Die versammelten Trauergäste waren ein wenig konsterniert, hier und da kicherte jemand nervös. Aber »Sailing by« hatte seine Meriten, die Erinnerungen wirkten beruhigend. Außerdem waren Einäscherungen immer so. Es mangelte ihnen an der Feierlichkeit von Erdbestattungen, und sie hatten stets etwas Abgeschmacktes, Fließbandartiges. Zum Schluß stimmten alle darin überein, daß es eine schöne Trauerfeier gewesen war. Und es sollte ja auch noch ein Gedenkgottesdienst stattfinden.
Alexandra? Wo war Alexandra? wollte die Presse wissen. »Da drüben«, sagten ihre Freundinnen und Freunde. »Da drüben.« Doch sie war nicht da.

Jenny Linden war da, in Scharlachrot gewandet (wozu Leah geraten hatte), sie weinte und jammerte ausgiebigst direkt am Gang in der ersten Reihe.
Leah war da, in reinem Weiß; eine dünnere Version von Jenny.
Dave Linden war zugegen; darauf hatte seine Frau bestanden. Doch er blieb draußen vor der Kapelle. Abbie und Vilna und Arthur waren da. Dr. Moebius und natürlich Hamish. Daisy Longriff weinte leise und stützte sich auf Theaterkollegen. Von Kopf bis Fuß in Schwarz, Stretch über ihrem bildschönem Busen, ansonsten Lackleder. Die Presse machte viele Fotos. Daisy posierte allenthalben; vor, nach und sogar während der Zeremonie.
Der Postbote war da. Er trug Neds Schuhe, blitzblank gewienert. Auch Mr. Quatrop, Mr. und Mrs. Paddle aus dem

Schreibwarengeschäft hatten es sich nicht nehmen lassen, zu kommen. Desgleichen Chrissie, Hamish umarmte sie.

Diejenigen, die das eine oder andere wußten, warfen sich einen Blick zu, hoben eine Augenbraue oder schauten geflissentlich weg und waren höchst vergnügt, daß Alexandra nicht da war. Die ganze Veranstaltung war schon peinlich genug, ohne daß sie sie auch noch mit ihrer Anwesenheit belastete.

Irene war nicht da.
Theresa auch nicht.
Alle möglichen anderen waren nicht da. Die Erde drehte sich weiter. Alexandra, daran interessiert, daß das so blieb, traf sich in London mit dem Castingdirector wegen der Rolle an der Seite von Michael Douglas in dessen neuem Film. Er bot sie ihr an, aber Alexandra meinte, sie müsse ablehnen. Sie konnte ihr Kind nicht an einem solchen Wendepunkt in seinem Leben mit nach Hollywood nehmen. Ihr Zuhause und ihr Leben waren in England. Doch es war schön, daß man sie gefragt hatte.

Am Abend des Tages, an dem Alexandra Neds Beerdigung verpaßt hatte, ging sie Daisy Longriff in *Nora* anschauen. Das Theater war schließlich doch nicht dunkel geblieben. Alexandra brauchte Ablenkung. Und sie wollte ihre Rolle zurück.

Sie nahm an, daß Ned seine leibliche Anwesenheit auf Erden noch beibehielt. Seine Leiche lag nun auf einer anderen Bahre oder einem Karren und wartete auf den Ofen. Die Besichtigungsfrist war vorbei; das war alles, was sich geändert hatte. Keiner würde sich mehr darum kümmern, daß er das Käppi über dem gespaltenen Schädel aufbehielt. Sollten seine Augen aufklappen, würde sie keiner schließen. Der Schein mußte nicht mehr gewahrt werden. Mit jedem Tag, der verging, würde er sich wahrscheinlich weniger daraus machen. Alexandra wußte nicht, wann sein Körper von den Flammen verzehrt und in Asche verwandelt wurde. Das war kaum mehr wichtig. Ned hatte ihn sowieso schon lange verlassen, er stapfte immer noch durch den grimmigen Wald den Berghang hinauf. Sie hatte den Verdacht, daß er ohne ihren Segen in alle Ewigkeit weiterstapfen würde. Geschah ihm ganz recht, denn er hatte nicht zurückgeschaut.

Um sieben Uhr kam Alexandra im Theater an. Die Vorstellungen begannen nun um acht statt Viertel vor. Alexandra hatte nur acht Vorstellungen verpaßt. In ihrer Abwesenheit war die Verwaltung auch nicht untätig gewesen. Am Kartenschalter saß jemand Neues – eine schlechtgelaunte Frau mittleren Alters mit plumpem Gesicht und Dauerwellen, die »Alexandra wer?« fragte und Umschläge durchblätterte, nur damit sie triumphierend »Hier ist nichts« sagen konnte. Sie blieb taub gegenüber Alexandras Beteuerungen, daß da auch nichts sein könne, und Alexandra mußte für ihre Karte bezahlen. Sicher, sie war ohne Vorankündigung im Theater erschienen, aber sie nahm dieses unerfreuliche Ereignis doch als schlechtes Omen. Sie hatte eigentlich noch vier Wochen wegbleiben wollen, was ihr und Sascha Zeit gegeben hätte, sich in einem Leben ohne Ned einzurichten. Aber wenn man in acht Tagen vergessen, als »Charakterschauspielerin« mit Gewalt aufs Land in den Ruhestand verbannt werden konnte, mit anderen Worten: langweilig und bald mit dem Order of the British Empire ausgezeichnet werden würde – was konnte da nicht in vier Wochen passieren?

Über den ursprünglich geschmackvollen Aufklebern, die allerdings, da waren sich alle einig, unsäglich dröge klassisch grau, schwarz und graubraun gewesen waren, klebten schon neue rote (»Daisy Longriff nun als Nora«) und frische Kritikerzitate: »Daisy Longriffs Tarantella – die erotischste Titelpartie in der Stadt« verbargen »Alexandra Ludds Nora – eine hinreißende Darbietung« und »Eine Nora, die man nicht vergißt, anrührend und mächtig«.

Alexandra ging zum Kartenverkauf zurück und fragte, wie die Vorbestellungen wären, aber die Frau mit den Dauerwellen schien sie nicht zu hören. Ich existiere nicht, dachte Alexandra. Ned hat mich mitgenommen. Auf seinem Penis rotierend, fliegen wir durch die Luft, eins geworden mit dem Nichts. Komisch, daß sein Schwanz das einzige von Bedeutung schien, das von ihnen beiden übrig blieb: dieses Ding aus Fleisch und Muskel, dieser Quell von Wärme, hatte immer noch die Kraft, sie mitzureißen. Das Wort paßt ja wie die Faust aufs Auge, dachte sie und verlor das Bewußtsein.

Sam, der Hausinspektor, half ihr auf und brachte sie in sein Büro. Er hatte glattes strohblondes Haar und eine runde Brille: Er war ein totaler Abklatsch von David Hockney.

»Oh«, sagte die Frau vom Kartenverkauf. »Alexandra *Ludd*. Warum habe Sie das denn nicht gleich gesagt?«

Sam schien es Alexandra zu verübeln, daß sie nicht bei Neds Beerdigung gewesen war. Er war überzeugt, daß sie es bereuen würde.

»Niemals«, sagte Alexandra. »Ich bin zu stolz. Ich wußte gar nicht, daß ich so stolz bin.« Sie hatte sich immer für ein bescheidenes, kleines Ding gehalten, ihre Berühmtheit als bedeutungslos abgetan, ein Abfallprodukt menschlicher Narrheit. Doch nun stellte sich heraus, daß das Neds Ansicht war: ein Tarnmantel, ausgesucht von ihm selbst, und nicht von ihnen beiden. Wenn's sein mußte, war sie keine, die zur Beerdigung ihres Gatten ging und sich das lautstarke Gegreine einer Horde

Weiber anhörte, die auftauchten und auch ein Anrecht auf ihn zu haben glaubten. Besonders, wenn sie so unansehnlich waren wie Jenny Linden, so ordinär wie Daisy Longriff oder solche Landpomeranzen wie Abbie Carpenter. Das Publikum – und als solches sah sie die Trauergäste – würde sich zuzwinkern, sich anstubsen, glotzen und sich fragen, was Ned in diesen Frauen sah, wenn zu Hause Alexandra auf ihn wartete, und sie wäre noch mehr gedemütigt und erniedrigt, und jene, die ihr den Erfolg mißgönnten, würden frohlocken, daß sie endlich die Quittung kriegte.

»Wen hättest du dir denn als Geliebte für ihn gewünscht?« fragte Sam. »Prinzessin Diana?«

»Und wenn es Prinzessin Diana gewesen wäre«, sagte Alexandra, »wäre ich auch nicht zu Neds Beerdigung gegangen.«

Sam bemerkte, sie, Alexandra, könne ganz schön zickig sein. Er schien sie zu bewundern. Alexandra sagte, sie wünschte sich, sie hätte Ned nicht einäschern, sondern begraben lassen. Dann hätte sie nachts auf den Friedhof schleichen, sich hinsetzen und sich mit der Vorstellung von der Verwesung allen Fleisches vertraut machen können; und damit, wie die Würmer darin herumglitschten. Es sei schwieriger, sich hinzusetzen und eine Urne mit Asche zu kontemplieren. Sam stellte richtig, daß die Asche meistens nicht in Urnen, sondern in marineblauen Schachteln käme, die mit Goldband zugebunden seien: So jedenfalls hatte man ihm seine Mutter zurückerstattet. Wann verbrannten sie die Leiche nun eigentlich? Ob Alexandra das wisse?

Alexandra meinte, sie hätten sie schon verbrannt: eben, vor ein paar Minuten, als sie ohnmächtig geworden sei. Sam erwiderte, das sei pure Phantasie. Alexandra gab ihm recht. Während der letzten Woche war sie besser im Rechtgeben geworden. Das sparte Energie. Sie fragte Sam, ob die Vorbestellungen gut oder schlecht seien.

»Gut«, sagte er.
»Daisy Longriff macht ihre Sache gut?« fragte Alexandra, und konnte sich knapp verkneifen, »besser als ich?« hinzuzufügen. Sam antwortete, Daisy Longriffs darstellerische Künste seien miserabel, aber die Vorbestellungen rasant. Er empfahl, Alexandra solle nicht persönlich mit dem Management sprechen, sondern die Sache Harry Barney überlassen. Rein formal habe sie kein Recht, wegen eines Trauerfalls Urlaub zu nehmen, sie habe den Vertrag gebrochen. Sie habe auch während der drei erlaubten freien Tage keine ärztliche Bescheinigung geschickt, was unter den gegebenen Umständen die vernünftigste Vorgehensweise gewesen wäre.
»Aber sie würden doch nie auf den Wortlaut des Vertrages pochen«, sagte Alexandra. »Das wäre doch unmenschlich.«
Sam wies darauf hin, daß ein Theatermanagement per definitionem unmenschlich sei. »The show must go on« sei ein Diktat, das Schauspieler bei Luftangriffen und tödlichen Krankheiten auf der Bühne halte und das Theater in der Gewinnzone. Ehrlich gesagt, bezweifle er, daß Alexandra die Rolle der Nora zurückbekomme.
»Warum hat mich denn niemand gewarnt?« fragte Alexandra. »Oder zumindest an das Attest erinnert?«
Sam druckste herum und antwortete schließlich, er glaube, deshalb nicht, weil alle eine lange Laufzeit und den Wechsel zu einer größeren Spielstätte wünschten, und mit Daisy Longriff als Nora sei das vielleicht möglich. Die Zeiten seien hart.

»Allerdings«, pflichtete Alexandra ihm bei.

Daisy Longriff schwebte herein. Sie trug das Hochzeitskleid von Alexandras Urgroßmutter, das Alexandra dem Theater geliehen hatte. Es war aus weißer Seide, bodenlang und hatte einen tiefen Ausschnitt. Es wurde in der Tarantella-Szene getragen, in der bei der Premiere Alexandras Busen rausgefallen war. Sie wunderte sich, daß Daisy es anhatte, weil es mittlerweile zwanzig vor acht war und Nora in der Eröffnungsszene von ihren Einkäufen in einer norwegischen Kleinstadt zurückkommt. Alexandra fragte Daisy nicht. Sie wollte die Antwort nicht wissen.

Daisy sagte, sie habe gehört, daß Alexandra im Foyer ohnmächtig geworden sei. Sie hoffe, es gehe ihr nun wieder gut. Sie, Daisy, habe vollstes Verständnis, sie sei heute die weite Strecke zu Neds Beerdigung und wieder zurückgefahren und fix und fertig. Aber die Show müsse weitergehen. Alexandra meinte, das müsse sie wohl.

Daisy fragte, ob es nicht komisch sei, daß sie zu Neds Lebzeiten wegen Alexandra richtige Schuldgefühle gehabt habe, doch nun, da er tot sei, keine mehr. Sie sei einfach nur froh, daß sie ihm all diese wunderbar intensive sexuelle Erfahrung habe bieten können. Das Leben sei so kurz! Alexandra sagte, sie sei froh, daß Daisy froh sei. Sam versuchte Daisy hinauszudrängen, indem er behauptete, er habe den Aufruf für den ersten Akt gehört. Daisy erwiderte, er solle sich gar nicht weiter bemühen, taktvoll zu sein, das sei nur peinlich: Sie und Alexandra verstünden einander.

»Wenn du das Kleid in der ersten Szene trägst«, fragte Alexandra, »was trägst du dann bei der Tarantella?«

»Einen Minirock und schwarze Boots«, antwortete Daisy, »sonst nichts. Sie versucht schließlich Torvald von Dr. Rank zurückzugewinnen.«

»Aha, ja«, sagte Alexandra, »und Nora ist in ihrem tiefsten Inneren Lesbe, stimmt's?«

»Natürlich«, sagte Daisy. »Nur so ergibt das ganze Stück einen Sinn. Eine Offenbarung! Der arme Ned wird sich im Grabe umdrehen, aber er ist tot. Wenn ich nicht aufpasse, fange ich an zu weinen.«

»Ned hat kein Grab«, sagte Alexandra. »Er ist nur Asche.«

»Du nimmst alles zu wörtlich, Alexandra«, protestierte Daisy. »Ned hat mir immer erzählt, wie prosaisch du wärst.«
Und sie hüpfte davon, um auf die Bühne zu treten, den Busen schon halb aus Alexandras Urgroßmutters Hochzeitskleid.
»Wir suchen dir mal besser einen Platz«, sagte Sam.
»Ich glaub, ich schenk es mir«, sagte Alexandra.

Sie verbrachte die Nacht in der Angliss Street. Von Chrissie keine Spur, aber ihre Kleider hingen nun im Schrank, und Alexandras lagen auf dem Gästebett. Die Möbel waren ein wenig umgestellt. Alexandra begriff, daß Chrissie nicht vorhatte, das Feld zu räumen.

Sie träumte von Ned. Sie war beim Cottage, sie stand auf dem Weg vor dem Küchenfenster. Sie spähte hinein und sah, daß Jenny Linden Tee machte und Ned mit Sascha auf den Knien am Tisch saß. Sie schrie und schrie am Fenster, aber niemand hörte oder sah sie. Sie brüllte aus Leibeskräften, richtig laut – sie war die Frau in dem gestohlenen Munch-Gemälde –, doch als sie aufwachte, hörte sie, daß sie nur ganz leise fiepte.

Sie fuhr früh zum Cottage zurück. In Eddon Gurney hielt sie an, kaufte Milch und eine Lokalzeitung. Innen war ein Bericht über Neds Beerdigung: eine Doppelseite mit einem großen Foto der weinenden Jenny Linden und der Unterzeile »In tiefer Trauer: Alexandra Ludd«. Jemand mußte rechtzeitig auf den Fehler hingewiesen haben, denn in den überregionalen Blättern tauchte diese Unterschrift nicht mehr auf.

Als Alexandra durch Zufall auf die Seite stieß, lachte sie.

# 33

Alexandra lachte sogar so laut, daß sie vom Stuhl fiel. Er war klein, hart und glänzend. Doch da der Tag richtig heiß war, sie ein kurzes Baumwollkleid und keine Strümpfe trug und ihre Oberschenkel hinten an dem harten Plastik festklebten, war sie sogar froh, daß sie umkippte.

»Du bist hysterisch«, sagte Hamish böse, aber sie zeigte ihm das Foto, und da hätte er auch fast gelacht. Sie saßen in Sheldon Smythes Kanzlei und warteten.

»Wenn du bei der Beerdigung gewesen wärst«, sagte er wütend, »wäre es nicht passiert. Das wird dir schon noch leid tun. Schrecklich, so was. Eine Frau bleibt der Beerdigung ihres Ehemannes nicht fern, ganz egal, was in der Vergangenheit passiert ist.«

»Tut mir leid, Hamish«, sagte Alexandra. Sie sah, daß es vorteilhaft war, sich zerknirscht zu geben. »Aber die vielen Leute! Und dann die Pressemeute. Ich hab einen Blick darauf geworfen und mich verdrückt. Ich konnte es nicht ertragen.«

Er verzieh ihr. »Du hast viel durchmachen müssen«, gab er zu.

Sheldon Smythes Kanzlei befand sich oberhalb des Supermarktes, unterhalb des Schreibwarenladens der Paddles und neben Mr. Lightfoots Beerdigungsinstitut. Nun, da der tote Ned nicht mehr in der Leichenhalle lag, wirkte die Straßenkurve weniger unheilvoll, sondern ganz alltäglich und normal; vernünftig. Sheldon Smythe war neu in der Gegend. Er kam aus seinem Zimmer und sprach Alexandra sein Beileid aus, obwohl er sie gar nicht kannte. Er habe die Nachrufe gelesen, sagte er. Er war ein gepflegter kleiner Herr mit rundem Gesicht und schweren Augenlidern. »Ein solcher Verlust«, sagte er. Er habe auch einen Bericht über die Beerdigung in der Lokalzeitung gelesen. Allem Anschein nach ein großes, besonderes Ereignis. Hamish schien er schon zu kennen, was Alexandra überraschte, sie sich aber nicht anmerken lassen wollte.

Als Hamish und Alexandra Sheldon Smythe in sein Innersanktum folgten, erblickte Alexandra Jenny und Dave Linden, die händchenhaltend mit dem Rücken zur Wand da saßen. Wieder ließ sie sich ihre Überraschung nicht anmerken.
»Gibt's was zum Lachen?« fragte Jenny. »Wir haben dich gehört.«
»Allerdings«, sagte Alexandra. Das heiße Wetter schlug um. Durch Sheldon Smythes Fenster sah sie, wie sich tiefschwarze, mächtige Wolken zusammenballten. Vor weißverputzten, vom schieren Alter schiefen Wänden standen Aktenschränke. Es wimmelte von Spinnen. Der Computer auf dem Schreibtisch wirkte fehl am Platze. Es war einstmals jemandes Wohnzimmer gewesen, von Kerzen erhellt oder später von Öllampen, und zu Zeiten, als die Menschen noch dicht beieinander hockten, um es warm zu haben, nicht beheizt, später von einem Feuer im Kamin. Alexandra fragte sich, was für Dramen sich in der Vergangenheit hier abgespielt haben mochten; sie hatte Angst sich vorzustellen, was heute passieren mochte.
»Warum ist Jenny Linden hier?« fragte sie die versammelte Runde.
»Mrs. Linden ist hier, weil Mr. Ludds Testament sie betrifft«, sagte Sheldon Smythe. Er neigte dazu, die Augen zu schließen, wenn er sprach. Die Lider senkten sich, als ermüde sie das

Denken. Er kippelte auf seinem Stuhl, eine Angewohnheit, vor der Irene Alexandra immer gewarnt hatte. Gleich würde er eines der hinteren Beine zerbrechen, aber das war ja nicht Alexandras Problem.

»Wir befinden uns hier in einer eigenartigen Situation«, hub Sheldon Smythe an und erklärte Alexandra, daß ihr Gatte The Cottage Jenny Linden hinterlassen habe.

»Das kann er nicht«, sagte Alexandra laut. »Es ist das eheliche Heim.«

Sheldon Smythe stellte fest, daß das Grundstück, vermutlich mit Absicht, nie auf Alexandras Namen eingetragen worden sei. Es bestehe kein Grund zu der Annahme, daß Mr. Ludd einmal nicht im Vollbesitz seiner geistigen Kräfte gewesen wäre.

»Trotzdem«, sagte Alexandra, »bin ich seine Frau und habe sein Kind. Und die Gerichte werden meine Rechte wahren. So verrückt ist die Welt noch nicht.« Aber der selbstgefällige Ausdruck auf Jenny Lindens Gesicht und der gequälte auf dem ihres Gatten behagten Alexandra nicht. Als wisse letzterer zu gut, was nun kommen werde. Hamish starrte mysteriöserweise auf seine Knie. Alexandra schaute wieder Sheldon Smythe an, aber seine großen Augen waren geschlossen. Der Raum wurde dunkler. Ein Gewitter zog auf.

»Ich werde das Testament natürlich anfechten«, fuhr Alexandra fort, »wenn mir jemand erlaubt, es einzusehen.«

»Aber da Sie nicht darin erwähnt werden«, sagte Sheldon Smythe, »handelt es sich um ein Dokument, daß Sie nicht betrifft. Sie sind nur mit freundlicher Erlaubnis von Mrs. Linden hier.«

»Ist ja toll! Danke!« sagte Alexandra. »Aber Sascha muß doch erwähnt sein, und ich bin Saschas Mutter.«

»Auch Ihr Sohn ist nirgendwo in diesem Dokument erwähnt.«

»Das verstehe ich nicht«, sagte Alexandra. »Ich bin Neds Frau. Und Sascha ist sein Kind.«

»Alexandra«, sagte Hamish, »zufällig habe ich Neds Heiratsurkunde aus Spanien zwischen seinen Papieren gefunden. Wir haben es überprüft. Eine Scheidung hat es nie gegeben, und Pilar lebt noch. Neds Eheschließung mit Chrissie, die Scheidung, die Ehe mit dir, sie alle haben keinerlei juristische Bedeutung. Sie sind ungültig.«
»Ich hab's dir ja gesagt«, wandte sich Jenny Linden triumphierend an Dave. »Es war kein Ehebruch. Ned hat mir alles von Pilar erzählt. Warum hast du mir nicht geglaubt? Ich habe nichts mit verheirateten Männern.«
Dave lachte und hörte auf, die Hand seiner Frau zu halten. Sein weißes Haar war feucht von Schweiß. Es lockte sich um sein Gesicht, so daß er aussah wie ein unglückliches, frischgebadetes Kind. Er hatte die Ärmel aufgerollt und kein Jackett an. Trotzdem schwitzte er. Sheldon Smythe trug einen Anzug, schaffte es hingegen, kühl auszusehen. Hamish trug einen marineblauen Blazer mit Einstecktuch in der Brusttasche, Neds rot-weiß getupftes, perfekt gebügeltes, adrett gefaltetes Lieblingstaschentuch. Ned benutzte Taschentücher zum Naseputzen, nicht zur Dekoration. Er hatte sie immer gern ungebügelt. Dann waren sie weicher.

Alexandra nahm an, daß Theresa Hamishs Anweisungen folgend das Stück Stoff geplättet und die von der Waschmaschine krumpeligen, handgenähten Schrägkanten mit dem heißen Eisen sorgfältig ausgezogen, das Tuch exakt gefaltet, drüber gebügelt, wieder gefaltet, wieder gebügelt hatte. Theresa bügelte gern. Alexandra hatte Ned das Taschentuch in den ersten Jahren ihrer Ehe geschenkt. Plötzlich war sie zornig. Ihr Haus, ihr Heim, ja, ihre ganze Vergangenheit war durchwühlt und geplündert worden. Dreh dich einen Moment um, sei nicht auf der Hut, zeige dich schutzlos, und schon findest du dich ethnisch gesäubert, verraten von ehemals freundlichen Nachbarn und Freunden, die nach dem gieren, was dir gehört: Andere liegen plötzlich in deinem Bett, sitzen auf deinen Stühlen, genießen deine Aussicht, und du selbst irrst heimatlos umher, bist nur noch ein Flüchtling. Wie der Kröterich in *Der Wind in den Weiden*, der nach seiner Gefängnishaft zu seinem Familiensitz zurückkehrt und feststellen muß, daß die feindlichen Hermeline und Wiesel dort zechen und randalieren und ihm der Einlaß versperrt ist.

Alexandra sagte zu Hamish: »Und das alles, nehme ich an, weil ich dich nicht gefickt habe.«
Sheldon Smythe bat: »Mäßigen Sie Ihre Ausdrucksweise!«
Hamish erwiderte: »Es war meine Pflicht. Ich bin verpflichtet, alle Beweise offenzulegen. Hier handelt es sich um juristische Tatbestände.«

Jenny Linden meinte, der arme Ned habe die Sache mit Pilar in Ordnung bringen wollen, man dürfe ihm keinen Vorwurf machen. Er sei erst neunzehn gewesen. Er habe immer gedacht, die Sache werde irgendwann von selbst verschwinden, aber Leah habe erklärt, daß die gesegneten Dinge des Lebens Transparenz benötigten, um durchzuscheinen, und daß Pilar wie ein trüber Schatten auf seinem Leben laste. Wäre er erst einmal rechtmäßig von ihr geschieden, wäre er auch in der Lage, sie, Jenny, zu heiraten.
»Und was wäre mit mir gewesen?« fragte Alexandra.
»Du hast dich in der Beziehung gelangweilt, das war offensichtlich, und Ned hat es gespürt. Eine Weile lang hat es ihm wahnsinnig weh getan. Dir wäre es besser gegangen, wenn du allein gewesen wärst. Du hattest deine Karriere. Nur die hat für dich gezählt.«
Sheldon Smythe räusperte sich und mahnte, sie sollten nun gemeinsam fortfahren, er sei sich bewußt, wie schwierig es für alle sei.
Alexandra sagte zu Jenny: »Falls du's nicht wissen solltest: Ned

war derjenige, dem es langweilig wurde. Du hast ihn gelangweilt, du bist ihm auf die Nerven gegangen. Er hat alles getan, um dich loszuwerden. Aber, Himmel, was warst du hartleibig. Er hat sich bei mir über deine stinkenden Achselhöhlen beschwert, sich Abbie in sein Bett eingeladen und doppelt gebucht, indem er dafür sorgte, daß du vorbeikamst und ordentlich was zu sehen bekamst.«

Jenny Linden kreischte auf und sprang auf Alexandra zu, aber ihr Mann fing sie ein, nahm sie in den Schwitzkasten und setzte sie wieder in ihren Sessel. Er war sehr stark und ein wenig jähzornig. Alexandra verspürte eine kleine Welle sexueller Erregung. Vielleicht wäre es ja lustig, ihn zu verführen, dachte sie, Jenny Lindens Mann, nur zum Spaß. Aber das hieße, sich auf deren Niveau herabbegeben ...

Sheldon Smythe rief seine Sekretärin herein, augenscheinlich, damit sie sich Notizen machte, aber vielleicht, weil er der Meinung war, daß er noch eine Zeugin brauchte; oder ein Extrapaar Arme, falls noch jemand in den Schwitzkasten genommen werden mußte. Alexandra erkannte sie als Becky Witham, die damals auch in ihrer Theaterklasse gewesen war. Konnte sich weder bewegen noch schauspielern, war aber immer hilfsbereit. Alexandra stieß ein kurzes Lachen aus.

Dann sagte sie: »Und wenn schon, Leute, ob mit einem Bigamisten verheiratet oder nicht, ich habe Neds Kind. Die Gerichte werden dafür sorgen, daß ich zu meinem Recht komme.«
Da kreischte Jenny Linden los: »Du Aas! Es ist nicht Neds Kind! Das Balg ist von Eric Stenstrom, das wissen alle. Du hast es dem armen Ned untergeschoben. Du bist die mieseste Frau der Welt. Kein Wunder, daß du nicht bei der Beerdigung warst.« Dave verdrehte Jenny die Handgelenke, und sie jaulte auf.

Schweigen. Sheldon Smythe öffnete eine Mappe auf seinem Schreibtisch. Darin lagen Briefe in Neds Handschrift: die obenauf waren ziemlich hell, die unteren vergilbt. Der oberste begann: »Lieber Hamish«.
»Also hast du nicht gelogen«, sagte Alexandra zu Hamish.
»Ich lüge nie«, sagte Hamish.
»Im Gegensatz zu deinem Scheißbruder«, sagte sie. »Vielleicht ist deine Mutter ja mal eine Nacht ausgebüchst.«
Hamish riet Alexandra, sich zusammenzunehmen; sie werde in Zukunft seiner Hilfe bedürfen, und zwar in beträchtlichem Maße.

»In einem Brief an seinen Bruder«, sagte Sheldon Smythe, »schreibt Mr. Ludd, er glaube, daß Sie, Mrs. Ludd, nicht von ihm, sondern von einem anderen Mann schwanger seien, dem Mr. Stenstrom, den Mrs. Linden erwähnt hat. Mr. Ludd war offensichtlich sehr verzweifelt.«
Jenny Linden hatte sich beruhigt. Sie entschuldigte sich sogar.»Leah sagt, Kali ist sehr stark in mir. Ich bin sowohl eine Leiterin für weibliche wie männliche Strömungen. Du solltest mir leid tun, Alexandra, ich durchschreite den Zorn und komme auf der anderen Seite wieder heraus. Es geht ja nur darum, daß du Ned so viele Jahre seines Lebens zerstört hast.«

Jenny Linden drehte sich zu ihrem Mann um und schaute ihn mit feuchten, lieben Blicken an. Er lockerte den Griff um ihren Arm, hob eine ihrer Hände zu seinen Lippen und küßte sie, als wolle er sie um Verzeihung bitten. Sie warf Alexandra einen triumphierenden Blick zu, als wolle sie sagen: »All das und einen Mann obendrein!«
»Das Problem ist«, sagte Alexandra, »daß Sie sich Sascha nur anschauen müssen, um zu sehen, daß er Neds Kind ist.«
»Eric Stenstrom ist physisch sehr derselbe Typ wie Ned und

ich«, sagte Hamish. »Wir stammen aus alten Aberdeener Familien. Wikingerblut.«
»Danke schön, Hamish«, sagte Alexandra.
»Das scheint ja überhaupt dein Typ zu sein, Alexandra«, meinte ihr Schwager.
»Ned war kaum kalt, da hat Alexandra dem armen Hamish schon Avancen gemacht«, sagte Jenny Linden zu Sheldon Smythe. »Sie ist nackt vor ihm herumgetanzt.«
Alexandra verzichtete auf eine Antwort. Sie kam sich vor wie Brer Rabbit mit dem Teerbaby in den Geschichten von Uncle Remus. Je mehr sie strampelte, desto fester saß sie. Sie hätte gar nicht allein hierher kommen dürfen. Sie hätte einen Anwalt mitbringen sollen. Nun sagte sie lediglich: »Ned hat Sascha als sein Kind anerkannt, er steht auf der Geburtsurkunde und ist für ihn aufgekommen. Jedem vernünftigen Menschen reicht das.«
»Ned hat ihn nicht anerkannt, Sie haben die Geburt registrieren lassen, und laut Auskunft des hier anwesenden Mr. Hamish Ludd haben Sie seit der Geburt des Kindes das Geld verdient.«
»Danke schön, Mr. Hamish Ludd«, sagte Alexandra.
»Manchmal glaube ich, sie ist auf Drogen«, sagte Jenny Linden. »Sie ist so was von frivol. Sie hat ja keine Ahnung, wie verzweifelt Ned war, weil sie von einem anderen Mann schwanger war. Sie ist völlig egozentrisch. Sie kann es nicht ertragen, die Wahrheit zu hören.«
»Mr. Ludd hat dem Kind in seinem Testament nichts hinterlassen«, bemerkte Mr. Smythe. »Was ein Gericht signifikant finden würde. Wären Sie rechtmäßig verheiratet gewesen, hätte Ihr Kind einen Anspruch auf das Erbe gehabt, wie Sie auch, ob Ned nun der leibliche Vater gewesen wäre oder nicht. Da die Ehe bigamistisch ist, ist die Frage der Vaterschaft sicherlich relevant. Wir müssen natürlich ein Rechtsgutachten einholen, und selbstverständlich können Sie das Testament durch alle Instanzen an-

fechten, wenn Sie es sich leisten können. Aber soweit ich sehe, steht dem Erbe meiner Klientin Mrs. Linden nichts im Wege.«
»Außer der Gerechtigkeit«, sagte Alexandra, »dem gesunden Menschenverstand und dem genetischen Test.«
Ein kurzes Schweigen folgte.
»Du kannst keinen genetischen Fingerabdruck von Asche machen«, belehrte sie Hamish.
»Du hättest Ned nicht einäschern lassen sollen«, sagte Jenny Linden. »Geschieht dir recht.«

Alexandra sah, wie Ned bergan durch den Wald ging. Es war dunkel, die Bäume standen dicht beieinander, und es war fast unmöglich, einen Weg zu finden. Sie konnte gerade noch seinen Rücken durch den Nebel sehen. Kein Wunder, daß er sich nicht umschaute. Da blieb ihm das hier erspart.

»Arme Alexandra«, sagte die pummelige kleine Jenny Linden liebevoll, »was muß das alles ein Schock für sie sein.« Dann fuhr sie, an ihren Ehegatten gewandt, fort: »Ich wollte mich gar nicht in Ned verlieben. Er hat mich irgendwie verhext. Eine Zeitlang war ich wie besessen, aber damit ist jetzt Schluß. Ich bin froh, daß wir in dieser Gruppe alles vernünftig durchsprechen konnten. Ich wünschte, Leah hätte hier sein können. Sie wäre stolz auf uns gewesen. Und Ned hat schließlich doch anständig gehandelt, Dave, er hat mir das Haus hinterlassen. Wir müssen es in Ehren halten und uns Ned zum Gedenken darum kümmern. Ned hat dich gemocht, Dave. Er hat nie ein Wort gegen dich gesagt.«
Becky Witham zog die Augenbrauen hoch, sie mied Alexandras Blick.
»Es müßte aber viel verändert werden«, sagte Dave, »bevor ich freiwillig in so eine finstere Bruchbude ziehe. Man müßte das Haus modernisieren. Meine Musikanlage kann zuviel Staub nicht ab. Das wäre alles sehr teuer.«

»Wir können immer noch was von den Antiquitäten verscherbeln«, sagte Jenny.
Alexandra erhob sich.
»Kann bitte jemand diese Frau zwangseinweisen? Die Männer in den weißen Kitteln holen?«
»Der Fo-Hund aus Steingut«, fuhr Jenny ungerührt fort, »das klumpige weiße Viech mit den irren Augen, ist siebentausendfünfhundert Pfund wert, hat mir Ned erzählt.«
»Es gehörte einmal ›uns‹«, sagte Alexandra. »Also ist er vermutlich nun meiner. Was redest du da?«
»Ich weiß, daß es dir schwerfällt, es zu begreifen, Alexandra«, sagte Hamish. »So wie es damals schwer für Chrissie war. Ich mochte Chrissie sehr. Als Ned mit ihr Schluß gemacht hat, habe ich mich eine Weile lang um sie gekümmert.«
»Armer Hamish«, murmelte Alexandra. »Wie muß das sein, als jüngerer Bruder immer nur zu bekommen, was übrigbleibt.«

Sheldon Smythe räusperte sich wieder. Er zückte eine weitere Mappe, diesmal eine aus blauem Plastik. Er sagte, Mr. Ludd habe Mrs. Linden das Inventar des Hauses ebenso hinterlassen wie das Haus selbst. Seines Wissens schließe das Antiquitäten von erheblichem Wert ein.
»Für die meisten guten Sachen konnte ich in dem ganzen Kuddelmuddel Rechnungen finden«, sagte Hamish. »Sie lauteten alle auf den Namen meines Bruders und wurden von seinem, nicht dem gemeinsamen Bankkonto bezahlt.«
»Aber ich habe Ned Geld auf sein Konto überwiesen«, sagte Alexandra. »Seine Honorare waren ja fast auf ein Nichts zusammengeschmolzen.«
»Das war deine Entscheidung«, sagte Hamish kalt. »Du kannst nicht Geld verschenken und dann sagen: Was damit gekauft wird, gehört mir.«
»Ned hat es gehaßt, wie sie ihm Geld gegeben hat«, sagte Jenny Linden. »Er fand, daß Alexandra Geld auf alle mögliche

Weise verwendet hat: um zu herrschen und zu manipulieren und Liebe zu kaufen. Aber Leah meint, hauptsächlich, um ihr schlechtes Gewissen wegen Sascha zu erleichtern.«

Sheldon Smythe meinte, er bezweifle, daß Alexandra Ludd ein Gericht davon überzeugen könne, daß das Inventar des Cottage eheliches Eigentum sei, obwohl sie jahrelang mit Mr. Ludd zusammengelebt habe. Sie müsse freilich ihren Anwalt konsultieren.

Jenny Linden lächelte. Das passierte selten, aber wenn, fing ihr Gesicht an zu leuchten. Alexandra begriff, was Ned in ihr gesehen hatte. Vielleicht hatte sie so ausgesehen, wenn sie und er miteinander geschlafen hatten. Eine Verwandlung, die Ned herbeiführte: die Himmelfahrt des Heiligen Geistes; in Triumph und Jubel. Na, wenigstens etwas!

Alexandra fragte Sheldon Smythe, wann das Testament abgefaßt worden sei. Hamish fragte, ob die Frage erlaubt sei. Sheldon Smythe sagte, er sehe keinen Grund zur Geheimhaltung. Mr. Ludd habe das Testament vor etwa drei Jahren gemacht. Alexandra sagte, wenn Ned nicht gestorben wäre, wäre er sicher schon bald in der Kanzlei erschienen, um Jenny Lindens Namen durch Abbie Carpenters zu ersetzen. Fast wie bei der Reise nach Jerusalem: Wer einen Platz im Bett ergattert habe, wenn die Musik aufhöre, sei der glückliche Gewinner. Jenny Linden hörte auf zu lächeln und sah Alexandra haßerfüllt an.

# 34

Alexandra verließ Sheldon Smythes Kanzlei und machte sich auf den gut vier Kilometer langen Weg zu Fuß nach Hause. Die Temperaturen waren jäh gefallen. Es war Mittag, aber der Himmel war dunkel. In der Luft hingen kleinste Regentröpfchen, der Wind blies stärker. Alexandra hatte Gänsehaut auf ihren nackten Armen. In der Ferne krachte Donner. Schlimmste Befürchtungen. Vielleicht wäre die geeignete Antwort auf schlimmste Befürchtungen, überlegte sie, letztendlich nicht kühnste Hoffnungen, sondern gute Wünsche. Kühnste Hoffnungen konnten zerschmettert werden; gute Wünsche blieben einfach. Die Welt drehte sich, geriet sie ins Stocken, mußte man nachhelfen.

Alexandra wünschte Ned alles Gute. Sie sah, daß er das dringend brauchte. Verzeihen konnte sie ihm nicht, da es so etwas nicht gab. Ihm Gutes zu wünschen schaffte sie. Wenn Ned geglaubt hatte, Sascha sei nicht sein Sohn, wenn er geglaubt hatte, sie habe *ihn* betrogen, dann durfte man ihm keine so argen Vorwürfe machen: Sie mußte ihm so verhaßt gewesen sein wie er zuletzt ihr. Wie dumm von ihm, daß er es sich von Jenny Linden hatte einreden lassen, und wie tragisch für ihn und sie, Alexandra, daß er in dem Glauben gestorben war. Ein dunkler Punkt im Universum, der nie verschwinden würde: eine für immer offene Wunde. Wie schade, daß echte Liebe derart zerbrechlich sein konnte, derart leicht zu erschüttern. Und wieso war sie, Alexandra, je der Hoffnung erlegen, daß sie ganz allein Ned für eine Kindheit entschädigen konnte, die nicht nur ihn hervorgebracht hatte, sondern auch jemanden wie Hamish? Wie naiv und überheblich sie gewesen war!

Es war gut, solange es gedauert hatte, mehr konnte sie nicht sagen, schleuderte Ned beste Wünsche hinterher, in das Innere des Waldes, den er, verloren im Ungewissen, durchstreifte. Sie war sicher, daß er sich verirrt hatte. Es war zu dunkel. Aber nun sah sie ihn. Ein Blitz erhellte alles um sie herum, auch um Ned, leuchtete ihm den Weg. Alles Gute. Vier Sekunden zwischen dem Blitz und dem Donner. Das Gewitter war vier Kilometer entfernt. Sie rief Neds Namen. Er drehte sich um, sah sie und lächelte. Ein Traum und doch kein Traum. Man schlief nicht, wenn man nach Hause lief und versuchte, sein Leben auf die Reihe zu kriegen, ein Leben, das in Auflösung begriffen war.

Alles Gute! Sie wurde euphorisch. Das war das Geheimnis: Alles Gute!

Ein Auto kam angefahren und hielt vor ihr. Bis zum Cottage war es noch weit. Die Straße wand sich zwischen steilen Böschungen und Bäumen hindurch, deren Äste sich oben begegneten. Es war ein hübscher Spazierweg, aber lang. Im Auto saß Abbie, sie war auf dem Rückweg vom Supermarkt in Eddon Gurney nach Elder House.
»Alles in Ordnung?« fragte sie.
»Ja, wunderbar«, antwortete Alexandra.
»Soll ich dich mitnehmen?«
»Ja«, sagte Alexandra. Sie stieg ein. Ein Traktor wollte gerade Abbies Auto überholen. Abbie fuhr los, ohne zu kontrollieren, ob irgendwas kam. Um den Bruchteil von Zentimetern entgingen sie einer Kollision.

»Daß die Leute auch nie gucken können«, meckerte Abbie. Sie drehte sich um und schnitt dem Traktorfahrer eine Fratze – es war Kevin Crump – und schwenkte auf die falsche Straßenseite. Ein entgegenkommender Lieferwagen mußte nach links ausscheren und prallte in seiner Panik mit dem Traktor zusammen.

»Geschieht ihm recht«, sagte Abbie und fuhr weiter. »War ja nur ein kleiner Knall«, meinte sie zuversichtlich, nachdem sie wohlbehalten um eine Kurve und außer Sichtweite waren. »Es wird sich schon niemand verletzt haben. Die Leute sollten auf diesen Landstraßen langsamer fahren.« Dann sagte sie, Alexandra hätte zu Neds Beerdigung kommen sollen. Es sei wirklich schlechtes Benehmen gewesen, wegzubleiben. »Dein eigener Mann. Die Leute werden denken, daß du völlig gefühllos bist.«

»Bin ich auch fast«, sagte Alexandra. »Zu einer Einäscherung samt gepflegten Plaudereien konnte ich mich nicht mehr aufraffen.«

»Ja, geplaudert wurde reichlich«, sagte Abbie. Sie beschrieb die Beerdigung in allen Einzelheiten und sagte, Ned sei sehr beliebt gewesen. »War ›Sailing By‹ deine Idee?«

»Ja.«

»Es klang lächerlich.«

»Wie im Leben, also auch im Tode«, sagte Alexandra.

»A propos ›lächerlich‹«, sagte Abbie. Sie habe das Foto von Jenny Linden mit der Unterschrift »In tiefer Trauer: Alexandra Ludd« in der Zeitung gesehen. Absurder könne es ja nun kaum noch werden.

»Hauptsache, niemand denkt, ich sehe so aus«, sagte Alexandra beleidigt.

»Du bist so eitel«, sagte Abbie.

»Und du eine solche Verräterin«, sagte Alexandra mit einer Aggressivität, die sie beide erschreckte. »Du kannst von Glück reden, daß ich dich nicht umgebracht habe. Doch das schaffst du noch früh genug bei deiner Fahrerei. Warum sollte ich mir die Mühe machen?«

»Aber Sascha willst du mir anvertrauen«, sagte Abbie. »Ich soll ihn jeden Tag zur Schule fahren und abholen, weil es dir gerade paßt.«

Das brachte Alexandra zum Verstummen. Die Straße vor ihnen war dunkel; sie fuhren durchs Zwielicht, aber die Uhr auf dem Armaturenbrett zeigte Mittag an. Die Straße wand sich an einem Berghang entlang und führte durch Wälder. Alexandra dachte, vielleicht sehe sie Ned auf die Fahrbahn hinausstolpern. Vielleicht wimmelten ja alle Wälder von den verfluchten Toten, denen die Lebenden grollten.

»Entschuldige«, sagte sie zu Abbie. »Ich bin völlig von der Rolle.«

»Kann man wohl sagen«, sagte Abbie. »Wenn es dich in irgendeiner Weise tröstet: Ned und ich saßen gerade auf dem Bett und überlegten, ob wir sollten oder nicht, und hätten uns aus Loyalität zu dir wahrscheinlich dagegen entschieden, da kam Jenny herein, und er griff sich an die Brust und so weiter und so fort, wie im Film.«

»Wie kam es überhaupt, daß ihr auf dem Bett saßt?«

»Wir haben *Casablanca* geguckt und uns gelangweilt. Ich fand es eigentlich immer schwierig, mit Ned zu reden, weil ich mich so unzulänglich gefühlt habe. Und dann habe ich über Pflaumenmus gelabert, und er hat mich nur noch mehr verachtet. Wenn man zusammen schläft, braucht man nicht so viel zu reden. Man hat was zu tun.«

»Ja, wahrscheinlich«, sagte Alexandra. »Wollen wir das Thema wechseln?«

Abbie fragte Alexandra, wie es beim Anwalt gewesen sei.

Alexandra antwortete, daß Ned aus irgendeinem Grunde alles Jenny Linden vererbt habe.

Abbie sagte, kein Wunder, daß Alexandra schlechte Laune habe, und Ned sei ein Idiot. Das müsse er entschieden haben, als er wegen irgendwas beleidigt gewesen sei, das Alexandra getan oder nicht getan habe, wie zum Beispiel nach Hause kommen. Und dann habe er vergessen, es zu widerrufen. Alexandra müsse einfach vor Gericht gehen und sich Recht verschaffen. Alexandra erwiderte, es gebe Umstände, die das problematisch machen könnten. Abbie sagte, Ned sei mit Sicherheit nicht allzu hoch erfreut gewesen, daß Jenny Linden in scharlachrot-schwarzem Hüfthalter und weißen Spitzenstrümpfen und sonst nichts ins Schlafzimmer gekommen sei, und zum Beweis sei jetzt seine Asche da.

»Nachdem er gestorben ist, hat sie seine Zahnbürste mitgenommen«, sagte Alexandra.

»Und die Socken, die er an dem Tag anhatte«, fügte Abbie hinzu. »Ist denn das zu fassen?«

Ein Wind erhob sich, der Vorbote eines Gewittersturms, der noch nicht ausgebrochen war. Über ihren Köpfen schwankten große Äste. Schließlich führte die Straße sie aus dem Wald hinaus zu der Kreuzung, wo es nach links zum Cottage ging.

Als das Auto in die Einfahrt bog, schoß die Sonne durch einen Spalt in den schwarzen Wolken, und der Tag war plötzlich wieder hell.

»Gespenstisches Wetter«, sagte Abbie.

»Sehr passend«, fand Alexandra und schob das Tor auf. Wie immer, wenn man es bewegte, bimmelte es leise. Als Frühwarnsystem vor Besuchern hatte Ned eine uralte Kuhglocke daran befestigt. So laut, daß man es auch noch in einiger Entfernung hören konnte, doch so leise, daß das Vieh auf den Weiden nicht erschrak. Alexandra fragte sich, wie oft Jenny Linden dieses Tor aufgeschoben hatte, es gehört und die erwartungsvolle Spannung bedacht hatte, die es auslöste. Schlimmste Befürchtungen. Sie und Jenny befanden sich in einem totalen Krieg. Jenny gewann: Sie stieß vor, nahm Land ein, schändete Erinnerungen, änderte die Geschichte. Sie, Alexandra, mußte

den Rückzug antreten. Aber sie würde eine Politik der verbrannten Erde betreiben. Wobei sie jedoch vorsichtig zu Werke gehen mußte, zweckgerichtet, und nicht planlos handeln durfte. Sie durfte sich keinerlei Rückkehrmöglichkeit offenhalten. Napoleons Armeen hatten es im Herbst 1812 falsch gemacht. Auf ihrem Vormarsch hatten sie das Land kahl geschlagen, geschändet und geplündert, die überquellenden Scheunen geleert, das fette Vieh geschlachtet; sie waren wie Heuschrecken darüber hergefallen. Und als dann der Winter kam, war niemand da, der den Ruhm des Sieges oder das Martyrium der Niederlage verkünden konnte. Napoleons Mannen mußten durch das Land, das sie selbst ausgehungert und verwüstet hatten, nach Hause kriechen. Zu Hunderttausenden krepierten sie an Hunger, Kälte und Schmach. Wenn man die Erde verbrannte, mußte man den Weg seines eigenen Rückzugs versperren. Auch gut.
»Da braut sich was zusammen«, sagte Abbie.

Die Blätter des wilden Weins wurden an den fein geformten zarten Rändern allmählich rot. In vier Wochen sahen die Steinwände aus, als stünden sie in Flammen. Zu dieser Jahreszeit war das Haus immer wunderschön.
»Was für ein Wind«, sagte Alexandra. Er peitschte ihr um die Ohren und fuhr ihr kalt unter den Rock. Es war berauschend. So etwas wie Niederlagen gab es nicht, wenn man sie nicht akzeptierte.

Die Sonne verschwand hinter einer schwarzen gezackten Wolkenschicht; das meiste Licht verschwand mit ihr. Im Haus legte Diamond die Ohren an und winselte. Er wollte viel lieber draußen sein als drinnen und begann, an der Hintertür zu kratzen.
»Schon gut, Diamond«, rief Alexandra. »Es ist nur ein Sturm.«

Alexandra und Abbie drückten mit vereinten Kräften gegen die Tür, aber sie öffnete sich nicht. Wenn die Luft nach einer langen Hitzeperiode feucht wurde, klemmte sie manchmal. Alexandra hatte eine Vision von sich selbst in einer Zukunft, die ihr gehörte, wenn sie es nur zuließ. Wie in dem Traum, den sie in der Angliss Street gehabt hatte. Ausgeschlossen, stand sie draußen in der Kälte und hämmerte gegen die verriegelte Hintertür. »Laßt mich rein! Laßt mich rein!« schrie sie; Jennys kleines Gesicht lugte durch die Fensterscheibe; Alexandra wußte, daß Ned da drin war, aber er kam nicht, um nach ihr zu schauen. Er war blind und taub für ihre Existenz, er hätte genausogut tot sein können. Die Leiche in der Leichenhalle war die Metapher: dieser Traum, diese Vision, waren die Realität. Jenny wuselte in ihrem, Alexandras, Haus herum, an ihrem Tisch mit ihren ehemaligen Freundinnen; kochte Essen, entkorkte eine Weinflasche, schenkte Tee ein, triumphierend. Hamish würde regelmäßig dort Gast sein, das wußte Alexandra jetzt schon. Sie war das Gespenst, die anderen das lebendige Fleisch und Blut. Sie war diejenige, die in ihrem eigenen Haus herumspukte; und Diamond sah sie, weshalb er unter den Tisch kroch. In der Vision drückte Alexandra wie verrückt gegen die Tür; und dann drückte Ned auch. Er war gar nicht drinnen, nie drin gewesen, sondern plötzlich draußen bei ihr. Bei ihr und Diamond und gegen Jenny. Ned erkannte Alexandra wieder. Er hatte einen schrecklichen Fehler begangen. Sie mußte alles in Ordnung bringen. Sie war nicht zur Beerdigung gewesen; die Zeremonie war belanglos. Es mußte einen richtigen Scheiterhaufen geben. Das verlangte Ned.

Plötzlich öffnete sich die Tür; Alexandra und Abbie gingen hinein. Keine Jenny dort, nur der vertraute Flur und das Eßzimmer, wo Ned nicht gestorben war, und die hellen Teppiche auf dem glänzenden Boden, und sofort, nachdem sie aus dem nassen, kalten Wind heraus waren: Wärme. Und Stille, Leere.

Es war totenstill. Das Haus wartete auf eine Entscheidung seiner Hüterin. Selbst die Geister waren ruhig und fügten sich. Was geschehen mußte, mußte geschehen.
»Wie still es ist, wenn man aus dem Wind herauskommt«, sagte Abbie, die etwas spürte, aber nicht sicher war, was. Diamond legte sich unter den Küchentisch.

Jenny Linden hatte die Grenzen umstellt, ihre Truppen massiert und griff an. »Meins!« brüllte sie. Von wegen! Das durfte nicht sein. Alles Gute, Ned! Ich hoffe, daß du glücklich warst. Ich hoffe, daß du sie zum Strahlen gebracht hast. Das Leben ist kurz.

»Alles klar mit dir?« fragte Abbie. Sie kochte Tee in der Küche.
»Ja, bestens«, sagte Alexandra. »Draußen ist es so schaurig«, fuhr sie fort. »Ich mach ein Feuerchen, das heitert uns auf.«
»Gute Idee«, sagte Abbie.

Die Versicherung auf das Haus lief auf die Namen beider Ludds. Die Zahlungen kamen von Neds Bankkonto, auf das Alexandra Geld überwies. Sporadisch beglich Ned die Rechnungen, er kümmerte sich um die Haushaltsbürokratie. Alexandra ging davon aus, daß er die Beiträge regelmäßig entrichtet hatte. Wie dem auch sei. Um Geld ging es nicht.

Alexandra rannte in die Scheune und holte Kohlenanzünder und Holzscheite. Unter ihren Füßen zerbrachen knackend Zweige. Alles war knochentrocken. Wenn auch der Sturm nun die ersten Spuren von Feuchtigkeit seit Wochen mit sich brachte, hatte es doch noch nicht ernsthaft begonnen zu regnen.
Es fielen nur ein paar dicke Tropfen, die der Wind hergeweht hatte und die rasch verdampften. Alexandra blieb auf dem Pfad stehen und sah zu, wie die ersten Böen die Bohnenstangen-

pyramiden wegfegten, die Ned errichtet hatte. Die Bohnenpflanzen wanden und streckten sich und langten in die Luft, bevor sie hinfielen, als wären sie lebendig.

Alexandra lief mit dem Korb voll Holzscheite ins Haus zurück. Aber sie schleppte sie nicht ins Wohnzimmer, sondern ins Eßzimmer. Hamish hatte während seiner Suche nach Dokumenten, mit denen er sie ordentlich belasten und vernichten konnte, den Kamin dort mit Stapeln alter Briefkuverts, Papieren, dem ganzen aufgezeichneten Kram der Vergangenheit zugemüllt. Alexandra entdeckte ein altes Schulzeugnis von sich, verachtet und ausrangiert von Hamish, und ließ es dort, wo es lag. Wozu die Mühe? Wer wollte von einer so jämmerlichen Vergangenheit, die so sehr auf Eitelkeit und Wankelmut gegründet war, noch was wissen? Das Sims über dem Kamin quoll über von Karten – Postkarten von Freunden, Einladungen zu Privatvernissagen, Antiquitätenmessen, Premieren, vom Steuerzahler finanzierten PR-Gelagen sowie Saschas Zeichnungen, von denen auch einige schlampig mit blauem Klebeband an die Wand darüber geklebt waren. Die Ränder wellten sich. Aus dem Kamin zum Sims und weiter zu den rappeltrockenen Gardinen war es für eine Flamme nur ein kleiner Sprung; ein weiterer, und sie kam an die Bücherregale mit den Hunderten von Kunstkarten, die Alexandra und Ned über die Jahre gesammelt und vor die Bücher gestellt hatten.
»Wo ist unser Band über frühes Porzellan, Ned?« »Hinter dem Picasso, du weißt doch, der geometrischen Frau.« »Wo ist das Biographienlexikon, Alexandra?« »Hinter dem Monet, du weißt doch, den schlummernden Seerosen, meine ich. Irgendwo in der Nähe von van Goghs Schuhen.«

Die Krähen – oder waren es Dohlen? – bauten im Eßzimmerkamin immer Nester. Aus irgendeinem Grunde verschmähten sie den Schornstein, der vom Wohnzimmer hochführte. Man konnte kehren, wie man wollte, auch mit der neuen Vakuummethode kriegte man die Zweige nie ganz weg. Sie klemmten und klebten massenhaft in den Fugen zwischen den verrußten Ziegelsteinen. Man mußte wirklich Kinder hineinschicken, wenn man die Schornsteine richtig gefegt haben wollte. Manchmal krachte es, und der ganze Kladderadatsch verhedderter Stöckchen plumpste mit einer großen Staubwolke, Ruß und uralter Vogelscheiße in die Feuerstelle. Jeder einzelne Zweig war zu seiner Zeit von einem gutgläubigen Vogel liebevoll zu einem komplett ungeeigneten, weil für die geschlüpften Vogelküken gefährlichen Nistplatz getragen worden. Wegen der jungen Vögel zündeten Alexandra und Ned im Eßzimmer nie den Kamin an. Wer konnte wissen, was für Familiendramen sich dort oben vielleicht abspielten? Doch nun war beinahe Herbst, und die Jungen mußten das Nest verlassen haben. Dave und Jenny Linden würden die Kamine und Schornsteine allesamt konvertieren, modernisieren oder entfernen. Offene Kamine bedeuteten Staub und Feuergefahr.

Alexandra arrangierte Papier, Kohlenanzünder, Zweige und Holzscheite auf dem Rost, errichtete eine ordentliche und schmucke, für die eiserne Unterlage aber vielleicht ein wenig zu große Pyramide und hielt ein Streichholz an das Papier.
»Entschuldige«, sagte sie zu allem und jedem, das zuhören mochte, und spürte, wie sich das Haus bereitmachte.

»Gleich wird uns schön warm!« rief sie hinaus zu Abbie und ging in die Küche zu ihrem Tee. Abbie setzte sich gemütlich hin, um Alexandra noch mehr von der Beerdigung zu erzählen. Sie mußte zwar an die Tiefkühlerbsen denken, die sie gekauft hatte und die nun hinten in ihrem Auto auftauten, erwähnte sie aber nicht. Das war sie ihrer Freundin, die viel lächelte, aber zerstreut wirkte, schuldig.

Bald hörte Alexandra lautes Prasseln aus dem Eßzimmer. Ein Wusch, ein Hall, und dann setzte ein stetiger, tiefer, ziehender Ton ein.
»Hör dir den Wind an«, sagte sie. »Wie er immer stärker bläst.«
»Ja«, sagte Abbie. »Er heult um die Schornsteine.«
»Abbie«, sagte Alexandra, »was hältst du davon, wenn wir jetzt sofort aufbrechen? Zu dir fahren? Hamish könnte zurückkommen, und ich will ihm nicht begegnen. Das halt ich nicht aus! Oder Jenny Linden kreuzt auf und fragt, ob wir uns nicht alle vertragen wollen, oder ihr Mann Dave, um sich zu wundern, wie ich jemals in dieser Küche zurechtgekommen bin.«
»Gut«, meinte Abbie, »wenn du deinen Tee wirklich nicht zu Ende trinken willst. Kommt mir wie Verschwendung vor.«
»Ich möchte jetzt gehen«, sagte Alexandra. »Und es ist auf einmal so eigentümlich hier drin. Sieh mal, wie Diamond zittert.«
»Alte Häuser rucken und bewegen sich immer«, sagte Abbie, »und machen komische Geräusche. Wenn es um unwichtige Dinge geht, hast du so eine starke Einbildungskraft.«
Doch Abbie erhob sich, und sie verließen gemeinsam die Küche, wobei Alexandra noch einmal ins Eßzimmer ging, darauf bedacht, sich zwischen Abbie und den Anblick dessen zu stellen, was an der gegenüberliegenden Wand passierte.
»Das Feuer in Ordnung?« fragte Abbie, als sie durch die Hintertür gingen. Diamond schoß an ihnen vorbei nach draußen.
»O ja«, sagte Alexandra. »Ich hab noch ein Extrascheit drauf geworfen.« Und wahrhaftig, das hatte sie.

Aus dem Eßzimmerschornstein sprühten Funken in den blauschwarzen Himmel. Plitsch-platsch machten die Regentropfen. Sollten Feuer und Regen es nun unter sich ausfechten. Abbie schaute nicht hoch und sah nichts. Der Wind heulte. Die beiden Frauen mußten sich dagegen stemmen, um zum Auto zu gelangen. Der Regen kam in Böen. Sie wurden kaum naß.

Bellend jagte Diamond ans Ende der Einfahrt hinter ihnen her. »Warte einen Moment«, sagte Alexandra, und Abbie stoppte. Alexandra öffnete die Autotür, und Diamond drückte sie in seiner Verzweiflung mit den Pfoten in den Sitz, als er nach hinten kraxelte.

Wenige Meter weiter kamen sie Stoßstange an Stoßstange mit Jenny Lindens kleinem Auto. Abbie mußte jäh bremsen, um sich vorbeizumanövrieren, und würgte den Motor ab. Hamish fuhr. Jenny Linden saß neben ihm. Hinten saßen Dave und Sheldon Smythe. Mit offenen Mäulern starrten sie Alexandra durch die Fenster an. Sie winkte fröhlich.
»Gehört alles euch!« artikulierte sie überdeutlich, glaubte jedoch nicht, daß sie es verstanden. Sie sah The Cottage im Seitenspiegel. Mit hundertprozentiger Sicherheit brannte es im Schornstein, und über die Ostseite des Hauses flackerte Licht, das sehr gut Flammen sein konnten. Schade, daß die anderen so bald gekommen waren. Alexandra hätte noch zehn Minuten brauchen können. Mehr wären nicht notwendig gewesen.

Plötzlich ertönte ein Urknall von Donner, von oben zuckte ein gleißender Zickzackblitz. Eine Sekunde lang waren die Gesichter blau wie von Leichen. Offenbar war The Cottage direkt getroffen worden, und das Dach stand in Flammen: Sie rasten über die Dachpfannen. Und was verbrannten sie? Alte Blätter, Holzbalken ... Wer konnte das erkennen? Nun loderte das Feuer auch aus dem Seitenfenster unten: prächtiges, melodramatisches rotes Licht spiegelte sich auf den Wolken.
»Göttliche Intervention kommt manchmal, wenn sie nicht gebraucht wird«, sagte Alexandra. »Auf geht's?«

Die Insassen des anderen Autos bewegten die Lippen und schrien etwas. Abbie wurde abgelenkt, haute den Rückwärtsgang rein, setzte scharf zurück in das andere Fahrzeug und blockierte die

Einfahrt. Keiner war verletzt; alle waren erschüttert. Sie stiegen aus, blieben stehen und schauten hinunter aufs Cottage. Als Fensterscheiben klirrend zerbarsten, peitschte der Wind von Ost nach West durch das Gebäude; er trug die Flammen hoch in die Schlafzimmer, während das Feuer von oben hinunterwanderte. Grell loderte es auf! Es verschlang Neds Papiere, Neds Kleider, verbog und schwärzte den Rahmen des Messingbetts, fraß sich durch den Wäscheschrank, verkohlte den zersplitterten Ammoniten, so daß ihn nun niemand mehr als das erkennen würde, was er einmal gewesen war, zerschmetterte das Kristall, zerstörte ratzfatz die Wandbank, den Picasso. Polieren und abzustauben brauchte man nun nichts mehr. Alles war weg. Nur die Rückwand des Kamins (1705) sollte das ganze überleben, natürlich schwärzer als vorher. Die goldenen Burschen und Mägdelein tanzten weiter durch die Katastrophen der Jahrhunderte. Alles andere ging verloren. Alle Spielsachen von Sascha; alle Schulzeugnisse, Fotos von alten Verwandten, Großmutters Liebesbriefe, Bücher, Bücher, Bücher, Bücher zuhauf. CDs schmolzen, Tränen verdampften. Die Geister flohen. Neds Haus, nie ihres, ging wie Ned selbst in Flammen auf, verwandelte sich in Schutt und Asche. Das Haus wollte es so. Der Regen ließ immer noch auf sich warten.

Dann sprangen die Funken auf die Scheune über. Wenn das Haus draufging, wie konnte da die Scheune stehen bleiben? Schon brannte ihr reetgedecktes Dach lichterloh. Der Wind brüllte. Alles in der Scheune verbrutzelte: von den Holzgriffen der antiken Werkzeuge, die fürs Volkskundemuseum bestimmt gewesen waren, es aber nie dorthin geschafft hatten, bis zu dem Sammelsurium alter Möbel, die ewig auf Restauration warteten. Was spielte jetzt die ganze Last des Gewissens noch für eine Rolle, die Bürde der Dinge, die hätten getan werden müssen, doch nie getan wurden. Besser, alle hatten die Feste gefeiert, wie sie fielen. Die Feuerwehr schob Abbies und Jennys

Auto zur Seite, um Zugang zu bekommen. Sie machten kurzen Prozeß mit ihnen. Von dem Wasser aus den Schläuchen roch der ganze Berghang tagelang nach feuchtem Fleisch und angebranntem Abendessen. So weit weg von der Zivilisation gab es keine Hydranten. Die erfindungsreichen Feuerwehrmänner saugten den Teich ab, so daß die Enten heimatlos wurden, aber der Sturm war so stark, daß sie nicht viel ausrichten konnten: Sie ließen das Feuer niederbrennen und spritzten dann einfach nur Wasser über das ganze.

Bei der Rückkehr einer hysterischen Abbie in einem Polizeiwagen war Arthur froh, daß keine Menschenleben zu beklagen waren.

Vilna weinte um die Wassermolche, die die Feuerwehrmänner mit ihren Schläuchen aufgesaugt hatten.

Mr. Quatrop freute sich. Wo es brennt, wird später neu gebaut. Die Feuerwehrleute vermuteten, daß zuerst ein Brand im Schornstein entstanden – alte Krähennester seien immer eine Gefahr – und dann von einem Blitzschlag weiter angefacht worden sei. Alexandra teilte ihre Schuld mit Gott, was hieß, sie empfand keine. Die Versicherung weigerte sich zu zahlen. Ned hatte den fälligen Beitrag nicht überwiesen. Eine letzte Mahnung war mit den Kondolenzbriefen gekommen und übersehen worden. Versicherungsgesellschaften sind durch persönliche Tragödien nicht zu erschüttern: Sie erleben zu viele.

Fort. Die schlimmsten Befürchtungen. Und mit ihnen Alexandras Kleider, Bücher, Papiere, Vergangenheit. Ihre Familienfotos, Dokumente, Schulzeugnisse, Liebesbriefe von Ned. Und andere, die versteckt gewesen waren. Ihre Töpfe, Pflanzen, Teller, Tassen, Untertassen, Wäsche: Dinge, die Jenny Linden (»Sie ging rein, sobald Sie raus waren.«) gebraucht und mißbraucht hatte. Weg mit Schaden!

Alexandras Kosmetiksachen, Lieblingslidschatten, Erinnerungen an vergangene Inszenierungen. Geschenke von Freunden. Ein Hüfthalter in schwarz und scharlachrot, der nicht paßte. Alexandras Adreßbuch und Tagebuch, die Kopien von Jennys auch. Schade nur, daß Jenny die Originale noch hatte. Es war wie die Handtasche verlieren, nur hundertmal schlimmer. Ihre Tasche hatte Alexandra mitgenommen, als sie mit Abbie rechtzeitig gegangen war.

»Komisch«, hatte Abbie da noch gedacht, später aber kein Interesse mehr, diesen Gedanken weiterzuverfolgen. Zu gefährlich. Ein Schornsteinbrand, verstärkt durch einen Blitzeinschlag. Ein Akt Gottes.

Und Ned war auch weg, mit Alexandras Segen.

Hamish nahm die Asche mit nach Schottland.

Einen adretten marineblauen Pappkarton, ziemlich schwer.

# 35

Alexandra rief ihre Mutter an und fragte, ob sie Sascha dort am Golfplatz bei den Kätzchen lassen könne, wo es ihm gut gehe. Sie sei ja nun obdachlos. Sie wußte, daß ihre Mutter eine vorsichtige Autofahrerin war. Sie rief Eric Stenstrom an, bat ihn, ab und zu nach Sascha zu schauen, und gab ihm die Adresse. Jedes brave Kind verdient einen Vater. Sie telefonierte mit dem Mann von Amblin und sagte, sie nehme die Rolle an. Ja, sie werde neben Michael Douglas spielen. Aber holla!

Sie rief im Theater an. Sie werde nicht darum streiten, wieder in *Nora* mitzuspielen, sie werde nicht vor Gericht gehen: solle Daisy Longriff allabendlich ihre Brüste entblößen. Alles Gute, Daisy! Da die Intendanz für den Fall, daß sie verpflichtet wurde, Alexandra die Rolle wiederzugeben, offenbar erwartete, daß auch diese ihre Brüste entblößte, hätte sie die Vertragsvereinbarungen gebrochen, also: Auf Wiedersehen. Sie war auf dem Weg nach Hollywood.

Bis dahin wohnte Alexandra bei Vilna. Weigerte sich jedoch, mit ihr ins Bett zu gehen. Diamond schenkte sie Kevin Crump: mit einer richtigen Beschäftigung, nämlich, Kühe in die Melkställe zu treiben, würde Diamond glücklich werden. Kevin Crump hatte mit seinem Traktor einen Verkehrsunfall mit Fahrerflucht gehabt und den Arm gebrochen, war aber nun mit Sheldon Smythes Sekretärin verlobt und glücklich.

Bei ihrem Abschied wünschte Alexandra allen nur das Beste. Ned, noch einmal, und Abbie, sogar Leah und Vilna und Arthur und Dave Linden. Dr. Moebius und Mr. Quatrop und auch Hamish, der immer wieder anrief und schrieb und sich voller Reue entschuldigte und den zu verachten oder nicht zu mögen sie nicht der Mühe wert fand. Und Theresa, die, als sie von dem Brand hörte, Alexandra prompt die Schätze zurückerstattete, die sie ihr gestohlen hatte. Sie bot sie ihr natürlich als Geschenke an: das Tischtuch aus belgischer Spitze, die Arts-and-Crafts-Kohlenzange, den Vogelkäfig und die Glasschale. Alexandra wünschte Mr. Lightfoot alles Gute und Mrs. Paddle und sogar Chrissie. Und ihrer Mutter Irene und dem Gatten ihrer Mutter und Sascha. Sascha von ganzem Herzen, sie weinte, aber tat es, verließ ihr Kind, weil in der Sache alle recht hatten: Manchmal sind Großmütter die besseren Mütter. Deshalb alles Gute!

Sheldon Smythe wünschte sie nicht alles Gute. Der konnte ihr so oder so gestohlen bleiben. Jenny Linden auch nicht, obwohl sie es hätte tun können. Ein bißchen Zickigkeit, ein paar Launen mußte man ihr schon zugestehen. Und sie wünschte Ned noch einmal alles Gute. Warum auch nicht? Ned war tot. Und sie auf dem Weg.

Binnie Kirshenbaum

## Als hielte ich deinen Atem an

Roman

Eine Frau und der alltägliche Wahnsinn in New York. Binnie Kirshenbaum hat ein witziges und zugleich melancholisches Buch geschrieben. Ihre Erzählerin, die jüdische Lyrikerin Lila, hält Distanz zu sich selbst, und vor allem hält sie die Augen offen für den alltäglichen Irrsinn und für den Spaß, den man daran haben kann.
*240 Seiten, gebunden*

Hoffmann und Campe